クリスティー文庫
88

# バグダッドの秘密

アガサ・クリスティー
中村妙子訳

THEY CAME TO BAGHDAD

by

Agatha Christie



Translated by
Taeko Nakamura
Published 2020 in Japan by
HAYAKAWA PUBLISHING, INC.
This book is published in Japan by
arrangement with
AGATHA CHRISTIE LIMITED
through TIMO ASSOCIATES, INC.

バグダッドのすべての友人たちに

# バグダッドの秘密

登場人物

ヴィクトリア・ジョーンズ……………タイピスト
アンナ・シェーレ…………………………銀行頭取の秘書
ダキン…………………………………………石油会社の幹部
クロスビー大尉……………………………ダキンの部下
ヘンリー・カーマイケル………………イギリスの秘密諜報員
ラスボーン博士……………………………〈オリーヴの枝の会〉の会長
エドワード・ゴアリング………………ラスボーン博士の秘書
ポーンスフット・ジョーンズ博士…考古学者
リチャード・ベイカー…………………考古学者。カーマイケルの友人
ルーパート・クロフトン・リー……旅行家
マーカス・ティオ…………………………ホテルの経営者

# 第一章

## 1

クロスビー大尉は銀行からホクホクした様子で出てきた。小切手を現金化したら、口座残高が思ったより少々多かったというところらしかった。

もっともクロスビー大尉という男は、それが気質なのか、こんなふうに満足そうな顔をしていることがよくあった。小柄でずんぐりしており、顔は赤ら顔、いかにも軍人らしい、ピンとはねた口髭を蓄えていた。少々勿体ぶった歩きかたをし、服の趣味は少しばかり派手、面白い話は聞くのもするのも好きというふうで、仲間にはなかなか人気があった。快活で、まあ、平凡だが、親切気があり、独身だった。とくに際だったところのない、こういったたぐいの人間が中東にはごまんといる。

クロスビー大尉が姿を現わした通りはいみじくも銀行通りと呼ばれていた。この都市の銀行の大半がここに集中していたからである。銀行の中は、ひんやりと涼しくて、薄暗く、少々かびくさかった。奥の方でカタカタと鳴っているたくさんのタイプライターの音が耳についた。

銀行の内部にひきかえて、銀行通りにはさんさんと日光が降りそそぎ、埃が渦巻き、何とも物凄い騒音が響いていた。自動車の警笛、雑多な商品を売っている商人の呼び声。あちこちで何人かがいまにも殺しあいでもおっぱじめそうに興奮して罵りあっているようだったが、じつは友だち同士が陽気にふざけあっているに過ぎなかった。大人、若者、子どもまでが、植木だの、菓子だの、オレンジ、バナナ、バスタオル、櫛、剃刀の刃その他を盆に乗っけ、人ごみの中を走りまわっていた。のどをカッと鳴らしては痰を吐く音があちこちでたえまなく聞こえ、ロバ引き、馬引きが自動車や通行人の流れの中を縫って歩きながら、憂鬱そうな細い声で、「バレク——バレク」と怒鳴っていた。

バグダッドの町の午前十一時という時間だった。

クロスビー大尉は新聞を腕いっぱい抱えて走ってきた少年を呼び止めて、一部買った。ついで彼は銀行通りの角を曲がってメインストリートのラシッド通りにさしかかった。ティグリス川と平行する約四マイルの長さの大通りである。

クロスビー大尉は新聞の見出しをちらっと眺めて小脇に挟み、二百ヤードほど歩いて小さな横町へ曲がると、大きな旅人宿《ハーン》の所に出た。中庭の奥の真鍮の表札のついたドアを押すと事務所だった。

身嗜《みだしな》みのよい若いイラク人の事務員がタイプライターの前から立ってきて、愛想よく迎えた。

「おはようございます、クロスビー大尉、何か、私どもにご用でしょうか？」

「ダキン氏はおいでかね？　いや、こちらから伺おう」

こういって大尉は、ドアを通って急な階段を上り、いささか汚らしい廊下づたいに歩いた。廊下のどん詰りのドアをノックすると、「どうぞ」という声が聞こえた。

天井の高い、少々殺風景な部屋だった。水のはいった受け皿の乗っている石油ストーヴがあり、クッションを置いた長い低い腰掛け、その前に小さなコーヒー・テーブル、一隅に大きな、あまり立派とはいえぬ書き物机が置かれている。電灯がついており、日光はカーテンで完全に遮断されていた。机の向こうに坐っているのはこれまたぱっとしない男だった。疲れの見える優柔不断そうな顔、出世に縁遠く、自分でもそれを承知しており、とうの昔に出世のことなど気にしなくなっている人間の顔であった。

快活そうな、自信に溢れたクロスビーと、憂鬱そうな疲れた顔のダキンは互いに顔を見合わせた。

ダキンがいった。「やあ、クロスビー、キルクークからもどったんだね？」

クロスビーは頷いて、ドアをそっと閉めた。これまたみすぼらしいドアで、ペンキの塗りかたも見るからに雑だったが、一つ、思いもよらぬ長所を備えていた。割れ目もなくきっちりと閉まり、下部にも僅かの隙間すらなかった。

それはじっさい、完全な防音ドアだった。

ドアが閉まるとともに、二人の男の様子にほんの少しだが、変化が生じた。クロスビー大尉からは臆面もない自信ありげなところが少々消え、一方、不景気にさがっていたダキンの肩が少しあがり、物腰にもおずおずした所が目立たなくなった。誰かが部屋の中にいて二人の会話を聞いていたら、ダキンの方がどうやら地位が上らしいと気づいてびっくりしたことだろう。

「何かニュースでも？」とクロスビーがきいた。

「ああ」とダキンは嘆息するようにいった。目の前の紙に書きこまれている暗号を解読するのに余念がなかったのだ。もう二字書きとめてから彼は呟いた。

「やっぱりバグダッドで開かれることになったよ」

それからマッチをすって紙に火をつけ、燃えつきるのを見守った。すっかり灰になると、そっと吹き消した。灰がぱっと舞い散った。

「そう、バグダッドでということに決まったらしい。来月の二十日に。このことは〝極秘〟だが」

「しかしじっさいには、三日前から市場《スーク》でもっぱらの噂でしたよ」とクロスビーがぼっそりいった。

ダキンは疲れた微笑を返した。

「極秘か！　極秘なんてものは中東には、ありやしないよ。そうだろう、クロスビー？」

「まったくです。どこにもね。戦争中だって、ロンドンの床屋の方がしばしば最高司令部よりもずっと情報通でしたからね」

「この会談については、知られてもじつは大したことはないんだ。バグダッドでということになれば、いずれ、公表されるわけだから。すったもんだが――もっぱらわれわれにとってだが――始まるのはそれからだよ」

「ほんとうに会談が実現すると思いますか？」とクロスビーはまさかという口ぶりだった。「ジョージいさんは――不謹慎にもクロスビー大尉はヨーロッパの強国の首班をこんな名で呼んだ――本気で参加する気でしょうかね？」

「今回はそのつもりだろうよ、クロスビー」とダキンはゆっくりいった。「私はそう思っている。会談が——何の支障もなしに——実現すれば、それこそすべての問題が願ってもない解決を見るかもしれない。二大強国が何らかの諒解に達することができさえすれば——」といいかけて中途で言葉を切った。

クロスビーはまだ懐疑的だった。「お言葉を返すようですが——諒解に達することなんて、はたして可能でしょうかね——どんな性質のものにしろ？」

「きみの考えている意味ではおそらく不可能だろうよ！　まったく異なったイデオロギーを代表する二人の人物が顔を合わせるというだけなら、あいもかわらず不毛に終わるだろうね——疑惑と誤解が増すだけで。しかし第三の要素というものがある。カーマイケルの例の途方もない話が、もしもほんとうだとしたら——」といいかけてやめた。

「しかしまさか。いくら何でもとてつもなさすぎますよ！」

ダキンはちょっと沈黙していた。彼はそのとき、ひどく真摯な、悩ましげな一つの顔をまざまざと瞼の裏に見、静かな、これといって特徴のない声が、奇怪な信じがたい事実について語るのを聞いていたのであった。その最初のときと同じく、ダキンはひとりごとのように呟いた。「私のもっとも有能な、もっとも信頼に値いする男の気が狂っているか、さもなければ——彼の語るところがそっくりそのまま事実だということになるわけだ……」

しばらくしてダキンはあいかわらず憂鬱そうな、力のない声でいった。

「とにかくカーマイケルはそう信じているんだよ。あの男の発見した限りのすべてが、彼の立てた仮説を裏付けていたのさ。カーマイケルはもっと多くのことを発見し——確たる証拠を手にいれたいからもう一度行かせてくれと願った。彼を行かせたことが果たして賢明だったかどうか、それは私にはわからない。万一、彼がもどらなかったら、この話はカーマイケルが誰かから聞いたことを、私が単にカーマイケルからまた聞きしたというだけに終わる。それだけで十分な証拠になるとは、私には思えないんでね。きみもいうとおり、とてつもなさすぎる……しかしもしもカーマイケルがこのバグダッドに二十日までに帰ってきて、目撃者として報告をし、然るべき証拠を提出すれば——」

「証拠？」とクロスビーは鋭い口調で聞き返した。

ダキンは頷いた。

「そう、カーマイケルは証拠を握っているんだよ」

「どうしてわかります？」

「申し合わせずみの方法によってね。サラー・ハッサンを通じて伝言があったんだ」と一語一語心して引用した。「〝オート麦の荷を背負った白いラクダが、峠を越えてやってくる〟」

ダキンはちょっと言葉を切ってからまた続けた。

「つまりカーマイケルは所期のとおりの証拠を手にいれたんだよ。しかし疑惑を招かずにはすまなかった。奴らは彼の後をつけている。彼がどのルートを取るにしても、厳重に監視し、このバグダッドではとくに網を張って待ち構えているだろう。手始めに国境で狙う。カーマイケルが国境の通過に成功したら、網は大使館、領事館のまわりに張りめぐらされるだろうよ。これを見たまえ」

机の上の書類を探って一枚の紙を抜きだすと、読みあげた。

「ペルシアからイラクへ車で旅行していたイギリス人が射殺された——おそらく盗賊によって。丘陵地から下ってきたクルド人の商人が待ち伏せされて殺された。やはりクルド人でアブダル・ハッサンという、煙草の密輸をやっていたらしい男が警官に射殺された。ルワンドゥズ街道で男の死骸が発見され、後にアルメニア人のトラック運転手だと判明した。どれも大体において、似たような特徴をもった人間ばかりだ。身長、体重、髪の毛の色、体格、すべてカーマイケルの外見とほぼ一致する。つまり彼らはカーマイケルを万が一にも逃がさない気で、怪しいと見るとかたっぱしから殺しているのだ。イラクの国内にはいれば、危険はいっそう増すだろう。大使館の庭師、領事館の従僕、空港の係員、税関吏、鉄道の駅員……ホテルまでことごとく監視下にある……きわめて厳重な非常線だ」

クロスビーは眉をあげた。

「そんなに広範囲にわたるとお思いですか？」

「疑いもなくね。われわれの側でも秘密が何度か洩れているのだよ、何より困ったことに。カーマイケルをバグダッドに無事に到着させようというわれわれの苦心の方策がすでに相手側に筒抜けになっていないと、どうしていいきれるだろう？　手先を相手側陣営に送りこむというのは、基本的な戦術だからね」

「とくに誰かいますか――あなたが疑いをかけておられる人間が？」

ダキンはゆっくり首を振った。

クロスビーは嘆息した。

「で、その間、こっちは怠りなく準備を進めるというわけですね？」

「そう」

「クロフトン・リーの方はどうしました？」

「バグダッドにくることに同意したよ」

「ということは、誰も彼もみんな、バグダッドにこようとしているわけですね。ジョーじいさんにいたるまで。あなたによると、彼もいよいよ腰をあげるそうですから。しかしもしも大統領がここにいる間に何か起こるとすると——苦心は水の泡。しかもえらいことになりますね」

「何ごとも起こってはならんのだよ、ぜったいに」とダキンがいった。「それがわれわれの務めさ。何ごとも起こらないようにするというのがね」

クロスビーが去ると、ダキンは机の上に身を深く屈めて囁くように呟いた。

「誰も彼もバグダッドにくるか……」

吸取紙の上にダキンは輪を描き、その下にバグダッドと書いた。それからその輪のまわりを囲むようにラクダと、飛行機、汽船、煙を吐いている汽車を描いた。いずれも輪の中心に向かっていた。ついで吸取紙の片隅に蜘蛛の巣が描かれた。その真ん中にアンナ・シェーレという名、さらにその下に大きな〝?〟を。

帽子を手に、ダキンは事務所を後にした。ラシッド通りを歩いて行く彼を見て、一人の男が連れに、「あれは誰だい？」ときいた。

「あれか？　あれはダキンだよ。石油会社に勤めている。人はいいが、うだつのあがらぬ男さ。無気力なんだよ。酒も過ごすそうだし。ああいう男は出世しないね。この地方で出世して行くには覇気がなくちゃ」

# 2

「クルーゲンホーフ家の財産に関する報告書はできていますか、ミス・シェーレ？」

「はい、ここにございます」

冷静で有能なミス・シェーレは雇い主の前にその書類をすばやく置いた。

読みながらモーガンサル氏は低い声で呟いた。

「ぬかりはないようだな」

「そのようでございますね」

「シュヴァルツはきていますか？」

「事務室でお待ちです」

「呼んで下さい」

ミス・シェーレはブザーを押した——六つあるうちの一つだった。

「まだご用がございましょうか？」

「いや、もういいようです、ミス・シェーレ」

アンナ・シェーレは音もなく部屋を出た。

アンナ・シェーレはいわゆるプラチナ・ブロンドだったが、グラマーな金髪娘といったところはまるでなかった。その髪はひっつめにされてうなじの所できっちり丸められ、薄青い知的な目が度の強い眼鏡の背後から超然と世界を眺めていた。造作の小さい整った顔だちだったが、表情に乏しかった。アンナは魅力によってでなく、もっぱらその有能さによって頭角を現わした女性だった。どんなにこみいったことでも正確に記憶することができ、人名、日付、時刻といったものをメモも見ずにそくざにあげ、大勢の人員を巧みに組織して、油を適宜に注いだ機械がスムーズに作動するように、円滑に会社を運営することができた。判断にかけては慎重そのもので、精力的ではあったが、そのエネルギーは見事に統御され、きびしく訓練され、いささかの弛緩も示さなかった。

オットー・モーガンサルはモーガンサル・ブラウン・シッパーク国際銀行の頭取であったが、アンナ・シェーレに金銭的な報酬で報いうる以上に多くを負っていることをよく知っていた。モーガンサル氏は彼女に絶大の信頼を置いていた。その記憶力、経験、判断力、冷静きわまる頭脳は銀行の貴重な資産であった。モーガンサル氏はアンナ・シェーレに多額のサラリーを支給していたが、彼女の方から要求があれば、もっと多くの報酬を支払う用意もあったろう。

アンナ・シェーレはモーガンサル氏の仕事の面だけでなく、私的な生活についても詳細にわたって熟知していた。モーガンサル氏が二度目の夫人との不和に関して彼女に相談したときには離婚を勧め、離婚後の手当について、具体的な数字をあげさえした。その場合も同情とか、好奇心はまったく示さなかった。その点モーガンサル氏は、アンナはもともと個人的な感情を示すたちではないのだと解釈していたらしい。じっさい彼はアンナに感情があるとは思っていなかったし、いったいどんなことを考えているかなど、ついぞ思いめぐらしたこともなかった。アンナがモーガンサル・ブラウン・シッパーク銀行と、オットー・モーガンサル個人の問題以外のことを少しでも考えていると聞かされたら、むしろびっくりしたことだろう。

というわけで部屋を立ち去り際にアンナがこういったとき、モーガンサル氏はまったく呆気に取られたのであった。

「お差し支えなかったら三週間の休みをいただきたいんですが。次の火曜から」

アンナ・シェーレの顔を見つめながら、モーガンサル氏は不安そうにつぶやいた。

「それは困る——たいへん困る」

「そんなにむずかしいことではないと思います。留守中はミス・ワイゲートが十分対処できますでしょう。メモとくわしい指示を残して行きますし。アッシャー社との合併についてはコーンワルさんが当たって下さればいいのですから」

あいかわらず困惑した様子で、モーガンサル氏はきいた。

「ひょっとして体の具合が悪いというんではないんでしょうね？」

こうたずねたものの、ミス・シェーレが病気になるとは想像もできなかった。細菌さえ、アンナ・シェーレに一目置いて、近づかないようにしているように思われた。

「いいえ、そうではございません。ロンドンに行って、姉を見舞いたいんですの」

「姉さんを？」アンナ・シェーレに姉がいるとは初耳だった。家族や親類がいるとは考えたこともないし、彼女自身もそんなことを口にしたことがなかった。それがとつぜん、いかにもさりげなく、ロンドンの姉などを持ちだしたりして。ロンドンにはモーガンサル氏に同行して去年の秋行ったが、姉がいるとはいわなかった。

ちょっと心外らしくモーガンサル氏はいった。

「あなたにイギリスに姉さんがいるとは知らなかったな」

ミス・シェーレはかすかに微笑した。

「ええ、おりますの。大英博物館に関係していますイギリス人と結婚していまして。たいへんむずかしい手術を受ける必要があるものですから、わたしにきてほしいといっております。見舞いに行きたいと考えています」

つまりすでにそう決めているということだ――とモーガンサル氏は見てとった。

モーガンサル氏は不承不承いった。「いいですよ、いいですよ……しかしできるだけ早くもどって下さいよ。ちょうど市場が不安定なおりでもあり。何もかもこの共産主義という奴のせいだ。戦争だって、いつ勃発するかもわからんのだから。もっとも戦争こそ、唯一の解決法ではないかと思われることもあるが。とにかく国中が浮き足だっているんです——まったく。しかも大統領ときたら、例のバグダッドの馬鹿げた会談に出席するつもりでいる。私の考えではあの会談はためにする企てだ。何とか大統領をやっつけようとしているんだ。バグダッドだなんて、よりによってあんな辺鄙《へんぴ》な所に！」

「大丈夫だと思いますわ。護衛が厳重に警戒するでしょうし」とミス・シェーレは慰めるようにいった。

「去年はペルシアの王《シャー》がやられた。パレスティナではベルナドッテも。一種の狂気ですよ、これはまったく——しかし、いってみれば、世界中が発狂しているようなものだから」とモーガンサル氏は重々しく付け加えたのだった。

# 第二章

ヴィクトリア・ジョーンズはフィッツジェームズ・ガーデンズのベンチに浮かない顔で腰をおろしていた。物思いに――というより、ほとんど道徳的反省にふけっていたのである――時を選ばずに特殊な才能を発揮したために生じた不都合な状況について。ヴィクトリアは世間の多くの人間同様、長所も欠点もある娘だった。長所としては、物惜しみせず、気持ちが暖かく、勇敢な点をあげられるだろう。生まれつき冒険を好むというのは、長所とも考えられるが、安全第一の現代にあっては短所といえるかもしれない。主な欠点は、理由もなしに、ひょいと嘘をつく傾向だった。彼女にとって、虚構はつねに真実以上にこたえられぬ魅力をもっていた。ヴィクトリアはじっさい、よく嘘をついた。すらすらと、ごく自然に、芸術的情熱をもって。約束に遅れたときに（これはしばしばだった）、時計が止まっていた（これまたよくあることだったが）とか、バスが遅れて、などと口ごもるだけでは、ヴィクトリアには物足らなかった。バスの路線に動物園から逃げた象が寝そべって動かなかったのでとか、はでなショーウィンドー破りを目撃して、犯人逮捕に警察に協力して——などとまことしやかに述べたてる方がずっと性に合っていたのだ。ヴィクトリアにとって楽しい世界とは、ストランド街に虎がひそみ、危険な盗賊がトゥーティングに横行しているといったたぐいのものだったろう。

ほっそりした体格で、スタイルに魅力があり、足の形は際だってよかったが、顔だちはじつのところ、むしろ不器量といってもよかったかもしれない。しかし造作はちんまりと整っていた。全体に、山椒は小粒で何とやらといった小気味のいい、一種の覇気が感じられた。彼女の崇拝者の一人が〝ゴム人形のように伸縮自在〟と評した小さな顔は、ほとんどどんな人間の表情でもびっくりするほど迫真的に真似ることができた。

この才能が彼女をいまの不運な境遇に陥れたのであった。彼女はロンドンのWC2地区のグレイズホルム通りに社屋のあるグリーンホルツ・シモンズ・リーダーベッター商会の社長付きの速記者兼タイピストであったが、ある朝の勤務時間中の退屈凌ぎに、グリーンホルツ社長夫人が夫のオフィスを訪れるところをまざまざと演じて、仲間のタイピスト三人と使い走りの少年を笑わせていた。グリーンホルツ氏は外出中で弁護士の所に回って帰るということを知っていたので、ヴィクトリアは臆面もなく演技に打ちこんでいた。

「まあ、お父さん、なぜ、あなた、あのノール・ハウス風の長椅子を買っちゃいけないっていうんですの？」と甲高い声で掻き口説くようにヴィクトリアはいった。「ディーヴタキスさんの奥さまは青いサテンを張ったのをもっていらっしゃるのよ。無駄づかいだっておっしゃるの？　だったらなぜ、あのブロンドの若い娘と食事にいらっしゃったのよ？　ダンスもなさったんでしょ？　わたしが何も知らないと思ってるんでしょうけど、もしもあなたがこれからもあの娘を連れ回すなら——わたし、あの長椅子を買いますよ。濃紫の布を張って金色のクッションをつけて。社用の晩餐会ですって？　あなたってよくよく間の抜けた人だわね。社用で口紅がシャツにつきますか？　いいですね？　わたし、あの長椅子を買いますよ。それから毛皮のケープも——いい品ですのよ——まるでミンクそっくりに見えるけど、でも本物のミンクじゃありませんわ。安く負けさせますし、取引としても損じゃないんですよ」

はじめはうっとりと聞きほれていた聞き手が急にまるで反応を示さなくなって、申し合わせたようにまた仕事にせいを出しはじめたので、ヴィクトリアがふと言葉を切って振り返ると、戸口にグリーンホルツ氏が立って彼女にじっと視線を注いでいた。

ヴィクトリアはとっさにこの場にふさわしい挨拶を思いつかなかったので、ひとこと、「まあ！」といった。

グリーンホルツ氏は低い唸り声を発した。

それから外套をかなぐり捨てて個人用の応接室にはいり、ガチャンとドアを閉めた。と思うとほとんどすぐにブザーが鳴った――ジ、ジ、ジーと。ヴィクトリア召喚の合図であった。

「あなたよ、ジョーンジー」と同僚がいわでもの注意をした。他人の不幸を面白がって目をキラキラ光らせつつ。ほかのタイピストたちも同じ気持ちだろう、「大目玉だわ、きっと」「首を洗って行くのね、ジョーンジー」などと口々にいった。使い走りの少年は、もともと小意地の悪いたちだったが、人さし指をナイフよろしくのどにあてて、妙な呻き声をあげて見せた。

ヴィクトリアはメモ帳と鉛筆を取りあげて、できるだけ悪びれぬ物腰で、せいぜい颯爽とグリーンホルツ氏のオフィスにはいって行った。

「お呼びでしょうか、グリーンホルツさん?」とヴィクトリアは何ごともなかったように朗かな視線を雇い主に注ぎつつ呟いた。

グリーンホルツ氏はポンド紙幣を三枚ガサガサひろげ、ポケットの貨幣を探った。

「さて、あんたにはもううんざりだよ。今日限り、顔も見たくない。解雇予告期間を置かなかったということで、一週間分のサラリーを出すことにして、たった今クビにしても、とくに不服を申し立てる理由もないと思うが、どうだね？」

ヴィクトリアは（天涯孤独の身だったが）すぐ口を開いて、母が大きな手術をしたばかりで、心労で頭がおかしくなっていたのだ、自分のわずかな給料で母親を養っているので、どうか赦してほしいといいかけたが、グリーンホルツ氏の人好きのしない風貌をちらっと眺めて、急にやめた。気が変わったのだ。

「あたしもまったく同意見ですわ」と愛想よく、朗かにいった。「うんざりというのは、おっしゃる通りだと思います――あたしのいう意味がおわかりですかしら」

グリーンホルツ氏はちょっと呆気に取られたらしかった。解雇を申し渡した当の人間から喜びに堪えぬといった、うれしげな態度で迎えられるのは珍しいことだった。かすかな狼狽を隠そうとして、彼は机の上に並べた貨幣の山を崩して数えた。それからもう一度ポケットを探って、

「九ペンス足りんが」と陰気な口調でいった。

「よろしいんですのよ」とヴィクトリアはやさしくいった。「そのお金で映画に行くなり、キャンディーを買うなり、まあ、取っといて下さいな」

「あいにく切手もないし」

「どうぞご心配なく、切手をいただいても、あたし、手紙なんか、書くたちじゃありま

せんから」

「不足分は後から送ってあげてもいいが」とグリーンホルツ氏はあやふやな口調でいった。

「どうぞ、ご心配なく。で推薦状は？」

グリーンホルツ氏はまたかっとなった。

「推薦状など、あんたに書いてやるいわれはないと思うが？」

「でもそれがきまりですわ」

グリーンホルツ氏は紙を一枚引き寄せて二、三行のたくり、ヴィクトリアの方に押しやった。

「これでよかろう」


ミス・ジョーンズは速記者兼タイピストとして過去二カ月間、わが社に勤務しました。彼女の速記は不正確で、綴りはめちゃくちゃでした。勤務時間を個人的なことに浪費していたかどで、ここに退社するものであります。

ヴィクトリアは顔をしかめた。

「これじゃ、推薦状とはいえませんわね」

「そのつもりもないよ」

「少くとも〝ミス・ジョーンズは正直で、飲酒癖がなく、品行方正だった〟と書くべきですわ。その通りですもの。思慮ぶかいと書き加えて下さってもいいかと思いますけど」

「思慮ぶかいだと？」グリーンホルツ氏は怒鳴った。

ヴィクトリアは雇い主の目を無邪気そうに見返して、「ええ」とおとなしやかにいった。

ヴィクトリアに速記させ、タイプさせたいくつかの手紙を思い出してグリーンホルツ氏は、怨恨は水に流して、こちらとしても思慮ぶかく振舞うに如《し》くはないと思いさだめた。

そこでさっきの推薦状をヴィクトリアの手からひったくって破り、新たにもう一通したためた。

　　ミス・ジョーンズは速記者兼タイピストとしてわが社に二カ月間勤務しました。
　人員過剰の理由で退社するものであります。

「これでどうだ？」

「もっとましな書きかただってあると思いますけど」とヴィクトリアはいった。「まあ、いいことにしておきましょう」


という次第で一週間分の俸給（マイナス九ペンス）をハンドバッグに納めて、ヴィクトリアはフィッツジェームズ・ガーデンズのベンチにすわって沈思黙考していたのであった。ガーデンズとは名ばかり、三角形の空地にぱっとしない灌木が植わっているだけ、灌木の脇に教会堂があり、背の高い倉庫が目の前に聳えていた。

本降りの雨の日を除いて、チーズのサンドイッチとレタスとトマトをはさんだサンドイッチを近くのミルクホールで買って、この似而非《えせ》田園風の場所で簡素な昼食をしたためるのがヴィクトリアの日ごろの習いだった。

その日、鬱々とサンドイッチを食べながら、ヴィクトリアは何事にもふさわしい時と場合がある、会社は、社長の奥さんの声帯模写にはどう考えても適当な場所ではないと繰り返し自分にいい聞かせていた。将来はもっと慎もう、退屈きわまる仕事に色彩を添えたいからといって、持って生まれた芝居っ気をやたらに発揮するのは考えものだと。

とはいえ、グリーンホルツ・シモンズ・リーダーベッター社との腐れ縁もこれで切れたわけで、これでまた新しい職につくことになると考えると、たちまちわくわくしてきた。ヴィクトリアは新しい仕事につこうとしているときはいつも、こんなふうに期待をいだくたちで、どんなにすばらしいことが待っているかもわからない——と胸がおどるのだった。

最後のパン屑のおこぼれを、待ち構えていた三羽の雀に分けてやると、雀たちはそれを奪いあって猛然と争いはじめた。そのとき、ふと、ベンチのもう一方の端に腰をおろしている青年が意識にのぼった。少し前からぼんやり気づいていたのだが、反省したり、決心を固めたりするのに忙しくて、入念に観察するにいたっていなかったのだ。いまちらっと（横目で）見た限りでは、すこぶる好もしいタイプの男性と思われた。名画の小天使のようにブロンドの好青年だが、意志の強そうな顎をもっている。群青色の目はしばらく前からひそかな讃嘆をこめて、彼女をしげしげと眺めていたようだった。

ヴィクトリアは、公けの場で見も知らぬ青年と親しくなることに気後れなど感じるたちではなかった。もともと自分では人間について目がきくと思っており、相手ほしげな男性に怪しからぬ素振りが見えたら、出鼻をくじくこともできると自負していた。

ヴィクトリアが隔意のない笑顔を見せると、青年は紐を引っぱられたマリオネットよろしくたちどころに反応した。

「こんにちは。いいところですね。よくいらっしゃるんですか、ここへは?」

「ええ、ほとんど毎日」

「ぼくははじめてなんです。もっと前にくるんだったなあ! 昼食をここで食べていたんですか?」

「ええ」

「ずいぶん少食ですね。サンドイッチ二つじゃ、ぼくだったら腹ぺこですよ。トテナム・コート・ロードのSPOでソーセージでもいかがです?」

「いいんですの。これでたくさんですわ。いまはもうとてもいただけません」

ヴィクトリアは青年が、「じゃあ、いつかまた」というのを予期していたのだが、彼はただちょっと溜息をついただけだった。

「ぼく、エドワードといいます。あなたは?」

「ヴィクトリアです」

「あなたのご両親はなぜ、あなたに鉄道の駅の名なんか、つけたんでしょうかね?」

「ヴィクトリアって、駅の名に限ったわけではありませんわ。ヴィクトリア女王って方もいらしてよ」

「なるほどね。で、苗字は？」

「ジョーンズよ」

「ヴィクトリア・ジョーンズ」とエドワードは舌に乗せてみて首を振った。「どうもぴったりつながらないな」

「その通りよ」とヴィクトリアは同感とばかり、いった。「ジェニーだったら――ジェニー・ジョーンズなら、もっとすてきに聞こえるでしょうに。でもヴィクトリアって名には、もう少し高級な響きの苗字がふさわしいわ。たとえばヴィクトリア・サックヴィル＝ウェストとか、そういったちょっと勿体ぶった苗字がね。口の中で転がすように発音する名がいいのよ」

「ジョーンズの前に、何かくっつけばいいんですよ」とエドワードも共鳴して関心を示した。

「ベッドフォード・ジョーンズ」

「カリスブルーク・ジョーンズ」

「セント・クレア・ジョーンズ」

「ローズデール・ジョーンズ」

けっこう楽しいゲームだったが、エドワードはやがてちらっと時計を見やって、はっとしたように叫んだ。

「こいつは急いで帰らないとボスに絞られるぞ。あなたはまだいいんですか?」

「あたしは目下失業中なの。けさ、くびになったばかりですわ」

「それはいけませんね」とエドワードは心から心配そうにいった。

「いいのよ、同情して下さらないでも。あたし自身はまるで平気なんですから。次の仕事にすぐありつけるでしょうし、それにやめたのについては、ちょっと面白いいきさつがありましたの」

こういってヴィクトリアは職場に帰ろうとするエドワードをさらにもう少し引き留めて、けさの場面をまざまざと再現し、グリーンホルツ夫人をふたたび迫真的に真似て見せた。エドワードは大いに面白がった。

「あなたはほんとうにすばらしい人ですね、ヴィクトリア」とエドワードは感に堪えないようにいった。「舞台に立つべきだな」

ヴィクトリアはこの讃辞をにっこり笑って受けいれ、あなたもくびになるのが嫌だったら急いだ方がいいのではといった。

「そうですね――ぼくの場合はあなたみたいにすぐには職にありつけそうにないから。速記とタイプに熟練しているって、すばらしいですね」とエドワードは羨ましそうにいった。

「じつをいうとね、あたし、速記も、タイプも、熟練なんかしていないんですの」とヴィクトリアは率直にいった。「ただお話にならないくらい、ひどいタイピストでも当節は何かしら仕事にありつけますのよ。教育関係や福祉関係の団体にね。ああいう所は俸給をあまりたくさん出せないから、あたし程度の者でも雇うんですわ。あたし、学術方面の仕事が一番好き。科学的な名称や術語はもともとおかしな綴りで、誰もちゃんと綴れないから、間違えてもとくに恥をかかないですむんですもの。あなたはどんなお仕事をしていらっしゃるの？　復員将校でしょう？　航空隊かしら？」

「よくわかりますね」

「戦闘機乗り？」

「また当たりました。復員局では仕事を周旋しようなどと親切にいってくれますが、困ったことに、戦闘機乗りというやつはあいにくと頭の方はあまりよくないんでしてね。航空隊で要求されたのは頭じゃありませんでしたから。ところが軍がぼくに世話してくれたのは、ファイルや数学の知識やらがやたら要求される事務所なんです。頭を使って考えることも期待されますし、こっちはたちまちお手上げです。何もかもまるで無意味に思われて。しかしまあ、仕方ありません。それにしても自分がまったくの役立たずだと知るのは情ないものですよ」

ヴィクトリアは思いやりぶかく頷いた――エドワードはにがにがしげに続けた。

「おまえなど、お呼びでないってわけで、出番がまるでないんですよ、戦争中はよかったです――ちゃんと一人前にやっていけた。空軍殊勲十字章ももらいましたし――しかしいまは――ぼくなんか、こっそり消えちまった方がよさそうですよ」

「でもいまに何かきっと――」

ヴィクトリアはいいかけて途中でやめた。空軍殊勲十字章をこの青年にもたらした資質が、一九五〇年の世界で所を得るとはさすがの彼女にもいえないような気がしたのである。

「それでちょっとがっかりしているんです」とエドワードはいった。「何をやっても役に立たないということがね。さて――もう行った方がいいでしょう――ところで――申しわけないんですが――とても不躾けとは思いますが――ひょっとして――」

ヴィクトリアがびっくりしたように目を見張ると、エドワードは顔を赤らめて口ごもりながら小さなカメラを取りだした。

「あなたのスナップを取らせていただきたいんです。じつは、明日バグダッドに発ちますので」

「バグダッドへ？」ヴィクトリアは失望を声音にありありとこめて叫んだ。

「ええ。つくづく残念です——けさまではすっかり乗り気になっていたのに。じつは外地に行けるってことで、ぼくは今度の仕事を引き受けたようなものなんですよ——この国から出るためにね」

「どんなお仕事ですの？」

「仕事そのものはかなりひどいものです。文化活動——詩の普及——といったものです。ラスボーン博士という人がボスなんですが。名前の後に長い肩書がぞろっとついています。鼻眼鏡ごしにすこぶる精神的な目でこっちの顔を眺める男ですよ。人々の文化的水準をひきあげ、文化を広く、辺境の地にまで普及させることを熱烈に願っているんです。辺鄙な土地に書店を開いたり——近くバグダッドにも一軒、店開きをしようとしています。シェイクスピアやミルトンをアラブ語やクルド語、ペルシア語、アルメニア語に訳して、そうした本がいつでも手にはいるようにするとかね。馬鹿げていますよ。同じことをブリティッシュ・カウンシルがあちこちでやっていますからね。しかし、そうした団体がぼくに仕事を与えてくれるんですから、文句はいえません」

「じっさいにはあなたはどんな仕事をなさることになっているんですの？」とヴィクトリアはきいた。

「煎じつめれば、ボスのラスボーン博士に適当に相槌を打ち、その手足となって働くってわけです。汽車の切符を買ったり、予約をしたり、パスポート申請の書きいれをしたり、『現代詩鑑賞入門』といった嫌味な小冊子の包装をチェックしたり、ここかしことまめに走りまわったり。いよいよ現地に到着すると土地の人間にまじって——青年を相手に啓蒙的な運動を展開するんです——人類の進歩のために諸民族が打って一丸となるというわけで」エドワードの声音はますます憂鬱そうな響きをおびた。「率直にいって、どうもぞっとしませんよね」

ヴィクトリアも慰めの言葉に窮していた。

「というわけですから、おいやでなかったらあなたの写真を撮らせていただきたいんです。横からと正面からと。いいですか？　やあ、ありがたいな——」

シャッターがカチッカチッと鳴り、ヴィクトリアは魅力のある男性に自分が強烈な印象を与えたことを意識している若い娘の顔に往々にして見られる、猫がのどを鳴らすときのような、いとも満足げな表情で納まりかえっていた。

「でも、こうしてあなたのような人に会えた矢先に出発しなければならないなんて、残酷な話ですよね。いっそやめてしまいたいくらいですが——いまとなってはどうも——いろいろな書類にサインをしたり、ビザを取ったりしたあげくですから、いまさら——

――」

「あなたが考えるほど、ひどい仕事でもないかもしれませんわ」

「まあね」とエドワードは懐疑的だった。「ただね、どうも何かおかしいという気がしてならないんですよ」

「おかしいって、どういうことですの？」

「ええ、何となくまやかしだといった気がするんです。なぜかと聞かれても、とくに理由はないんです。そんな勘が働くことがおりおりあるでしょう？　いっぺん基地で給油中にそういうことがありました。気になって調べてみると、予備のギアポンプにウォッシャーがはまっていたんです」

飛行機の方の専門用語がでてきたので、ヴィクトリアには何が何だかよくわからなかったが、およそのことは理解できた。

「つまり、その人が眉唾ものだっていうんですの？　そのラスボーンとかいう人が？」

「どうしてそんなことを考えるのか、自分でもわからないんですよ。ラスボーン博士というのはじつに尊敬すべき人物で、博学で、いろいろな団体に属しています――大司教や大学総長などともツーカーの仲ですしね。ただ虫の知らせというのか――いずれ時が明らかにしてくれるでしょう。じゃあ、さようなら。あなたもあっちに行かれるといいんですが」

「あたしも行きたいような気持ちになってきましたわ」とヴィクトリアは答えた。

「これからどうなさるおつもりですか？」

「ガウア・ストリートのセント・ギルドリック職業紹介所に行って、新しい口を探してみますわ」とヴィクトリアは浮かない口調で答えた。

「さよなら、ヴィクトリア。別れとは死に似たり《パルティール・セ・ムーリール・アン・プー》」とエドワードはすこぶるイギリス人らしい発音でいった。「フランス人はうまいことをいいますね。われわれイギリス人は〝別れ、そは甘き悲しみ〟てなことをぼやくだけで——揃いも揃って馬鹿ばかりですよ」

「さよなら、エドワード、幸運をお祈りしますわ」

「ぼくのことなんて、これっきりもう思い出して下さらないでしょうね？」

「思い出しましてよ、きっと」

「あなたはぼくがこれまで会ったどんな女性とも違う——できれば——」十五分過ぎを知らせるチャイムが聞こえたので、エドワードは呟いた。「残念ですが——本当にもう行かないと」

こういい残して、エドワードは足早にロンドンの雑踏の中に姿を消した。ヴィクトリアはそのままベンチに坐って物思いに沈みつつ、二つの思いつきが胸の中にはっきりした流れとなって迸《ほとばし》るのを意識していた。

一つはロミオとジュリエットの主題《テーマ》であった。彼女とエドワードはちょうどあの悲劇のカップルとどこか似た立場に置かれている──そんな気がした。ロミオとジュリエットの場合は、おそらくもっと格調高い言葉で自分の感情を表現しただろうけれど。しかし立場は同じだ。一目で互いに恋に落ち──別れの挫折感を味わった──寄り添おうとした二つのハートがむざんにも引き裂かれたのだ。小さいとき世話をしてくれた乳母《ナース》がよくくちずさんだ詩がふと胸によみがえった。

ジャンボはアリスにいった──
「愛しているよ」と。
アリスはジャンボにいった──
「まさか、そんなこと。
ほんとうに愛しているなら
わたしを動物園に残して、
アメリカに行ったりはしないでしょうに」

アメリカをバグダッドに代えれば、この場にぴったり当てはまる！

ヴィクトリアはパン屑を膝から払い落として立ちあがり、フィッツジェームズ・ガーデンズから外に出て、ガウア・ストリートの方向に勢いよく歩きだした。ヴィクトリアは二つのことを決心していた。一つは自分が（ジュリエットがロミオを愛したように）さっきの青年を愛している以上、彼をぜったいに自分のものにしようということ。

もう一つはエドワードが間もなくバグダッドに行くといっているからには、自分も何とかその地に赴くほかないということだった。この目的をどうやって達したものか？そう思案しつつも、ヴィクトリアは何とかなると信じて疑わなかった。もともと楽天的で、意志の強い娘だったのだ。

〝別れ——そは甘き悲しみ〟という詩句はエドワード同様、彼女にもいっこうに訴えなかった。

「こうなったらどうしても行かなけりゃね、バグダッドへ！」とヴィクトリアは呟いたのであった。

# 第三章

## 1

サヴォイ・ホテルはミス・アンナ・シェーレを古くからの大事なお客にふさわしく熱烈《アンプレッスマン》に歓迎した。「モーガンサル様はお元気でしょうか?」とたずねて、「お部屋がお気に入らなかったらそうおっしゃって下さい、すぐお取り替えします」といった。アンナ・シェーレは〝ドル〟の力を代表していたのであった。

ミス・シェーレは入浴後、着替えをすると、ケンジントンのある番号に電話し、それからエレベーターで下におり、回転ドアから出てタクシーを頼んだ。タクシーが寄ってくると乗りこんで、ボンド・ストリートのカルティエ宝石店に行ってくれと命じた。

タクシーがサヴォイの寄りつきからストランドに出たとき、とある店のショーウィンドーを眺めていた小男が、急にちらっと腕時計を見て、おりよく通りかかったタクシー——奇妙なことにこのタクシーは、買物包みをたくさんもってあたふたと手を振っている婦人に気づかない様子で通りすぎたばかりだった――を呼びとめた。

二番目のタクシーはアンナ・シェーレのタクシーを見失わないようにしながらストランドを走った。トラファルガー広場を回ろうとして二台とも赤信号で止められたとき、二番目のタクシーの男は左手の窓から首を出して手でちょっと合図をした。と、アドミラルティー・アーチの脇の横町に停車していた自家用車がエンジンをかけて、第二のタクシーの後を走る車の流れに加わった。

信号が変わった。アンナ・シェーレのタクシーがペルメルに左折する車の流れに加わったとき、浅黒い顔の小男を乗せた車はすっと右に曲がり、そのまま、トラファルガー広場を回った。今度は灰色のスタンダードの自家用車がアンナ・シェーレの車のすぐ後ろについていた。この車に乗っているのは二人で、淡い色の髪の、ちょっとぼんやりした表情の青年が運転し、スマートな服装の若い女性がその脇に坐っていた。スタンダードはアンナ・シェーレのタクシーをピカデリーからボンド・ストリートへとつけると、縁石の所で止まり、若い女性がおりた。

「どうもありがとう！」とくにどうということもない挨拶が明るく響いた。

車はふたたび走りだし、若い女性はときどきショーウィンドーを眺めながら歩き続けた。交通は渋滞していた。若い女性はスタンダードとアンナ・シェーレのタクシーの脇を通り越してカルティエに着き、中にはいった。

アンナ・シェーレもやがてタクシー料金を払って、カルティエの店内にはいった。さまざまな宝石を見てしばらく時を費やしたあげく、サファイアのはまったダイヤモンドの指輪を選んだ。ロンドンのある銀行振りだしの小切手を書いたとき、署名に気づいて店員が一段とうやうやしくいった。

「ロンドンにようこそまたおいで下さいました、ミス・シェーレ、モーガンサル様もご一緒でございますか？」

「いいえ」

「ご一緒かと存じました。こちらに見事なスター・サファイアがございます。モーガンサル様はスター・サファイアに関心がおありと記憶しておりましたので。ごらんになりますか？」

ミス・シェーレは見せてもらいたいといい、適当に褒め、かならずモーガンサル氏に伝えておこうと約束した。

アンナがふたたびボンド・ストリートに出ると、クリップ・イアリングを見せてもらっていたさっきの若い女性は、買う決心がつかないからと店員に断わって、やはり店を出た。

灰色のスタンダードの車はグラフトン・ストリートで左折し、ピカデリーを走ってふたたびボンド・ストリートに出てきたが、若い女性は気づいた様子も見せなかった。

アンナ・シェーレはアーケードへと曲がった。花屋にはいって茎の長いバラを三ダースと、香りのよい大きな紫のスミレ、白いライラックの枝一ダースばかりを活けた壺とミモザの花瓶を注文し、送り先を指示した。

「十二ポンドと十八シリングになります、お客さま」

アンナ・シェーレは代金を払って外に出た。ちょうどはいってきた若い女性もプリムラの花束の値段をきいたが、買わなかった。

アンナ・シェーレはボンド・ストリートを横切ってバーリントン・アーケードを歩き、サヴィル・ローへと曲がった。それから男子服専門店ではあるが、特別な女性の顧客のためにとくに注文に応じてスーツを作ってくれる店の一つにはいって行った。

ボルフォード氏はミス・シェーレを最上のお客にふさわしく慇懃に迎えて、スーツの布地について相談に乗った。

「さいわい、輸出用のとびきりのお品でご調製できます。ニューヨークへはいつおもどりでございますか、ミス・シェーレ？」

「二十三日に」

「でしたらかならず、お間に合わせできます。クリッパー機でお帰りで？」

「ええ」

「アメリカではどんな按配でございます？　こちらはいけませんですね――どうも」とボルフォード氏は患者の容態を告げるときのようにむずかしい顔をして首を振った。「精魂こめた仕事というものが、この節はまるでなくなっておりましてね――私の申しあげる意味がおわかりでしょうか？　当節は仕事に誇りを持っている人間がなかなかおりませんのですよ。あなた様のスーツの裁断を誰がいたしますか、ご存じでいらっしゃいますか？　ラントウィック老ですよ。七十二歳ですが、うちのいちばん大切なお客さまのご注文品の裁断の担当者として、ただ一人の信用のおける人間です。ほかの者では――」

ボルフォード氏はぽちゃぽちゃした手を嘆かわしげに振った。

「かつてわが国が名をあげておりましたのは商品の質においてでした。安い、ギラついたものは、いっさいございませんでした。大量生産を手がけましても私どもイギリス人には向きませんので。これは厳然たる事実でございますよ。それはあなた様のお国の専門でございます、ミス・シェーレ。私どもが代表するのは繰り返すようですが、質でございます。時間をかけ、労力を惜しまず、どこの国の人間にも凌駕できない品を作りだすことでございます。さて、第一回目のお仮縫いはいつにいたしましょう？　来週の今日ではいかがで？　十一時三十分に？　ありがとうございます」

布地のはいった梱《こり》が積まれた薄暗い古めかしい雰囲気の店の中を通ってアンナ・シェーレはふたたび日光の中に歩みでて、タクシーを呼ぶとサヴォイにもどった。通りの向こう側に止まっていたタクシーには小柄な浅黒い顔の男が乗っており、同じルートを取ったが、サヴォイの寄りつきにははいっていかず、そのままぐるっと回ってエンバンクメントに行き、そこで、サヴォイの使用人用の出口から出てきた背の低い太り気味の女性を乗せた。

「どうだった、ルイザ？　部屋を探してみたかね？」

「ええ、とくに何もありませんでしたがね」

アンナ・シェーレはサヴォイのレストランで昼食を取った。窓際のテーブルが取ってあった。給仕長が、「オットー・モーガンサル氏はお元気でございますか？」と親しげにたずねた。

昼食後、アンナ・シェーレは鍵をもらって自室にあがって行った。ベッドはきちんと作られ、浴室には新しいタオルが掛かり、何もかも整然としていた。アンナは荷物をいれた二つの軽い航空用のケースの所に行った。一つは鍵がかかっていた。鍵をかけてない方のケースの中身にちょっと目を走らせ、ついで財布から鍵を出してもう一つのケースを開けた。すべてが彼女がいれておいた通りにきちんと畳んでいれてあり、手を触れたり、動かしたりした形跡はまったくなかった。一番上に革の書類いれが乗っていた。小さなライカのカメラと二本のフィルムが片隅にあった。フィルムは封をしたままだった。アンナは蓋に爪をかけてあげ、ちょっと指先を見た。それからそれとなく微笑した。たった一筋、そこにはいっていたほとんど気づかないくらい細い、ブロンドの髪の毛が見当たらなかったのである。いかにも器用な手つきで、アンナは細かい紛を少々、書類いれの輝く革の上に振りかけるとふっと吹いた。しかし書類いれはあいかわらず曇りなく光り、指紋は一つも浮きださなかった。しかしその朝、プラチナ・ブロンドの髪を撫でつけてブリリアンティンを塗った後に、アンナはその手で書類いれに触れていた。指紋が――彼女自身の指紋が――当然残っているはずであった。

アンナはふたたび微笑した。

「水際だった仕事ぶりだわ。でもちょっと……」

小旅行用の小さなケースに身の回りのものを手際よく詰めて、彼女はふたたび下におりた。タクシーが呼ばれ、運転手はエルムズレー・ガーデンズ十七番地に行くよう命じられた。

エルムズレー・ガーデンズはケンジントンの静かな、ちょっと煤けた広場で、アンナはタクシーの料金を払うと階段を駆けあがってペンキのところどころ剝げた玄関のドアの前に立ち、呼鈴を押した。数分後、中年の婦人がうさんくさそうに玄関のドアをあけたが、客を見たとたんにうれしそうな笑顔になった。

「まあ、エルシーさまがどんなにお喜びになりますでしょう！　裏の書斎においでです。あなた様がおいでくださるというので、何とか元気にしておいでですわ」

アンナは暗い廊下を足早に歩いて奥のドアをあけた。小さなみすぼらしい、しかし居心地のいい部屋で、使いふるしたどっしりした革の肘掛け椅子が置かれていた。その一つに坐っていた婦人が立ちあがった。

「アンナ！」

「エルシー！」

二人は愛情をこめてキスをかわした。

「用意はもうすっかりできているわ」とエルシーがいった。「今夜入院することになっているの。でもわたし、何だか――」

「元気をお出しなさいな」とアンナがいった。「何もかもうまくいくわ」

# 2

レインコート姿の小柄の浅黒い男はハイストリート・ケンジントン駅の公衆電話ボックスにはいり、ダイアルを回した。

「ヴァルハラ蓄音機製造会社ですか？」

「はい」

「サンダーズです」

「川のサンダーズですね？　どの川です？」

「ティグリス川です。A・Sについて報告します。けさ、ニューヨークから着きました。カルティエに行き、サファイアとダイヤモンドの指輪を買いました。百二十ポンドです。ついでジェーン・ケント花店で——十二ポンド十八シリング相当の花をポートランド・プレイスの私立病院に送らせました。コートとスカートをボルフォード・アンド・エイヴァリーで注文しました。立ち寄ったどの店にも手先らしい者はいませんが、将来とも気をつけて監視することになっています。A・Sのサヴォイの部屋は徹底的に捜索しましたが、怪しいものは何も見つかりませんでした。スーツケースの中の書類いれにはヴォルフェンシュタインスとの合併に関する書類がはいっていただけで、とくに問題はありません。カメラと未使用らしいフィルムが二本。もっとも何かの書類か、図面を写している可能性もありますので、新しいものと交換しておきました。しかし報告を受けたところによると、ごく当たりまえの未使用のフィルムだそうです。Ａ・Ｓはその後、小さなケースをもってエルムズレー・ガーデンズ十七番地の姉の所に行きました。今夜、姉は内臓の手術のためにポートランド・プレイスの私立病院にはいることになっています。このことは病院に確かめましたし、外科医の予約もチェックしました。Ａ・Ｓが姉を見舞ったことについては、一見何のふしぎもありません。つけられているのではないかといった不安そうな様子もなかったし、気づいているふうでもありませんでした。今夜は姉に付き添って病院で過ごすことになっているようです。サヴォイの部屋はそのままです。クリッパー機によるニューヨークへの旅は二十三日の便に予約されています」

川のサンダーズと名乗った男は言葉を切って、一言個人的な追伸を付け加えた。

「私の意見をいわせてもらうなら、見込み違いもいいところだといいたいですね！　ただ湯水のように金を浪費しているんですよ！　十二ポンド十八シリングを、たかが花にですよ！　呆れたもんだ！」

# 第四章

## 1

目的を達することができないのではないか、という危惧が一瞬もヴィクトリアの胸を掠めなかったのは、彼女がいかに楽天的な気質の持ち主かということを物語るものだろう。ヴィクトリアには、ロングフェローの詩にある〝夜半の洋上にゆきかう船〟のごとく、まなざしと声の思い出だけを胸に、せっかく知りあった魅力的な青年と永遠に別れる気はなかった。

彼女があの青年に――はっきりいって愛を覚えたやさき、当の相手が三千マイルも離れた土地に出発する直前だということがわかったのはたしかに不運なことには違いなかった。アバーディンとか、ブラッセル、バーミンガムあたりだっていいはずなのに。「よりによってバグダッドだなんて!」とヴィクトリアはつくづく恨めしかった。それで、しかし困難ではあっても、何としてでもバグダッドに行くつもりになっていた。どうしたものかとその手段方策を思案しながら決然とトテナム・コート・ロードを歩きだした。バグダッドという所では、いったいどんなことが行なわれているのだろう？　エドワードによると、彼の仕事は〝文化〟活動だそうだが、彼女ヴィクトリアも何らかの形で文化的な舞台に乗りだせないものだろうか？　ユネスコはどうだろう？　ユネスコはいつも人材をいろいろな所に送っている。ときにはとてもすてきな土地に。しかしそうした場合に派遣されるのは通常、学位をもった若い優秀な女性で、早くからその分野で活動している人間のようだ。

ヴィクトリアは一番肝腎なことから当たってみようと心をきめて、けっきょく旅行業者の所に寄って問い合わせた。バグダッド行きはむずかしいことではないらしかった。飛行機でも行けるし、バスラまで長い船旅をすることもできる。マルセイユまで鉄道で行き、そこからベイルートにわたり、砂漠を車で横断してもいい。エジプト経由でも行ける。その気なら、ずっと鉄道を使って旅行することも可能だ——ただビザの取得が今のところなかなかたいへんで、かならずしも当てにならず、受けとるときにはもう期限切れになっていたりする。バグダッドはポンド地域だから通貨の点では問題はない。といってもそれは旅行業者の観点からしてということで、つまり六十ポンドから百ポンドの現金をもってさえいれば、バグダッドに到着することはきわめて容易だということになる。

ヴィクトリアの場合は、さしあたって三ポンド十シリング(マイナス九ペンス)とそのほか十二シリング、加えてたかだか五ポンドの預金しかなかったから、自分で自分の旅費を払うという一番簡単明瞭な旅行法は問題外だった。

そこでヴィクトリアは試みに、スチュワーデスとして旅行するという可能性について問い合わせてみた。しかしスチュワーデスは希望者が多すぎ、順番待ちだということがわかった。

ついで彼女はセント・ギルドリック職業紹介所を訪れた。そこの机の前に座を占めている有能なミス・スペンサーは、しばしば紹介所の厄介になる宿命の人間を迎える表情で彼女を見あげた。

「まあ、ミス・ジョーンズ、また失業なすったんじゃありますまいね。わたし、今度こそはと——」

「とても続ける気になれませんでしたの」とヴィクトリアはきっぱりいった。「堪えがたきを堪え——でももう——具体的なことをいちいち申しあげる気にもなりませんけれど」

期待の色がミス・スペンサーの頬を紅潮させた。

「まさか――まさか、あの社長さん――そんなタイプには見えませんでしたけど――でももちろん、少々粗野な感じでしたわね――それであの――」

「いいんですの」とヴィクトリアはいって、健気な微笑をそこはかとなく頰に漂わせた。「あたし、自分の身ぐらいは守れますから」

「ええ、もちろんですわ。でも不愉快な思いをするのはねえ――」

「ええ、不愉快なことは――でも――」といってふたたび健気にほほえんで見せた。

ミス・スペンサーは手もとの帳簿を見やっていった。

「〝未婚の母に援助の手を〟というセント・レナード会がタイピストを求めていますわ。むろん、俸給はあまりよくありませんが」

「ひょっとしてバグダッドに職はないでしょうか？」

「バグダッドですって？」とミス・スペンサーはびっくり仰天してきき返した。

ヴィクトリアがカムチャッカとか、南極とでもいったように、啞然としている様子だった。

「あたし、バグダッドに行きたいんですの」

「とてもそんな――秘書としてですの？」

「どういう資格でだって構いませんわ、看護婦としてでも、コックとしてでも、頭のおかしい人の付添いとしてでも。とにかく何でもいいんです」

ミス・スペンサーは首を振った。

「まあ、望みはないでしょうね。昨日、小さなお子さんを二人連れた女性が、子どもたちの面倒を見てくれる人はいないか、オーストラリアまでの旅費をもつがといっておられましたけれど」

ヴィクトリアは手を振った。オーストラリアには関心がなかった。

ヴィクトリアは立ち上がった。「何か、お聞きになったら、どうぞ、よろしく。旅費だけでいいんですの」ミス・スペンサーの目に好奇の色が浮かぶのを見て説明した。「あちらに――親類がいますの。俸給のいい仕事がいろいろあると聞いていますし。でももちろん、まず行ってみなければ、どうにもなりませんでしょう？」

職業紹介所を出て後、ヴィクトリアは呟いた。「そうよ、とにかく行ってみなければね」

ある名前とか、問題に急に注意を払うようになると、関心の対象に関係のあることがどこに行っても目につくというのはよくあることだが、何もかもがバグダッドという連想を押しつけてくるように思われるのも、ヴィクトリアの気持ちをいらいらさせた。町角で買った夕刊に、有名な考古学者のポーンスフット・ジョーンズがバグダッドから百二十マイル離れた古代都市ムーリクで発掘を開始したという短い記事が載っていた。広告欄には、バスラ（そこから汽車でバグダッドやモスールに向かうことができるのだ）行きの定期船の便についての知らせが出ていた。靴下をいれる抽出《ひきだ》しに敷いてあった古新聞にバグダッドの学生のことが書いてあるのが目についたし、《バグダッドの盗賊》という題名の映画が彼女のフラットの近くの映画館で上映中だった。彼女がいつも覗くインテリ向きの書店のウィンドーには、『バグダッドのカリフ、ハールーン・アル・ラシッドの新しい伝記』という表題の本が目につく所に展示されていた。

まるで全世界が突如としてバグダッドを意識しだしたようだった。その午後の一時四十五分ころまでは、彼女はバグダッドのことなど、聞いたこともなく、ましてや、それについて考えたこともなかったのだが。

バグダッドに行けるという見込みは薄そうだったが、諦める気はなかった。機知縦横の上に、なせばなるという楽観的な人生観をもっていたからだった。

その夜、ヴィクトリアは何とかバグダッドに行く方策はないものかと、思いつくままに紙に書きだしてみた。

外務省？

折込み広告？
イラク公使館？
ナツメを扱う会社？
海運会社？
ブリティッシュ・カウンシル？
セルフリッジ百貨店の情報センター？
市民よろず相談所？

どれも有望とは思えない——とヴィクトリアは不承不承認めざるをえなかった。このリストに彼女はもう一項書き加えた。
何とか百ポンドを手に入れること。

## 2

前夜遅くまでああでもないこうでもないと考えあぐねたのと、もう午前九時までに出勤しなくてもいいのだというひそかな満足感からだろう、ヴィクトリアは翌朝だいぶ寝過ごした。

十時五分過ぎに目を覚ますと彼女はすぐ跳び起きて着替えをした。とかく突っ立ちがちな黒髪にもう一度櫛をいれていたとき、電話が鳴った。

手を伸ばして受話器を取ると、慌てふためいたミス・スペンサーの声がいきなり耳に飛びこんできた。

「よかったわ、連絡が取れて。ねえ、ほんとにびっくりするような偶然の一致ってあるものですわね」

「え？」

「偶然の一致もいいところ。ミセス・ハミルトン・クリップという旅行者が三日後にバグダッドに発つんですって。片腕を骨折していて、旅行中介添えが要るそうなんです。耳よりな話だと思って、すぐあなたに電話したってわけなんです。もちろん、ほかの紹介所にも頼んでいるかもしれませんけどね——」

「すぐ伺いますわ」とヴィクトリアは答えた。「その方、どこに泊まっていらっしゃいますの？」

「サヴォイ・ホテルです」

「おかしな名前でしたわね？　トリップさん？」

「クリップさんですよ。紙をはさむクリップと同じですけど、Ｐが二つですって。どうして二つもいるのかしら。もっともアメリカ人だから」とミス・スペンサーは何もかもそれで説明がつくといわんばかりにいった。

「サヴォイのミセス・クリップですね」

「ご夫妻でお泊まりです。電話もご主人からでしたわ」

「ご親切に、本当にどうもありがとうございました。じゃあ」

ヴィクトリアは急いでスーツにブラシをかけながら、もうちょっとくたびれていない服を着て行けるといいのにと残念に思った。多すぎる髪の毛が少しでもおとなしやかにまとまり、行き届いた旅慣れた付き添いの役割にぴったりに見えるようにとヴィクトリアは念入りに髪に櫛をいれた。それからグリーンホルツ氏の書いた推薦状を出して読み、不本意げに首を振った。これは何とかしなければいけない。

やがて彼女は19番のバスに乗ってグリーン・パークでおり、リッツ・ホテルにはいって行った。途中のバスの中で隣りに坐った婦人の読んでいた新聞をちらと覗いて、好都合なインスピレーションを得ていたのだ。リッツの休憩室に行くと彼女は、イギリスを発って東アフリカに行ったと新聞に書かれていたレディー・シンシア・ブラッドベリーなる人物の署名入りの惜しみない讃辞に満ちた推薦状を創作した。〈病気のときには行き届いた看護をしてくれ、あらゆる点で有能でした……〉

リッツを出て通りを横切り、アルビマール・ストリートを少し行くと主教や、地方から出てくる昔気質の未亡人の常宿として知られているボールダートンズ・ホテルの前に出た。

ここでヴィクトリアはレディー・シンシアより少しおとなしやかな筆蹟で、〝e〟の字をギリシア風に〝ε〟と小さくきちんと記して、架空のランガウの主教からの推薦状を書いた。

このように二通の推薦状を携えて、ヴィクトリアは9番線のバスに乗り、サヴォイに向かった。

受付でミセス・ハミルトン・クリップを呼んでくれといい、セント・ギルドリック職業紹介所からと告げると、受付係は心得て電話を引き寄せかけたが、ふと手を止めて、向こう側を見つめていった。

「ハミルトン・クリップ氏があそこにおいでです」

ハミルトン・クリップ氏は目立って長身痩軀の親切そうな白髪まじりのアメリカ人で、ゆっくり一語一語切ってものをいった。

ヴィクトリアが名前を告げ、紹介所からきたというと、クリップ氏はすぐにいった。

「やあ、ミス・ジョーンズ、すぐ部屋にきて家内に会って下さいませんか、まだ部屋にいるんですよ。面接に見えた若いご婦人と会っているんですが、その人はもう帰ったころかもしれませんし」

ヴィクトリアはぎょっとした。

訪れかけていたチャンスが早くも遠のいてしまったのか？

エレベーターで二階に行き、ふかふかの絨毯を敷きつめた廊下を歩いていたとき、奥の部屋の戸口から若い女性が現われて彼らの方に向かって歩いてきた。ヴィクトリアは一瞬、自分自身が近づいてくるような錯覚をいだいた。それはその女性の着ていたテイラードのスーツが、彼女自身の好みのものであったからかもしれなかったが。

「それにあれなら、あたしにきっとぴったりだわ、背恰好もほとんど同じですもの。剝ぎとって着てやりたいくらい！」と原始的な女性の荒々しさに先祖帰りして、彼女はふと思った。

若い女性は彼らの脇を通りすぎた。金髪の頭に載せられた小さなビロードの帽子が顔を半ば隠していたが、ハミルトン・クリップ氏はびっくりしたように振り返って呟いた。

「驚いたな。アンナ・シェーレがこんな所に」

それから説明するようにいった。

「すみません、ミス・ジョーンズ。今のはほんの一週間前にニューヨークで会った若い女性なんですよ。アメリカの大きな国際銀行の頭取の秘書なんですがね」

クリップ氏はこういいながら、廊下に並んでいるドアの一つの前で立ち止まった。鍵穴に鍵が差しこんだままになっていた。クリップ氏はちょっとノックしてドアを開き、ヴィクトリアを通した。

ミセス・ハミルトン・クリップは窓際の背もたれの高い椅子に坐っていたが、彼らを見ると椅子から跳び立つようにして迎えた。鳥のような鋭い目の小柄な婦人だった。右腕にギプスをはめていた。

クリップ氏がヴィクトリアを紹介した。

「ほんとに運が悪いったら！」とミセス・クリップは息を切らして叫んだ。「すっかり旅程を作ってもらって、楽しくロンドン見物をし、ほかの計画も立てて、帰りの予約まですませたところでしたのよ。イラクに嫁《かた》づいている娘を訪ねるつもりでしたの、ミス・ジョーンズ。ほとんど二年近くも会っていませんでね。ところがわたしときたら――所もあろうにウェストミンスター寺院の――石段で転んで、この有様ですの。すぐ救急車で病院に運んでくれて骨はうまくはまりましたし、いろいろ考え合わせれば、そうひどい怪我でもなかったわけですけれど――でもごらんの通り、自分の用が足せませんでね。旅行なんてどうしてできるやら。それにジョージはちょうど仕事で動きがとれず、少なくとももう三週間はロンドンにいなきゃならないんだそうですの。看護婦を雇ったらってジョージはいうんですけれど――でもあっちに着けば看護婦には付き添ってもらう必要はなくなるでしょうし――娘のサディーが必要なことはみんなやってくれましょうから――それに看護婦では、帰りの旅費も払わなければならないでしょうからね。それで、あちこちの紹介所に電話してみようと思ったんですの。ひょっとして往きの旅費を払うだけで一緒にきてくれる人がいないかと思って」

「あたくし、厳密にいうと看護婦じゃございません」とヴィクトリアはいった。「でも、看護の経験はかなりございます」

実際上はまさにそうなのだがという意味を言外ににおわせていた。

と一つ目の推薦状を差し出した。

「レディー・シンシア・ブラッドベリーに一年以上付き添っていました。手紙を書いたり、秘書のようなこともしてほしいとお望みでしたら、何カ月か、伯父の秘書として働いたことがございます。あたくしの伯父は――」とつつましく、「ランガウの主教でございます」

「まあ、伯父さまが主教でいらっしゃるの？　それはそれは――」

ハミルトン・クリップ夫妻はたしかに感銘を受けたらしかった。(〝当然だわ。ずいぶん骨を折って考えたんですもの!〟)


ミセス・クリップは二通の推薦状を夫に渡し、

「すばらしいこと!」とうやうやしくいった。「まったく神さまのお導きね。祈りが聞かれたようなものだわ」

(〝こちらにとってもまったくその通りです〟とヴィクトリアは心中呟いた)

「イラクで何か仕事につくおつもり? それともご親類でも頼っていらっしゃるんですの?」とミセス・クリップがきいた。


推薦状を創作するのに苦心したので、ヴィクトリアはバグダッドに旅行する理由を先方に説明しなければならないかもしれないということを忘れていた。不意を打たれてとっさに創作しなければならず、ふと昨日の新聞記事が頭に浮かんだ。

「伯父を訪ねてまいります。ポーンスフット・ジョーンズ博士ですの」

「まあ、考古学者の?」

「はい」有名人を二人も伯父として持ちだしたら、やり過ぎだろうか? 「伯父の仕事にたいへん興味をもっておりますが、もちろん、とくべつな資格はございませんから、調査団から旅費を出してもらうことは問題外です。調査団にはもともと資金が乏しいのですし。ですけど自分で旅費を出して行く分には構わないわけで、行けば何かの役に立つでしょうから」

「面白いお仕事なんでしょうな。メソポタミアという所は考古学の方面ではたいした場所らしいですから」とハミルトン氏がいった。

「伯父の主教はいま、スコットランドにおりまして」とヴィクトリアは夫人の方に向き直った。「ですけど秘書の電話番号をお教えできます。ちょうどロンドンに滞在していますから、ピムリコ八七六九三——フラム・パレスの内線番号です。そうですね（とちらと炉棚の上の時計に目を走らせ）、十一時半以後でしたらいつでも在室していると思いますから、あたくしのことをおたずねになって結構です」

「まあ——それは」とミセス・クリップがいいかけたが、クリップ氏が遮った。

「時間があまりないんだよ。あさっての飛行機なんだから。あなたはパスポートをおもちですか、ミス・ジョーンズ？」

「ええ」前年休暇を取ってフランスに短い旅行をしたときのパスポートがまだ有効なのはありがたかった。「ひょっとして必要かと思って持って参りました」

「それはたいへん能率的ですね」とクリップ氏は感心したようにいった。たとえほかに候補者がいたとしても、これで独走態勢ができたようなものだった。結構な推薦状と、これまた結構な伯父さんと、おまけにパスポート持参ということで、決定的に点を稼いだらしかった。

「ビザが要りますね」とクリップ氏がパスポートを取りあげていった。「アメリカン・エキスプレスにいる友人のバージョン氏の所に寄って頼んでおきましょう。彼が万事心得てやってくれますよ。午後あなたご自身行ってごらんになって、必要な箇所にサインなされればいいわけです」

ヴィクトリアはそうしようといった。

ドアを閉めたとき、ミセス・クリップが夫にいう声が聞こえた。

「率直な、よさそうな人ですわね。運がよかったわ、わたしたち」

正面切って褒められて、さすがのヴィクトリアも思わず顔を赤らめた。

さて急いでフラットにもどると、ヴィクトリアは電話の前に陣どった。ミセス・クリップが彼女の能力について問い合わせてきたら、主教の秘書にふさわしい品のよい洗練されたアクセントで答えようと。しかしミセス・クリップはヴィクトリアの率直な人となりに感銘を受けたのだろう、わざわざ細かいことまで確かめる気を起こさなかったらしく電話は掛かってこなかった。それに何といっても、今回のことはほんの数日間の旅行中、付き添うだけなのだから。

手続きは順調に進められ、書類の記入、署名もすみ、ビザも取得され、ヴィクトリアは前夜をサヴォイで過ごすようにいわれた。翌朝、航空会社の集合場所からヒースロー空港に出かけるべく午前七時に出発することになっているミセス・クリップに手を貸すためだった。

# 第五章

二日前に沼沢地方を出た舟はアラブ川ぞいに静かに漕ぎ進んでいた。流れの勢いは速く、舟を操っている老人はほとんど何もする必要がなかった。老人の櫂の動きは静かでリズミカルだった。半眼を閉じ、声を殺して、老人は歌をくちずさんでいた。哀調をおびたいつ果てるともないアラブの歌を。

アスリ・ビ・レイル・ヤー・アマリ
ハーディー・アレイク・ヤー・イブン・アリー

沼地に住むアラブ人のアブダル・スライマーンは、いつもこんなふうにして川を下ってバスラにやってくる。舟には男がもう一人、乗っていた。西洋と東洋が物悲しくまじった服装をしている人間は当節よく見られるが、この男もそうだった。長い縞模様の木綿の服の上に誰の捨てたものか、しみだらけのカーキ色の古軍服の上着を着ていた。色あせた赤い毛糸の襟巻きがぼろぼろのその上着の下に押しこまれており、頭にはアラブ人の威厳の象徴であるかぶりもの、黒と白のカフィエが黒絹のアガール紐できっちり留められていた。焦点が定まらないようにぽかんと見開かれた目が川の土手をぼんやり眺めていた。そのうちに、この男も老人と一緒に同じような調子と声で鼻歌を歌いだした。メソポタミアの風景の一部をなす何千という他の人間の姿とどこといって選ぶところのない、平凡な男だった。彼がイギリス人だということを示すようすがは何一つなかった。秘密の伝達者といった謎めいたところは皆無で、あらゆる国々の権力者が中途で阻み、それを携えている人間もろとも滅ぼそうと狙っている秘密の保持者だということを示すものはまったくなかった。

彼は過ぐる数週間のことをおぼろげに思い返していた。山中での待ち伏せ。峠越えのときに降りだした雪の冷たかったこと。ラクダに乗った隊商たちにまじっての旅。ポータブルの〝活動写真〟を携えている二人の男とともに不毛の砂漠を徒歩で横断した四日間。暗いテントの中での日々、古くからの友だちのアナイゼ族との旅。いずれも困難で、終始危険がつきまとっていた——彼を見つけだし、その目的を阻止しようとして広げられている網を敵の裏をかいて何度も突破してここまできたのだった。

〝ヘンリー・カーマイケル、イギリスの秘密諜報員。年齢三十歳前後。茶色の髪、黒い眼、身長五フィート一〇、アラブ語、クルド語、ペルシア語、アルメニア語、ヒンドスタニー語、トルコ語、その他、山奥の諸方言を話す。アラブ部族の間に友人多し。危険人物〟

カーマイケルは父が官吏をつとめていたカシュガルで生まれた。子どものころからさまざまな方言や訛りを巧みに操った。はじめは乳母たちが、後には従僕がさまざまな部族に属する現地人であったからだ。中東の奥のほとんどあらゆる僻遠の地に、カーマイケルは友だちをもっていた。

しかし都市や町では、腹心の人々との連絡がとかくうまく行かなかった。バスラに近づきつつあるいま、彼は自分の使命にとって重大な瞬間がきたことを知っていた。おそかれ早かれ、文明地域の中にふたたびはいって行かなければならない。バグダッドは彼の目的地ではあるが、直接バグダッドに赴かない方が賢明だということはよくわかっていた。イラクのどこの町にも寝泊まりのできる場所が用意されていた。何カ月も前に注意ぶかく討論した末に手筈が整えられていたのである。もっとも、どこをいわゆる上陸地点にするかといったことは、彼自身の臨機応変の判断に任されなければならなかった。ルートについては上司には何も知らせてなかった。安全とわかっている間接のチャンネルを通じてさえも。用心に如《し》くはないからだった。予定の場所に待っている飛行機に乗りこむという容易なはずの計画は、カーマイケルの予想通り、うまくいかなかった。情報が洩れていたのである。まかり間違えば死につながる、理解に苦しむ秘密漏洩が再三あったのだ。

危惧が強まっていたのはそのせいだった。バスラにはいって目的の達成を目前にしたいま、カーマイケルは、剣呑きわまるこれまでの旅の途中以上に危険が大きいことを本能的に感じていた。土壇場にきて失敗したら――そう思うだけでも堪らなかった。

リズミカルに櫂を操りながら、アラブ人の老人は頭をめぐらさずに呟いた。

「いよいよだな、わが子よ、アラーのお守りがあるように」

「町中でぐずぐずしないで帰ってくれよ、とっつぁん。一刻も早く沼地に引き返すんだ。あんたの身にもしものことがあっては困る」

「アラーの思召しのままだ。すべてはアラーのみ手のうちにある」

「アラーのみ手のうちに！」とカーマイケルも繰り返した。

一瞬、カーマイケルは西洋の血を享けていない東洋の人間になりたいと切に思った。そうすれば事の成否を気に病むこともなく、あらかじめ賢明に慮《おもんぱか》って計画したかと繰り返し自分に問いつつ、危険をおしはかる必要もないだろうに。慈悲ぶかい全能のアラーにすべてを任せ、そのみ手に責任を委ねられれば。アラーのみ手に守られてかならず成功するという確信をもてれば！

〝アラーのみ手のうちに！〟その言葉を胸の中でもう一度繰り返しながらも、カーマイケルは自分を取り囲む世界の穏やかさ、宿命観を胸がつぶれるほどひしひしと感じて、それを受けいれた。もう間もなく彼はこの安全な舟をおりて、バスラの街路を歩き、敵の鋭い目に曝《さら》されることになるのだ。はたからアラブ人のように見えるだけでなく、自らアラブ人のように感じることによってのみ、目的は達せられるだろう。

舟は川と直角に走っている水路にゆっくりとはいって行った。ここにはあらゆる種類の川舟がつながれており、なおつぎつぎに舟がはいっていた。渦巻き模様のある高い舳先、ペンキの色が目に快くあせている船体、ほとんどヴェニスを思わせる美しい光景だった。ここには何百艘もの舟が、目白押しに並んで繋がれていた。

老人は低い声でいった。

「いよいよだな。あんたを受けいれる準備は整っているんだろうね？」

「そう、すっかりね。いよいよお別れの時がきたようだ」

「神があんたの道を平らかに、あんたの寿命を長くして下さるように！」

カーマイケルは縞の長衣の裾をからげて、つるつる滑る石段から上方の波止場にあがって行った。

どっちを向いてもお定まりの波止場の光景が見られた。オレンジを盆に積みあげて座っている少年たち。菓子や砂糖漬がべたべたする仕切りの中に並んでいた。靴紐、安物の櫛、ゴム紐などを乗せた盆もあった。ときどき騒々しい音を立ててのどを鳴らし、唾を吐きちらしながら、数珠をカチカチいわせ、物思いにふけりつつゆっくり歩いている人々。店や銀行の並んでいる通りの反対側には若い官吏たちが、少し日灼けして紫色がかって見える背広姿で気忙《きぜわ》しそうに歩いていた。イギリス人も含めてヨーロッパ人の姿も見えた。誰もカーマイケルにとくべつな関心や好奇心を示さなかった。彼は、いましも舟をおりて波止場にあがってきた五十人かそこらのアラブ人中の一人に過ぎなかったのだ。

カーマイケルはほとんど足音も立てずに、のんびり歩いて行った。その目はまわりの風景を、そうした場にふさわしい程度の子どもらしい喜びをもって心におさめていた。はたの者が耳をそばだてるほど、騒々しくはないが、おりおり彼もまた、軽く咳払いをして唾を吐いた。場違いに見えないためだった。二度ほど、手鼻をかみもした。

こんなふうにしてよそ者の男はバスラに到着し、運河の上手の橋の所で曲がって橋を渡り、市場《スーク》にはいって行ったのであった。

市場《スーク》の中は喧騒と活気に溢れていた。元気のいい現地人が人波を押しわけて闊歩しているかと思うと、荷を積んだロバがしゃがれ声のロバ引きに、「バレク！ バレク！」と急《せ》かされながらぽくぽくと歩いていた。子どもたちは喧嘩をしたり、金切り声をあげたり、ヨーロッパ人の後を追いかけては、「チップを、奥さん。チップを下さいなってば、奥さん！」などとねだっていた。

西洋と東洋の産物が並んで売られていた。アルミニウムのソース鍋、ティーカップとソーサー、ティーポット、槌で打って作りあげた銅製品、アマーラ産の銀細工、安物の時計、エナメルの取手付きカップ、刺繡を施した布、ペルシア産のはでな模様いりの敷物、クウェート産の真鍮の留金つきの衣裳箱、古着の上下、子ども用の毛糸のカーディガン、刺子のベッドカバー、彩色したガラスのランプ、素焼の水差しや鍋。文明世界の安物の商品が、土地の特産品と一緒に売られていた。

すべてが常日ごろと変わりなかった。広い荒涼たる場所で長いこと過ごした後とて、市場の喧騒と混雑はカーマイケルには物珍しかった。とはいえ、どっちを向いてもごく当たりまえの市場の風景で、気になる不協和音も感じられず、彼に向けることとさらな関心の目もないようだった。しかし何年もの間、追われているということの意味を知りぬいてきた人間の本能で、カーマイケルはしだいに不安を、そこはかとない脅威を感じはじめていた。とりたてて何も妙なことはなかった。誰かにじっと見つめられているわけでもなく、後をつけている者、様子を窺っている者がいないことはほとんど確かだった。それでいて、いわくいいがたい危機感が確実に忍びよっていた。

カーマイケルは狭い暗い角をふたたび右に曲がって、ついですぐ左に折れた。小さな店の立ち並んでいる中にとある旅人宿《カーン》があった。入口からはいると中庭で、周囲を店に囲まれていた。カーマイケルはフィラークと呼ばれる北方の人々の着る羊皮の外套がぶらさがっている店の前に立ち、買おうかどうしようかという思いいれで外套をいじった。と、店の主人が客にコーヒーを勧めているのが見えた。客は背の高い顎鬚を生やしたなかなかりっぱな風采の男で、トルコ帽のまわりに緑色の布が巻かれているので、メッカ参りをした回教徒であることが知れた。

カーマイケルは外套をいじりながらふときいた。

「ビシュ・ハーザー？」

「七ディナーレです」

「高いな」

回教徒が主人にいった。

「敷物は私の宿に届けてくれるね？」

「たしかに」と主人がいった。「お出かけは明日で？」

「夜明けにカルバラに発つつもりだ」

「カルバラなら私のふるさとですよ」とカーマイケルがいった。「フセインの墓に最後に参詣してから十五年になります」

「聖なる町だ」と回教徒は呟いた。

主人は肩ごしにカーマイケルにいった。

「もっと安いフィラークが奥の部屋にありますが」

「北方産の白いやつがほしいんだが」

「奥にはそういうのも置いてあります」

こういって主人は奥の方に見える戸口を指し示した。

儀式的なやりとりはすべて一定のパターンにのっとって行なわれた――市場《スーク》でいつも聞かれるたぐいの会話であった。しかし順序も、鍵になる言葉もすべて打ち合わせ通りだった――カルバラ――白いフィラーク。

しかし、奥の部屋に通るときにちらと目をあげて主人の顔を見やったカーマイケルはすぐ、それが予期していた顔と違うことに気づいた。たった一度しか会ったことがなかったが、カーマイケルの鋭敏な記憶力はいささかの狂いもなかった。似てはいる――生き写しといえるくらいに。しかし同じ人物ではなかったのだ。

カーマイケルは立ち止って、ちょっとびっくりしたように、しかし穏やかな口調でいった。

「サラー・ハッサンはどこにいるんだね？」

「あれは私の兄です。三日前になくなりました。万事私が受けつぎましたので」

そう、たぶん弟なのだろう。よく似ている。弟も、情報部に雇われているのかもしれない。たしかに答は打ち合わせ通りだった。しかしカーマイケルはますます警戒心をつのらせつつ、薄暗い奥の部屋に歩みを進めた。ここの棚にも商品が幾段か積まれていた。コーヒー・ポット、真鍮と銅でできた、砂糖を砕くための槌、古いペルシア産の銀器、ラクダの毛織の布を畳んだもの、ダマスカス産のエナメル塗りの盆やコーヒー・セット。白いフィラークが一着、きちんと畳んで小さなコーヒー・テーブルの上に載っていた。カーマイケルが近づいて取りあげると、その下にヨーロッパ人の服装が一揃い置かれていた。着古した少々けばけばしい色の背広の上下であった。胸のポケットには金と数通の信任状のはいった紙入れがいれてあった。素性のわからないアラブ人が店にはいり、クロス海運会社のウォルター・ウィリアムズ氏として出て行き、予定に従ってある人々と会うことになっていた。もちろんウォルター・ウィリアムズという人物は実在する――

―計画はその点きわめて綿密で、ウィリアムズ氏は実業家としての然るべき経歴をもつ人物であった。すべて計画通りに運んでいると安堵の溜息を洩らして、カーマイケルはぼろぼろの兵隊用のジャケットを脱ごうとした。何もかもうまくいっているらしい――とほっとしながら。

拳銃が武器として選ばれていたとしたら、カーマイケルの使命はそのとき、その場で頓挫していたに違いない。しかし凶器としてのナイフには音がしないという利点があるので、この場合にも用いられたのであろう。

カーマイケルの正面の棚の上に大きな銅製のコーヒー・ポットが載っていた。アメリカ人の一旅行者の依頼でコーヒー・ポットはぴかぴかに磨きあげられていた。ナイフの閃きがこのコーヒー・ポットの表面にきらりと反射し――その場の光景が歪んで、しかしありありと映しだされたのであった。カーマイケルの背後のとばりを分けてそっと現われた男――その衣服の下から引き抜かれた長い曲がったナイフ。カーマイケルの動きがもう一呼吸遅かったら、ナイフは彼の背中をブスリと刺していただろう。

カーマイケルは稲妻のように目にも止まらぬ速さでくるっと振り向き、低く身を屈めて素早くタックルして相手を倒した。ナイフがふっ飛んだ。次の瞬間にはもうさっと身を引き離し、カーマイケルは相手の体の上を跳び越えて店の中を走っていた。商人が悪党らしい顔に驚きの色を湛えて見つめ、太ったメッカ帰りの回教徒が穏やかな目を見はっているのを尻目に外へ出ると、旅人宿《カーン》の中庭を通り抜け、混雑した市場《スーク》にもどり、右に左に折れた。急いでいると怪しまれる土地柄だ。彼は雑踏の中をまたしてものんびり歩いていた。

このようにほとんどさし当たっての目的もなげにゆっくりと足を運び、ふと立ち止まって商品を入念に眺めたり、織物に触ってみたりしながらも、カーマイケルは気忙しく思いめぐらしていた。組織に破綻が生じたのだ！　これからは彼に敵意をいだく人々の土地を自分の才覚だけに頼って旅しなければならない。たったいま起こったことの意味を、彼はぞっとするような危機感とともに噛みしめた。

恐ろしいのは敵につけられているというだけではない。文明世界への入口がことごとく相手方に固められているのみならず、組織の中にも手先がはいりこんでいるのだ。その証拠に合言葉が洩れていた。さっきの店の主人の応答はいかにも自然で、正確だった。ここまでくればもう安心と彼がほっとした瞬間を狙って、痛棒が下ったのだ。組織内に裏切り者がいるということは、たぶんさして驚くことでもないだろう。敵はいつも、一人でも多くのスパイを組織内に送りこもうとしてきたに違いないのだから。ときには必要な人間を金の力で抱きこもうとするだろう。人間を買収するということは、思ったより簡単なことなのかもしれない。金以外の手段がものをいうこともある。どんな方法が用いられたかはとにかく、秘密はすでに洩れてしまったのだ。逃げるほかない――ふたたび自力で、金もなく、べつな人間に成りすますこともできずに。おまけに人相、風体はすでに知られてしまっている。おそらく今の今も、敵は人知れず彼の後をつけているのかもしれない。振り返りはしなかった。振り返ったところで何になるのだ？　追跡者は駆けだしの新米ではないのだから。

慌てず騒がず、彼はあてどなく歩き続けた。無頓着を装いつつ、内心さまざまな可能性を思いめぐらしながら。市場《スーク》を出ると、運河の上にかかっている小さな橋を渡った。やがて彩色した大きな忌中紋章のような印を上に掲げ、イギリス領事館といういかめしい表札を掲げた門が見えてきた。

カーマイケルは通りを見回した。彼に注意を払っている者もいないようだ。領事館にはいって行くのは、いとも簡単なことのように思われた。一瞬、彼はここにも罠があるのではないかと疑った。うまそうなチーズの餌を置いた鼠罠。罠にかかることだって、鼠にとっては簡単しごくだ。

まあ、危険は覚悟の上だ。ほかにどうしようがある？

カーマイケルは領事館の門からはいって行った。

# 第六章

リチャード・ベイカーはイギリス領事館の待合室に坐って、領事の手があくのを待っていた。

リチャードはその朝、インディアン・クイーン号から下船して税関の検査を受けた。荷物といってもほとんどが書物で、パジャマとシャツがほんの思いつきのように本の間に押しこまれていた。

インディアン・クイーン号が定時に着いたので、こうした小さな貨物船にほとんどおきまりの延着を考慮して二日の余裕を見ていたリチャードは、バグダッド経由で目的地のムーリクの古都テル・アスワルドに赴く前に二日という閑暇を得ていた。

その二日間をどうやって過ごそうかという目論見はすでに立っていた。古代の遺跡だという塚がクウェートの海岸近くにある。前から一度見ておきたいと思っていた彼にとっては、千載一遇の好機だった。まず空港ホテルに車で行き、クウェートに行く便についてたずねた。翌朝の十時の飛行機で行けばあさっての便でバスラに帰れるという返事で、したがってすべてがうまく運ぶわけだが、もちろんクウェートへの出入国ビザの手続きはしなければならない。それにはイギリス領事館に行かねばならないが、バスラの総領事クレイトン氏には数年前ペルシアで会ったことがある。ここでまた会うのも悪くはない。

領事館にはいくつかの入口があった。車のための正門。庭からアラブ川に沿った道路へと続く小さな門。領事館への外来者の入口は本通りに面していた。リチャードはその入口からはいって案内に立った男に名刺を渡し、「領事はいま面会中だが、もう少しすると手があくから」といわれて、玄関からまっすぐに庭に続く廊下の左手の小さな待合室に通された。

待合室には数人の人間がいた。リチャードは相客の顔をほとんどどちらとも見なかった。もともと人類にはめったに興味を感じないたちだったのだ。古代の土器のかけらのほうが、二十世紀の世界のどこかで生まれた人間などよりはるかに胸をときめかせた。

椅子に坐るとリチャードはマリ文字について、紀元前一七五〇年ごろのベニヤミン族の移動について、興味ぶかい思索にふけりはじめた。

いったい何が彼をはっと現在に立ち帰らせ、他の人間を意識させたのか、はっきりしたことはいえない。まずおぼろげな不安、一種の緊迫感であった。たしかなことはいえないが、それはどうも嗅覚からきているように思われた。具体的な言葉で説明することはできないが、紛れもなく存在する危機感。なぜともなく戦争の終わり間近い日々が思い出された。とくに彼が二人の戦友とともに飛行機からパラシュートで降下し、与えられた任務を果たすべく夜明け前の数時間を隠れひそんで待っていたときのことを。意気消沈し、任務に伴う危険の一つ一つがはっきり感じられたとき――この仕事は自分の手にはあまるのではないかと心臆し、怯《ひる》んだ瞬間。そのときと同じ苦い、ほとんどあるかなきかの味わいが空気中に漂っているようだった。

それは恐怖のにおいであった……

この不安なにおいは、はじめは潜在意識的に感じられたに過ぎなかった。リチャードの心の半ばは、紀元前に思いを集中しようと頑《かたく》なに努力していた。しかし現在の牽引はあまりにも強かった。

この小さな待合室にいる誰かが、恐怖に駆られているのだ、それもひどく……

リチャードはまわりを見まわした。ぼろぼろのカーキ色の上着を着たアラブ人が琥珀の数珠をぼんやりいじくっている。白髪まじりの鼻下鬚を蓄えた体格のいいイギリス人はセールスマンタイプで、小さなメモ帳に数字を書きつけ、勿体ぶった様子で計算に余念がない。色の黒い、痩せた、疲れた様子の男が穏やかかな無関心そうな顔をして、寛いだ姿勢で椅子に背をもたせかけている。さらにイラク人の事務員タイプの男。最後に雪のように白い裾長の服を着たペルシア人の老人。いずれも何の気苦労もなさそうに見えた。

琥珀の数珠の鳴る音がはっきりしたリズムをおびだした。奇妙に聞き覚えのある響きのようで、うつらうつらしかけていたリチャードは急にはっとした。〝カチ、カーチ、カチ、カーチ！〟モールス信号だ――モールス信号の送信ではないか。リチャードはモールス信号には通暁していた。戦争中の彼の任務の一部は送受信に関するもので、解読は容易だった。〝フクロウ――フ－ロ－レ－ア－ト－イ－ト－ナ〟何ということだ！そう、たしかに。フロレアト・イトナと繰り返し送信されている。ぼろぼろの服を着たアラブ人が指先で（数珠を送信機にして）、信号を送っているのだ。どういうことだ？

〝ふくろう――イートンの――ふくろう〟と。

ふくろうというのは、イートンにおけるリチャードの通称だった。並はずれて大きながっちりした眼鏡をかけてイートンに入学した彼に、級友がつけた仇名である。

リチャードは部屋の向こうの片隅にいるアラブ人を見やった。その風体――縞の長衣――古ぼけたカーキ色の上着――編目があちこちで落ちているひどく不手際な汚らしい手編の襟巻き。波止場に何百人とたむろしているたぐいの人間。アラブ人は無関心に、ぼんやり彼の目を見返した。しかし数珠はあいかわらずカチカチと鳴っていた。

〟わたしはファキールだ。今後の展開を待て。危機〟

ファキール？　ファキール？　そうだ！　ファキール・カーマイケルだ！　世界のどこか辺鄙な果てで生まれ、そこからイートンに送られてきた少年——トルキスタンだったか、アフガニスタンだったか。

リチャードはパイプを取りだした。詰まっていないかどうか、試みに一吸いし、火皿を覗いて手近の灰皿の上でコツコツと叩いた。〝諒解〟というモールス信号だった。

以後、事は矢継早に展開した——リチャードが後で順序だてて思い出すのに一苦労したほどに。

軍服の古着らしいジャケットを着たそのアラブ人はやがて立ちあがって戸口の方に歩きかけた。リチャードの前で躓《つまず》き、片手を突きだして摑まった。それから身を立て直して謝り、戸口の方に歩きだした。

不意の、しかもとっさの出来事だったので、現実に起こったことというより、何か映画のシーンでも見ているようだった。というのは、セールスマンらしいふとったイギリス人がメモ帳を落としてがばと立ちあがり、上着のポケットを探った。肥満体なのと、上着が窮屈なのとで、一、二秒手間がかかり、その数秒間にリチャードは敏速に行動したのだった。男が拳銃をあげた瞬間、リチャードはそれを男の手から叩き落とした。

拳銃が発射し、弾丸が床に飛びこんだ。

アラブ人はすでに戸口から出て総領事のオフィスの方に曲がりかけていたが、急に立ち止まって、ぐるっと向きを変えると、リチャードがさっきはいってきた戸口に馳せつけ、雑踏している通りに姿を消した。

ふとった男の腕を押さえているリチャードの所に衛士が駆けよった。

待合室にいた連中の中ではイラク人の事務員らしい男が興奮したように立ちあがってあたふたし、色の黒い痩せた男はただ目をまるくして見つめていた。ペルシア人の老人だけは無感動な様子で、あいかわらず前方を凝視していた。

リチャードはセールスマンにいった。

「いったい、どういうつもりだ？　やたらに拳銃を振り回したりして？」

答はすぐにはなかったが、ちょっと間を置いてから男はコックニー訛りの哀れっぽい声でいった。

「すまなかった。もののはずみで、馬鹿げた真似をしちまって」

「馬鹿げた真似じゃあ、すまされないね。いま外に飛びだして行ったアラブ人を、きみは狙い撃ちしようとしてたじゃないか」

「いや、いや、ほんとに射つ気はなかったんでさ。ちょっと威かしてやろうと思っただけで。以前骨董品のことで一杯食わされた男だと思ったんでね。ほんの冗談ですよ」

リチャード・ベイカーは、どんな意味ででも公けの場所で目立つのはご免こうむりたいというたちの人間だった。それでこの男の弁解をすんなり受けいれる方がいいのではないかと本能的に感じた。結局のところ、彼にいったい何が証明できよう? ファキール・カーマイケルにしたって、こんなことで騒ぎたてられるのは本意ではあるまい。とくに何か秘密の危険な任務についているのだとすれば。

リチャードは男の腕を摑んでいた手を緩めた。相手は汗をかいていた。

衛士が興奮した口調でぺらぺらしゃべっていた。総領事館内に銃器を携行するなんてとんでもないことだ。法令で禁止されているはずだ。総領事はさぞ立腹されるだろうと。

「すみません」とふとった男はいった。「ほんのはずみでして」と衛士の手にいくらかの金を握らせようとした。衛士は憤然と押し返した。

「もう失礼しますよ」とふとった男はいった。「総領事には会わずに帰ります」こういっていきなりリチャードに名刺を押しつけた。「私はこういう者です。空港ホテルに泊まっていますから、何か問題があったら、どうかいって下さい。ですが、ほんの冗談だったんですからね、まったくの話」

リチャードは男が冷静を装いつつ虚勢を張って部屋から歩み出て通りの方へ曲がるのを、不本意な思いで見送った。

これではたしてよかったのだろうか？　いまのように、いきさつがさっぱり呑みこめない場合、正しい措置を取ることはむずかしい。

「クレイトン総領事の手があきましたから」と衛士が告げた。リチャードは衛士の後について廊下を歩いた。進むにつれて、廊下の果ての開いた戸口の形なりにさしこんでいる日光がしだいに大きく見えた。総領事のオフィスは廊下のいちばん端の右側にあった。

クレイトン氏は机に向かって坐っていた。考えぶかそうな顔の白髪まじりの物静かな男だった。

「覚えておいでかどうか――」とリチャードはいった。「二年前にテヘランでお会いしましたが」

「覚えていますとも。ポーンスフット・ジョーンズ博士に同行しておられましたね？今回も博士の調査団に加わるおつもりですか？」

「ええ。現地へ行く途中なんです。数日余裕があるものですから、クウェートに行ってきたいと思いまして。べつに問題はないと思いますが」

「ええ、まったくありません。明朝の飛行機でおいでになればいい。一時間半ほどで着きますよ。クウェート駐在の事務官アーチー・ゴーントに電報を打っておきましょう。彼の家に泊めてくれるでしょう。今夜はどうぞ、私どもの所へ泊まって下さい」

リチャードはちょっと辞退しかけた。

「奥さまにもお手数をかけますし。空港ホテルに泊まれるでしょうから」

「空港ホテルは満員でしてね。喜んでお泊めしますよ。ここでまたお目にかかれば家内も喜ぶでしょう。いま滞在しているのは——石油会社に勤めるクロスビーと、税関に書物の荷の通関手続きにきたラスボーン博士の所の若い人だけです。二階でどうか、ローザに会って下さい」

総領事は立ちあがってリチャードを案内して戸口から日のよく当たる庭に出た。階段をあがると総領事館の居住部分だった。

ジェラルド・クレイトンは階段の上の網戸を押して、客を薄暗い細長い廊下に案内した。床に美しい絨毯が敷かれ、両側にえりぬきの見事な家具が置かれていた。戸外がぎらぎらと眩しいので、ひんやりした薄暗さが快かった。

クレイトンが、「ローザ、ローザ」と呼ぶと、つき当たりの部屋からミセス・クレイトンが現われた。リチャードの記憶通りの活気に溢れる快活な人柄の婦人だった。

「リチャード・ベイカー君を覚えているね？　テヘランでポーンスフット・ジョーンズ博士と一緒に訪ねてこられたろう？」

「覚えていますとも」とミセス・クレイトンは答えてリチャードと握手した。「ご一緒に市場《スーク》にまいりましたっけ。あなたは美しい敷物を何枚か、お買いでしたね」

ミセス・クレイトンは、自分が買わないときでも友だちや知人に近くの市場《スーク》で買物をするように誘うのが好きだった。物の値段についてはたいへんよく心得ていて、負けさせる手並みは堂にいったものだった。

「あれはめったにない掘りだしものでしたよ」とリチャードがいった。「まったく奥さまのお陰でした」

「ベイカー君は明日、飛行機でクウェートに行こうと思っておられるらしい」とジェラルド・クレイトンがいった。「それで今晩ここに泊まってくれといったんだが」

「しかしご迷惑だったら――」とリチャードがいいかけた。

「もちろん、迷惑なんてこと、ありませんとも」とミセス・クレイトンはすぐに答えた。「一番いいお客部屋は差しあげられませんわ。クロスビー大尉がお使いですから。でもせいぜい居心地よくお泊まりいただけるようにしますわ。ところで、クウェートのすてきな衣裳箱をお買いになるおつもり、ありませんかしら？　いま、市場《スーク》にとてもいいのが出ていますの。毛布をしまっておくのにちょうど手頃なのに、ジェラルドが買ってもいいといってくれませんのでね」

「もう三つもあるじゃないか」とクレイトンは穏やかにいった。「さてと、ちょっと失敬しますよ、ベイカー君、オフィスにもどらないと。待合室でちょっとしたごたごたがあったようですね。拳銃をぶっ放した男がいたらしいんです」

「土地の族長か何かでしょうね」とミセス・クレイトンがいった。「この土地の人って、すぐ興奮するたちで、それに銃というと目がないんですから」

「いや、イギリス人でしたよ。アラブ人の男を近距離から射とうとしたようです」こういってリチャードは静かに付け加えた。「私が叩き落としたんですが」

「ほう、あなたも巻きこまれていたんですか」とクレイトンがいった。「そいつは知らなかった」とポケットから名刺を一枚取りだした。「エンフィールドのアキリーズ製作所に勤務するロバート・ホールという男のようですがね。何だって私に面会にきたのか、見当がつかないんですよ。酒に酔っているようでしたか？」

「本気じゃなかったといっていましたが」とリチャードはぶっきらぼうにいった。「ほんのはずみで発射してしまったと」

クレイトンはひょいと眉をあげた。

「セールスマンはふつう、弾丸《たま》ごめした銃なんか、ふところにいれていないものですがね」

クレイトンはどうして、馬鹿ではないな――とリチャードは思った。

「帰さずにおくべきだったんでしょうが」

「そうした場合に適切な措置を取ることはむずかしいですよ。射たれた男は怪我はしなかったんですね？」

「ええ」

「だったら、その場限りのことにしておく方がいいのかもしれませんね」

「何かいわくがあるんじゃないかという気もしましてね」

「そう……そんな気もしますな」

クレイトンはちょっと放心したような表情を見せたが、「じゃ、ちょっと失礼」と呟いてせかせかと歩み去った。

ミセス・クレイトンはリチャードを客間に招じいれた。奥まった広い部屋で、緑色のクッションと揃いのカーテンが窓にかかっていた。コーヒーか、ビールかときかれて、リチャードがビールをというと、すてきに冷えたうまいビールが出た。

なぜ、クウェートに行くのかと問われてリチャードが答えると、今度はなぜ、まだ結婚しないのかときかれた。結婚には向かないたちだからと逃げると、ミセス・クレイトンは言下に、「そんなの、ナンセンスですわ」といった。「考古学者って、すばらしいご主人になれますのに。このシーズンは発掘隊に誰か若い女の人はきませんの？」

「一人二人、くるはずです。それにミセス・ポーンスフット・ジョーンズもこられる予定です」

ミセス・クレイトンは期待に溢れる口調で、くるはずになっているのはきれいな人たちでしょうかときいた。リチャードは、まだ会ってないからわからないと当然しごくの返事をした。たいていは未経験でと付け加えると、どうしてだか、ミセス・クレイトンはふとおかしそうに笑った。

しばらくするとちょっと唐突な挙措の、背の低いずんぐりした男がはいってきて、クロスビー大尉と紹介された。ベイカーさんは考古学者で、何千年も前の、そりゃあ、面白い品を掘り出していらっしゃいますのよとミセス・クレイトンが説明すると、クロスビー大尉は、考古学者はどうして発掘物の年代を正確に当てることができるのか、いつもふしぎでならなかったので、たいへんなほら吹き揃いなんじゃないかと考えたものだと笑いながらいった。リチャードは少々うんざりしたようにその顔を見返した。

「それは冗談だが、本当にどうやって当てるんです？」と大尉がもう一度いったのに対してリチャードがそれを説明すると長くなるからと答えたのをしおに、ミセス・クレイトンはすばやくリチャードを連れだして部屋に案内した。

「クロスビー大尉って方はとてもいい人なんですけれど」とミセス・クレイトンはいった。「ただ——何ていうか、文化ってものがてんでわからないんですの」

リチャードのあてがわれた部屋はなかなか居心地がよく、リチャードのミセス・クレイトンに対する評価はますます上昇した。

そうこうするうちに彼が何気なく上着のポケットを探ると、畳んだ汚らしい紙片が出てきた。その朝もっと早くには、そんなものはポケットにはいっていなかったのをはっきり知っていたから、リチャードはびっくりした。

あのアラブ人は躓いた拍子に彼に摑まって身を支えたが、指先の器用な男なら、こっちが気づかぬうちにこんな紙きれを彼のポケットに滑りこませることもできただろう。

リチャードはその紙片をひろげてみた。ひどく汚れていて、何度も畳み返してあるようだった。

少々読みにくい書体で六行ほど記されていた。ジョン・ウィルバーフォース少佐はアーメッド・モハメッドが勤勉な、気のいい働き手で、トラックも運転すれば、修繕もする、その上、馬鹿正直というほどの正直者であることを証明するといった趣旨の推薦状であった。じっさいそれは中東ではよく見られるいわゆる〝書きつけ〟であった。十八カ月前の日付だったが、こうした推薦状が持ち主によって長いこと大切に保存されているのは珍しいことではなかった。

不審そうに眉を寄せながら、リチャードはその朝の出来事を彼らしく順序だてて思い返した。

ファキール・カーマイケルが生命の危険を感じていたということは、疑うべくもないと彼は思った。誰かに追われて領事館に逃げこんだのだ。何のために？　安全を求めてか？　ところが安全どころか、生命を脅かされる破目になった。敵、もしくは敵の回し者が彼をここで待ち受けていたのだ。あのセールスマンは、明確な指令を受けていたに違いない。目撃者がいるのに、所もあろうに総領事館でカーマイケルを射つという危険を敢えて冒した。したがってそれは緊急指令だったに違いない。カーマイケルは彼という同窓の友人に助けを求め、一見何の変哲もない、この書きつけを託したのだ。してみると、これはよっぽど重要なものに違いない。カーマイケルの敵が彼を捕えた場合にこの書きつけが彼の手もとにないことに気づけば、二と二を加えて四という答を出して、カーマイケルがそれを手渡したと考えられる一人もしくは複数の人間たちを探しだそうとするだろう。

とすると彼としてはこれをどうしたものだろうか？

イギリス政府の代表者であるクレイトンに託してもよい。あるいはカーマイケルから返却を求められるまで、彼自身が預っていてもよかろう。

数分間沈思黙考した末にリチャードは、ひとまず自分でもっていようと心を決めた。

だがまず、万が一にも盗まれないように予防手段を講じておく必要がある。

古い手紙から空白の部分を破り取って、リチャードはトラック運転手の新しい推薦状を作りあげるという仕事に取りかかった。内容はほとんど同じだが違う言葉を使うようにした——暗号だったらとおもんばかったからだった——もちろん見えないインクで書いた文章が隠されている可能性もあるが。

リチャードは自分の創作したその推薦状を靴についている泥で汚した。それから手で揉みくしゃにして何度も畳んでいるうちにかなり古くさく汚れて見えるようになった。

その上でもう一度くしゃくしゃにしてポケットにしまった。

カーマイケルのものだった、もとの〝書きつけ〟を、リチャードは隠し場所を思案しながらしばらく見つめていた。

そのあげく、ちょっと微笑してそれを細かく畳み、小さな長方形にすると、常時携行している塑像用粘土を鞄から取りだし、長方形の紙をいったん油紙で包んでから、その上を粘土で固めた。それから粘土を丸めたり、撫でさすったりして表面を滑らかにし、これまたいつも携帯している印形を押した。

リチャードはその出来ばえを気むずかしい顔で眺めて、一応満足した。正義の剣をもつ太陽神シャマシュの美しい刻印が押されていた。

「これが吉兆だといいが」とリチャードは呟いた。

夜になってから朝のうち着ていた上着のポケットを見ると、くしゃくしゃに丸めていれておいた紙片はやはり消えていた。

# 第七章

これこそ、生き甲斐のある人生だわ、ああ、とうとう――とヴィクトリアは呟いた。航空会社のターミナルの椅子に坐って、待つうちについに魔法の瞬間がきたのである。

「カイロ、バグダッド、テヘラン行きのお客さまはどうか空港行きのバスにご乗車下さい」

魔法の土地、魔法の呪文。もっともミセス・ハミルトン・クリップにとってはそれはおよそ何の魅力ももっていないらしかった。ミセス・クリップはヴィクトリアの見る限り、生涯の大部分を汽船から飛行機に、飛行機から列車に――間で高級ホテルに何泊かして――跳び移っては過ごしてきたようなものらしい。しかしヴィクトリア自身にとっては、〝速記して下さい、ミス・ジョーンズ〟〝この手紙は間違いだらけじゃありませんか、もう一度タイプし直さないと〟〝薬罐が沸騰してるわ。お茶をいれてくれない?〟〝ねえ、あなた、パーマを上手にかけてくれる店を見つけたのよ〟といった意味もない言葉を聞かなくてすむだけでも特記すべき一大変化だった。下らない退屈なその日その日の出来事から解放されて、「カイロ、バグダッド、テヘラン行きのお客さま——」になるわけだ。輝かしい東洋、そのすべてのロマンス（しかも旅路の果てには、あのエドワードが待っている）……

その天上の歓喜から地上に帰ったヴィクトリアはとめどない饒舌家とすでに診断した雇い主が、立板に水のような雄弁で次のように結論をつけるのを聞いた。

「——ほんとに清潔なものになんて、それこそ何一つ行き当たりませんのよ——この意味、おわかりかしら？ わたし、あっちでは食べるものにはいつもそりゃあ、気をつけていますのよ。通りや市場の不潔さは想像もできないほどですわ。あっちの人の着ているものにしても、非衛生的なぼろばかりで。化粧室ときたら——化粧室だなんてとても呼べたものじゃないんですの！」

気色の悪い話におとなしく耳を傾けはしたが、ヴィクトリアが中東に対していだいている魅惑のイメージはいっこうに薄れなかった。不潔だろうと、黴菌がうようよしていようと、若い、生きのいい娘にとってはどうということはない。

ヒースロー空港に到着し、ミセス・クリップに肩を貸してバスをおりるが早いか、ヴィクトリアはパスポートや切符、所持金についていっさいを取りしきった。万事を任せられていたのである。

「まあま」とミセス・クリップがありがたそうにいった。「あなたが付き添って下さってありがたいこと、ミス・ジョーンズ、ひとり旅をしなければならなかったとしたら、わたし、ほんとうにどうしていたでしょう」

飛行機の旅は学校の遠足に似ている——とヴィクトリアは思った。親切だが、しっかり者でてきぱきした先生たちがいつも近くにいて何かにつけて生徒を秩序に服させようとつとめるように、スマートな制服姿のスチュワーデスが知的障害の子どもを扱う保母さんよろしくの権威をもって、あのことこのことを乗客に噛んで含めるごとくに指示する。「いい子だからおとなしく先生の話をお聞きなさい」といわないのがふしぎなくらいだった。

デスクの向こうに坐っている疲れた顔の青年がものうげに手を差し伸べてパスポートを受けとってチェックし、所持金や、手持ちの宝石について根掘り葉掘りたずねる。きかれた方はつい何となく後ろめたいものを感じる。暗示を受けやすいヴィクトリアなどは、貧弱なブローチを一万ポンドの値打ちのあるダイヤモンドのティアラとして申告したいという衝動に駆られた。退屈そうな係員の顔に驚きの表情が動くのを見たいばっかりに。しかしエドワードのことを思って、何とかその馬鹿げた衝動を抑えた。

このようにさまざまな関門を通過して、ヴィクトリアたちは滑走路に隣《とな》る大きな部屋の椅子に腰をおろしてまたしても待たされた。いよいよ高まりつつある飛行機の爆音が恰好なバックミュージックとなっていた。ミセス・クリップはうれしげに仲間の乗客たちの品定めをはじめた。

「あそこにいる二人の子どもたち、何ともいえず、かわいいじゃありませんか？　でもあの人、子どもを二人も連れて、女のひとり旅じゃあ、たいへんですわね。イギリス人でしょうねえ。お母さんのスーツはなかなかいい仕立てですわね。でもあのお母さん、ちょっと疲れているようじゃありません？　あそこにいる男の人はなかなかハンサムね。ラテン系でしょうね。ついそこの男の人はまた、ずいぶん荒い格子縞の服を着てますわね。ひどく悪趣味だわ。商人ですね、きっと。あそこの男の人はオランダ人よ。わたしたちの前に出国手続きをしてましたから、パスポートを覗きましたの。向こうにいる家族はトルコ人か、ペルシア人でしょうね。アメリカ人はほかに見当たりませんね、たいていはパンアメリカンを使うんでしょうね。あそこに三人かたまって話をしているのは石油関係の人じゃないかしらね。わたし、知らない人をぼんやり眺めて、どういう人たちだろうって想像するのが好きなんですの。主人はわたしが人間性に関心をもっているって感心しますのよ。同じ人間同士ですもの、関心をもつのは当然だと思うんですけどね。ねえ、ほら、あそこにいる奥さんの着ているミンクは三千ドルはしたと思いませんか?」

こういってミセス・クリップは溜息をついた。相客の品定めも終わったので、そわそわと落ちつかない様子だった。

「なぜ、こんなに待たされているのか、聞いてみたいものね。飛行機はもう四度もブルンブルン音を立てているのに、こんな所でいつまでも待たされるなんて、どうして事てきぱき運ばないんでしょう? 万事、スケジュール通りにいっていないようね」

「コーヒーを一杯差しあげましょうか、ミセス・クリップ、この部屋の隅にビュッフェがあるようですけど」

「いいえ、結構よ、ミス・ジョーンズ、出かける前にいただきましたし、胃が落ちつかないみたいで、いまはとても飲めないわ。それにしても、何だってこういつまでも待たされるんでしょうねえ」

ミセス・クリップがこういい終わるか終わらぬうちに、遅延の理由が明らかになった。税関と旅券課に通じる廊下のドアがさっと開いて、背の高い一人の男が肩で風を切るようにしてはいってきたのである。航空会社の役員らしい数人があたふたとまわりを囲み、ほかにBOACの職員が、二つの大きなズックの袋を持って後に従っていた。

ミセス・クリップは急にはっとしたように坐り直した。

「きっと誰か偉い人だわ」

「おまけに自分でもそれと承知している人らしいこと」とヴィクトリアは心の中で呟いた。

その男にはどこか、計算ずくでセンセーショナルに振舞っているといったところがあった。ダークグレーの旅行用マントの馬鹿大きなフードを後ろに押しやり、ソンブレロのような広縁の、ライトグレーの帽子を頭に載せていた。白髪まじりの縮れた髪の毛はかなり長く、銀色がかった美しい口髭は先の方でピンとはねていた。舞台に登場する、絵に描いた悪党といった印象だった。ヴィクトリアは、俳優にしても、意識的にポーズするたぐいの人間はもともと好きではなかったので、感心しないという面持で新来者を見やった。

航空会社の役員たちが馬鹿にへいこらしているのも気に食わなかった。

「さようでございます、サー・ルーパート」「もちろんでございますとも、サー・ルーパート」「飛行機はすぐ出発いたしますから、サー・ルーパート」

大きなマントの裾を翻して、サー・ルーパートは飛行場に続くドアから外に出た。ドアがガタンと激しい音を立てて閉まった。

「サー・ルーパートといいましたわね」とミセス・クリップが呟いた。「いったい、何者でしょう?」

ヴィクトリアは首を振ったが、あの顔と様子はまんざら知らなくもないという気がしていた。

「あなたのお国の政府の要人でしょうね」

「そうじゃないと思いますけど」

ヴィクトリアは政府の要人なる者をあまり近間で見たことがないが、生きていて申しわけありませんというように遠慮がちな連中という印象が強かった。演説する段になると急に勿体ぶった、説教じみた調子をおびるが。

「みなさま」とスマートなスチュワーデスが、あいかわらず幼稚園の保母さんのような口調でいった。「座席におつき下さいませ。さあ、できるだけお急ぎ下さい」

まるで子どもたちがぐずぐずしているのを、大人が辛抱づよく待ってやっているのだという態度だった。

一同は列を作ってぞろぞろ歩きだした。

大きな飛行機が待機していた。巨大なライオンが満足げにのどを鳴らしているようにエンジンの音が響いていた。

ヴィクトリアはスチュワードの手を借りてミセス・クリップを搭乗させ、座席に坐らせると、通路側の隣席に座を占めた。ミセス・クリップが居心地よく落ちついたことを見きわめ、自分も座席ベルトを締めてから彼女はようやく幾分のゆとりをもって、自分たちのすぐ前に例の大柄な男が坐っていることに気づいた。

ドアが閉まった。数秒後、飛行機はゆっくりと動きだした。

「いよいよ出発だわ」とヴィクトリアはうっとり呟いた。「怖いこと！　いつまでも離陸できなかったらどうしましょう？　ほんといって、こんな大きなものが空に舞いあがるなんて考えられないわ！」

一世紀もたったかと思われる間、飛行機は滑走路をふらふらと走っていたが、やがてゆっくりと向きを変えて止まった。とたんにエンジンが猛烈に咆哮しだした。チューインガム、麦芽糖、脱脂綿といったものが盆に載せられて回ってきた。

音はますます大きく、猛烈になった。ついで飛行機はもう一度前進を始めた。はじめは小刻みに、しかしだんだん速度を増してついに——疾走しだした。

〝とても離陸できっこないわ〟とヴィクトリアは思った。〝あたしたち、みんな死んじゃうわ〟

速度はますます速まり、何かをこする音、ドシンドシンという大きな震動がいつしか消え、妙にスムーズに走っていると思ううちに、飛行機は地上を掠めるようにして舞いあがり、旋回し、駐車場と道路の上にもどり、だんだん高く上昇した――こっけいなほど、ちっぽけな汽車が煙を出して走っているのが眼下に見えた――人形の家々――道路を走るおもちゃの自動車……高く、ますます高く――ふと地上の光景が興味をひかなくなって――人間に属する、生命の通ったものとは思えなくなり――線と円と点から成り立つ、大きな平板な地図と化した。

乗客は座席ベルトをはずし、煙草に火をつけたり、雑誌を開いたりした。ヴィクトリアは新しい世界にいた――二、三十人の人間だけが住む細長い世界に――ほかの何ものも存在しない世界に。

ヴィクトリアは小さな窓からもう一度外を覗いてみた。眼下には雲が――ふわふわした雲の舗道があった。飛行機は日光を浴びて飛んでいた。この雲の下のどこかに、彼女がこれまで知っていた世界があるのだ。

一瞬後、ヴィクトリアはしゃんと坐り直した。ミセス・ハミルトン・クリップが何かしゃべっていた。ヴィクトリアは耳から脱脂綿を取りだして、話を聞こうと隣席の方に身を屈めた。前の座席のサー・ルーパートが立ちあがって、広縁のフェルトの帽子を網棚にほうりあげ、マントのフードをかぶるとふたたび座席に寛いだ。

「威張りかえったお馬鹿さん」とヴィクトリアは理由もなしに偏見をいだいて呟いた。

ミセス・クリップは雑誌を前に広げて、ぬくぬくと座席に納まっていた。ページを片手でめくるときにときどき雑誌が滑り落ちると、そのつど、肘でヴィクトリアを小突いてめくらせた。

ヴィクトリアはまわりを見回した。空の旅って、始めてみると少々退屈なものだと思いながら、雑誌を開いてみたが、〝優秀な速記タイピストになりたいと思うなら〟という広告がいきなり目に飛びこんできたので、ぞっとして雑誌を閉じ、背を後ろにもたせかけて、エドワードのことを考えはじめた。

豪雨の中を、飛行機はカステル・ベニト飛行場に到着した。ヴィクトリアは少々飛行機酔いの気味で、ミセス・クリップに対する付き添いとしての義務を果たすのがやっとだった。篠つく雨の中をレスト・ハウスに行った。サー・ルーパート閣下だけは赤い襟章をつけた軍服の将校の出迎えを受けて、トリポリタニアの誰かお偉方の邸宅に軍の差し回しの車で向かったらしかった。

宿舎につくと、めいめいに部屋が割当てられていた。ヴィクトリアはミセス・クリップの洗顔を手伝った後、ガウンに着替えさせて、夕食の時刻まで一休みするようベッドに寝かせ、それから自分の部屋に引き取ってベッドに横になり、目を閉じた。床が持ち上がったり、沈んだりする光景が目に映らないだけでもありがたかった。

一時間後に目を覚ますと疲れも取れ、元気も回復していたので、ミセス・クリップの身仕舞いを手伝いに行った。しばらくすると前任者よりさらにいっそう権柄ずくのスチュワーデスがきて、「車を用意してありますから、食事においでになって下さい」と告げた。食後、ミセス・クリップは乗客の一人二人と話しこみはじめた。大柄の格子縞の服を着た男はどうやらヴィクトリアが気にいったらしく、鉛筆の製造法について長広舌をふるいはじめた。

少したってからまた宿舎に車でもどり、翌朝五時三十分までに出発の用意を調えておくようにと素っ気ない言葉で指示された。

「トリポリタニアはほとんど見物できませんでしたわね」とヴィクトリアはちょっと悲しそうにいった。「飛行機の旅って、いつもこうですの？」

「ええ、まあね。五時半という早朝に叩き起こすなんて、サディスティックな話よね。そのくせ、飛行場に行ってから一、二時間も平気で待たすことがよくあるんですから。ローマでいっぺん、まだ夜も明けない午前三時半という時刻に起こされて、四時にレストランで朝食を取ったことがありましたよ。それでいて、飛行機は八時までは出なかったんですよ。でも目的地に手っとり早く到着できるってのが飛行機の身上ですからね」

ヴィクトリアはほっと嘆息した。いっそ手っとり早く目的地に直行しないで途中で寄り道をして行けば、ついでのこと見物ができるのにと。広い世界を見て歩くというのが彼女の夢だったのだ。

「ねえ、ところで、面白いことを聞きましたよ」とミセス・クリップは興奮したようにいった。「あのいわくありげな男ね——イギリス人の。航空会社がちやほやしていたでしょ？　わたし、あの人が誰だか、突きとめたわ。サー・ルーパート・リーですって、旅行家の。もちろん、あなたも名前は聞いていらっしゃるわね？」

そうか——とヴィクトリアも思い出していた。六カ月ほど前に新聞に写真が載っていた。サー・ルーパートは中国の奥地についての権威だった。チベットに行き、ラサを訪れた少数の人間の一人で、クルディスタンの人跡稀な地方と小アジアを周遊しており、機知に富んだきびきびした文章で書かれたその著書は広く読まれていた。サー・ルーパートが多少自分をひけらかすように見えたとしても、それは十分理由のあることといえた。フードつきのマントや広縁の帽子も、たしか彼自身が選んだファッションであった。

「ねえ、とてもスリルがあるじゃありませんか？」と有名人好きのミセス・クリップはベッドに横たわりながら、掛布を直すヴィクトリアに向かっていった。

口では同意したものの、ヴィクトリアは内心、サー・ルーパートの人柄より著書の方がよっぽどいいと思わずにはいられなかった。あの男、なんだか、見てくれよがしの所がありやしないかしらと。

翌朝の出発は順調だった。天気は回復し、日が照っていた。ヴィクトリアは、トリポリタニアをろくに見物できなかったことをまだ悔やんでいたが、飛行機はカイロに昼食どきまでに到着することになっており、一方カイロからバグダッドへの出発はその次の朝の予定だから、午後にはエジプトを少しでも見物できるという楽しみがあった。

飛行機は海上を飛んでいたが、間もなく雲が視界を遮り、下の青い海が見えなくなったのでヴィクトリアはあくびをして後ろに背をもたせかけた。前の席ではサー・ルーパートがすでに熟睡していた。フードがずり落ち、むきだしの頭が前方に垂れて、ときどきこくりこくりと揺れていた。ヴィクトリアはサー・ルーパートの首の後ろに小さなおできがあるのをいい気味だというような、ちょっと意地のわるい気持ちで眺めた。なぜ、そんな気持ちになったのか――説明することはむずかしい――この威張りくさった男にも、人間らしい弱みがあるというのが何がなし、うれしかったのかもしれない。サー・ルーパートだって、結局はほかの人間同様、肉体的な不快さを感じないわけではないのだ。この男があいもかわらず偉そうに振舞い、ほかの乗客のことなど、まるで念頭においていないらしいのが、おそらく少々ヴィクトリアの癇に障っていたのだろう。

「いったい、自分をどこの誰さまだと思っているのかしら？」とヴィクトリアは呟いた。答ははっきりしていた。彼は著名なサー・ルーパート・クロフトン・リー、彼女はヴィクトリア・ジョーンズ、しがない一介の速記タイピストだったのだ。

カイロに着くと、ヴィクトリアはミセス・クリップと一緒に食事を取った。ミセス・クリップは、自分は六時までは昼寝をするつもりだが、あなたはよかったらピラミッドを見ていらっしゃいと勧めてくれた。

「車に便乗できるように手配しておきましたわ。イギリス人は大蔵省の規制のせいで、ここではポンドの両替ができないでしょうからね」

ヴィクトリアにはいずれにしろ、現金に替えられるような金の持ち合わせなどなかったので、大げさなほどねんごろに感謝の意を表した。

「どういたしまして。あなたはわたしにとてもよくして下さいましたもの。ドルをもって旅行すると何かにつけて便利ですわ。ミセス・キッチン――あのかわいらしい子どもたちを連れた奥さんよ――もピラミッドを見たいんですって。それで、あなたもご一緒するかもしれないっていっておきましたわ――おいやでなければ」

ヴィクトリアにとっては、ただで見物ができるのはもちろん、おいやどころではなかった。

「よかったわ。だったらすぐ出かけた方がいいことよ」

午後のピラミッド見物は、けっこう楽しかった。ヴィクトリアは子どもは嫌いな方ではなかったが、ミセス・キッチンが子連れでなかったらもっと楽しめたのにという気がした。観光に子どもを同行するのは少々考えものだ。下の子があまりむずかったので、ミセス・キッチンとヴィクトリアは予定より早目に見物を切りあげてもどった。

ヴィクトリアはあくびを一つして、ベッドに身を投げだした。カイロにもう一週間いられたら――ナイル川をさかのぼるのも楽しいだろう。「でもあんた、お金はいったい、どうする気よ？」とヴィクトリアは嘆かわしげに呟いた。一ペニーも払わずにバグダッドに行けるというだけでも奇蹟ではあるが。

で、ほんとにどうするの、あんたは？――とヴィクトリアの内なる声が冷ややかに問いかけた。ほんの数ポンドのお金しかもたずにバグダッドに着いて、それからどうしようっていうのよと。

ヴィクトリアはその問いかけをあっさり払いのけた。エドワードが仕事を見つけてくれるに違いない。それがだめだったら、自分で見つけよう。なぜ、取り越し苦労なんかするのだ？

強烈な日光が眩しいので、ヴィクトリアはいつしか目を閉じていた。

しばらくしてドアを叩く音がしたような気がして、ヴィクトリアはふと目を覚まし、「どうぞ!」と叫んだ。しかし答がなかったので、ベッドから出て、ドアの所に行って細目に開けた。

しかし、ノックされたのは彼女の部屋ではなく、廊下のもう少し先の部屋のドアだった。またまたスチュワーデス——といってもヴィクトリアが顔を見知っているのとは違う黒い髪の、きちんと制服を着こなしたスチュワーデスがサー・ルーパート・クロフトン・リーのドアを叩いていた。ヴィクトリアが覗いたとき、サー・ルーパートがドアを開けた。

「こんどはまた、何の用だね?」

不機嫌な、眠そうな声だった。

「申しわけありません。お呼び立てして、サー・ルーパート」とスチュワーデスが甘ったるい声でいうのが聞こえた。「恐れいりますが、BOACのオフィスまでご足労願えないでしょうか? この廊下のほんの三つ先のドアでございます。明日のバグダッド行きの便について申しあげておきたいことが——」

「仕方ない。いま行くよ」

ヴィクトリアは首をひっこめて部屋にもどった。眠気がいくぶん消えていた。ちらっと時計を見るとまだ四時半だった。ミセス・クリップの所に顔を出すまでにまだ一時間半ある。外に出てヘリオポリスを少し散歩してこよう。ただ歩きまわる分にはお金はかからない。

鼻の頭にお白粉《しろい》をはたいて、彼女はもう一度靴をはいた。足が腫れているのか、靴がひどく窮屈だった。ピラミッドまではかなりの道のりだったのだ。

ヴィクトリアは部屋を出て、廊下伝いにホテルのメイン・ロビーの方に歩いた。三つ先がＢＯＡＣのオフィスで、ドアにそう書いた札が掛かっていた。ドアの前を通りかかったとき、サー・ルーパートが出てきた。急ぎ足に二歩で彼女を追いこし、マントを翻《ひるがえ》して歩いて行った。何か腹に据えかねることがあるようだった。

六時にヴィクトリアが部屋に伺候したとき、ミセス・クリップもいささかご機嫌斜めだった。

「わたし、重量超過の荷物のことで気を揉んでいますのよ、ミス・ジョーンズ。料金はすっかり払ったはずなのに、カイロまでの料金しかもらっていないといわれて。明日はイラク航空に乗り換えるんですが、わたしの切符は通しなのに超過重量の分ははいっていないっていうんですよ。あなた、オフィスに行って、確かめてみて下さる？　先方のいうことが本当なら、旅行者用小切手をまた現金に換えなきゃならないわ」

ヴィクトリアは承知して部屋を出たが、BOACのオフィスはすぐには見つからずに、さんざん探したあげくにホールの反対側のずっと離れた廊下にあることがわかった。かなり広いオフィスだった。さっき、サー・ルーパートがはいって行ったのは、午後の休憩時間中に使われる、臨時の小規模のものだったのだろうとヴィクトリアは判断した。

さて、結局制限重量を超過した荷物についてのミセス・クリップの危惧は当たり、勘定高い彼女はひどく腹を立てた。

# 第八章

ロンドン市のオフィス街の建物。その六階にヴァルハラ蓄音機の事務所があった。机の後ろに坐っている男は経済学の本を読んでいた。電話が鳴って、男は受話器を取りあげ、静かな、感情を殺した声でいった。

「ヴァルハラ蓄音機です」

「こちら、サンダーズですが」

「川のサンダーズですね？　どの川です？」

「ティグリス川です。A・Sについてご報告します。じつは見失ってしまいました」

ちょっと沈黙があった。しばらくして静かな声がまたいった。鋼鉄のような冷たい響きが感じられた。

「聞き違いじゃなかろうね？」

「アンナ・シェーレを見失ってしまったのです」

「名前をことさらにいう必要はない。これは、ゆゆしい失態だよ、きみ。どうしてそんなことになった？」

「例の私立病院に行きまして――それについては前に申しあげたとおりです。姉が手術を受けたのです」

「それで？」

「手術は成功しました。A・Sはいずれ、サヴォイに帰ると思っていました。部屋はそのままにしてありましたから。ところがもどらなかったのです。病院には見張りをつけてありまして、たしかに出た形跡はないのです。まだ当然いるものと思っていました」

「ところがいなかったんだね？」

「それがたったいま判明しまして。救急車で病院を出たんだそうです。手術の翌日」

「うまいこと、きみらをひっかけたってわけだ」

「そうらしいです。尾行にはぜったいに気づかれていなかったんですが。用心の上にも用心しましたし、私たち三人は――」

「いいわけはいい。で、救急車はどこへ行ったんだ？」

「ロンドン大学の付属病院です」

「病院では、どういっている？」

「その日、看護婦に付き添われて入院した患者がいるそうです。その看護婦がアンナ・シェーレだったようです。患者が落ちついた後、その看護婦がどこへ行ったかは誰もまったく知らないそうです」

「患者は？」

「何も知りません。麻酔が醒めていなかったので」

「で、アンナ・シェーレは大学病院から看護婦の服装で出て、どこにいったか、わからないというわけか」

「はあ、万一、サヴォイにもどるとすれば――」

相手はいきなり遮った。

「サヴォイに帰るわけはない」

「ほかのホテルに当たってみましょうか？」

「ああ、だが、無駄だろう。そのくらい、予期しているだろうよ」

「ほかにご指示は？」

「港々をチェックしたまえ――ドーヴァー、フォークストンその他。航空会社もだ。とくに、ここ二週間のバグダッド行きの予約を調べてみたまえ。本名で予約しているわけはないだろうから、適合する年齢の乗客を洗ってみることだね」

「荷物はまだサヴォイにあります。そのうち、連絡してくるかもしれません」

「彼女がそんなことをするものか。きみは馬鹿かもしれないが、彼女はどうして、馬鹿どころじゃないよ。姉はどうだ？　何も知らないのかね？」

「病院では付き添っていた看護婦に当たってみました。姉は、妹がモーガンサルの用事でパリに行ってリッツ・ホテルに滞在していると思いこんでいるようです。二十三日に飛行機でアメリカに帰る予定だと」

「つまり、A・Sは姉には何も話してないんだな。まあ、そうだろう。とにかく飛行機の予約を一応調べてみたまえ。唯一の手掛かりだからね。彼女としては、何としてもバグダッドに行かなければならないんだし――間に合うように到着するには、飛行機を使わないわけにはいかない。それからサンダーズ――」

「はあ？」

「失敗は二度は赦されないぞ。これがきみの最後の機会だ。いいね？」

# 第九章

バグダッド空港の上空に爆音を轟かせて飛行機が現われたとき、イギリス大使館付きの若いシュリヴェナム書記官は体重をもう片方の足にかけ直して振り仰いだ。物凄い砂嵐で、ヤシの木、人家、人間——みな一様に茶色くもやもやと埃に包まれていた。まったくだしぬけの襲来であった。

ライオネル・シュリヴェナムはひどく心配そうに呟いた。

「十中八、九、ここには降りられそうにないな」

「そういう場合はどうするんだね？」と友人のハロルドがきいた。

「このまま、バスラまで行くだろうな。あっちは快晴だそうだから」

「誰かお偉がたの出迎えなんだね？」

シュリヴェナム青年はまたしても呻いた。

「運のわるい話さ。新任の大使は着任が遅れている。ランズダウン顧問はイギリスだ。

中東関係の顧問のライスはインフルエンザの後で胃を悪くして、たいへんな高熱に苦しんでいるそうだ。ベストはテヘラン、それでぼくが厄介なことを何もかも一手に引き受けてるのさ。このサー・ルーパートって男についちゃ、一騒ぎでね。なぜだか、わからんが、情報部の連中まであたふたしているよ。例の世界旅行家の一人さ。しょっちゅうどこか辺境を、ラクダに乗ってぽくぽく旅している。どうしてあの男をそんなに重要視するのか、見当もつかんが、ちょっとした人物らしいよ。それでぼくは命じられれば何なりとやるってことになっているんだ。バスラに連れて行かれたりしたら、奴さん、大憤慨だろうな。しかしこっちはどう対処したものか。夜行でバグダッドにこられるように手配するか、それとも明日、RAFにでも連れてきてもらうか？」

シュリヴェナム青年はまた溜息をついた。厄介な役目を押しつけられたという思いと責任の重大さにしょげかえっていた。三カ月前にバグダッドに着任していらい、ずっとついていない。ここでもう一つ、まずいことがあったら、せっかくの前途洋々たる経歴に決定的な傷がついてしまう。

飛行機はふたたびぐっと降下した。

「もう見切りをつけるだろうな、この分じゃ」とシュリヴェナムは呟いたが、すぐ興奮した声でいった。「やあ――今度こそ、ほんとに降りてくるようだぞ」

数瞬後、飛行機は無事に定位置に落ちつき、シュリヴェナム氏はお偉がたに挨拶すべく、直立不動で構えた。

しかし彼の職業的ならざる目はマントを翻しておりてきた悪漢めいた姿のサー・ルーパートに挨拶すべく急ぎ足で進み出るに先だって、同じ飛行機からおりてきた〝ちょっとかわいい女の子〟を目ざとく認めていた。サー・ルーパートのいでたちはどうも感心しなかった。「仮装舞踏会じゃあるまいし」と呟いたが、もちろん、口に出してはいわなかった。

「サー・ルーパート・クロフトン・リーでいらっしゃいますね。大使館のシュリヴェナムです」

サー・ルーパートの挨拶は少々素っ気なかった——着陸できるかどうかわからずに目的地の上空をさんざん旋回したあげくだから無理もないが。

「あいにくの日でして。今年はこの種のことが多いんですよ。荷物はちゃんとございますね？　よろしかったら、どうぞこちらへ。万般手筈がととのっております……」

空港を車で出るときにシュリヴェナムはまたいった。

「ひょっとするとほかの空港に連れて行かれるのではないかと心配しましたが。この天候では操縦士も着陸に手を焼くんだろうと思いましてね。今日の砂嵐は馬鹿に急でしたから」

サー・ルーパートは勿体ぶった様子で頬をふくらました。

「そんなことになったら大ごとだったよ――まったく。スケジュールがめちゃめちゃになってしまう。わしがバグダッドで降りられなかったら、広範囲にわたって重大な影響がおよぶ」

〝こりゃ、相当なうぬぼれだな〟とシュリヴェナムは失敬なことを考えた。〝とかくお偉がたって奴は、自分たちの動静が世の中を動かしていると考えているらしいが〟

しかしそんなことはおくびにも出さずに相槌を打った。

「まったくです。たいへんなことになるところでした」

「ところで大使はいつバグダッドに到着するんだろう？」

「まだはっきりしたことはわかっておりません」

「残念だな。ずいぶん長らく会っておらんのだ――そう、一九三八年にインドで会ったきりかな」

シュリヴェナムはうやうやしく沈黙を守った。

「ええと、ライスもここにいるはずだが」

「はあ、中東関係の顧問です」

「有能な男だ。いろいろなことを知っている。奴さんにまた会えるのはうれしいよ」

シュリヴェナムは軽い咳払いをした。

「それがその――ライス顧問はおりあしく病気でして。検査のために入院しました。急性胃腸炎だと聞いています。バグダッドでよくあるたぐいの腹痛より、ちょっとたちの悪いものらしいです」

「何だって？」とサー・ルーパートは急に振り向いた。「たちの悪い――胃腸――炎ね――ふむ。とつぜんだったのかね？」

「つい一昨日からです」

サー・ルーパートは眉をひそめた。様子ぶった尊大さが消え、取りつくろわぬ――いささか心配げな表情さえ、見えた。

「妙だな」と彼は呟いた。「妙な話だ」

シュリヴェナムは慇懃な態度で物問いたげに客の顔を見返した。

「シェーレ・グリーンの症状かもしれないという気がするが……」

その言葉を理解しかねて、シュリヴェナムは黙っていた。

車はファイサル橋にさしかかり、そこからぐっと左折して大使館に向かった。

とつぜん、サー・ルーパートが前に乗りだした。

「ちょっと止めてくれたまえ。構わないね？」と鋭い口調でいった。「そう、右側に。あの鍋の並んでいる店だ」

車は右手の縁石の所にゆっくりと横付けになって止まった。

そこはごく小さなアラブ人の店で、雑な造りの素焼きの土鍋や水差しが高々と積みあげられていた。

車が止まったとき店主と話していたずんぐりしたヨーロッパ人の男が橋の方に歩きだした。一、二度会ったことのあるI&P《アイビー》のクロスビーだなとシュリヴェナムは思った。

サー・ルーパートは車からひらりと跳びおりて小さな店につかつかと歩みより、鍋の一つを取りあげると、店主とアラブ語で早口にしゃべりはじめた。シュリヴェナムはまだアラブ語はゆっくりとたどたどしくしゃべれるだけで、語彙もいたって少なかったから、話の趣きはさっぱりわからなかった。

店主はにこにこして両腕を大きくひろげ、身ぶり手真似をまじえて長ながと説明した。サー・ルーパートはいくつかの鍋を手に取り、何かしきりに質問しているらしかった。そのあげく、口の狭い水差しを一つ選び、いくつかの硬貨を投げだして車にもどってきた。

「面白い技法だ。何千年ものあいだ、一貫して作ってきたんだろうね。アルメニアの丘陵地方でも似た形のものが見いだされるが」

サー・ルーパートは狭い口に指を滑らせていれ、水差しを何度もひねくり回した。

「ひどく粗雑な造りですね」とシュリヴェナムはさして感銘を受けずにいった。

「芸術的にはどうってことはないが、歴史的に興味ぶかいんだよ。ここに耳のような形のつまみがついているだろう？　単純な日用品を観察すると、歴史的に興味のある事実がわかるものでね。それで私はこういったものを集めているのさ」

車はイギリス大使館の門をはいった。

サー・ルーパートはすぐ部屋に案内してくれといった。土製の水差しに関する講義がひととおり終ると、当の品物はそれっきり車の中に置きざりにして知らん顔なのを見て、シュリヴェナムは片腹痛く思った。それでことさらに二階に持ってあがり、ベッドの脇の小卓の上に鄭重に置いた。

「さっきお買いあげになった品です」

「え、ああ、どうもありがとう」

サー・ルーパートは心ここにあらずといった様子だった。シュリヴェナムはもう一度、昼食をすぐ用意する、飲みものはお好きなものを命じてくれといって引きさがった。

シュリヴェナムが去ると、サー・ルーパートは窓ぎわに行き、壺の口に押しこんであった小さな紙片を取りだしてひろげた。皺を伸ばすと、二行の文字が読まれた。繰り返し入念に読み返すと、マッチで紙片に火をつけた。

それから従僕を呼んだ。

「お呼びでございますか？　お荷物を出しますですか？」

「まだいい。シュリヴェナム君を呼んでくれないか――ここへ」

シュリヴェナムは少々心配そうな顔で現われた。

「何かご用でしょうか？　お気に召さぬことでも？」

「シュリヴェナム君、スケジュールを大々的に変えることになった。他言は憚《はばか》るんだが、いいね？」

「はい、もちろんです」

「バグダッドはずいぶん久しぶりなのだ。じっさい、戦争いらいでね。ホテルは主として川の向こう岸にあるんだったな？」

「はい、ラシッド通りに」

「ティグリス川と背中合わせだね？」

「はい、バビロニアン・パレスが一番大きいホテルです。半官半民といった経営で」

「ティオというホテルについて、何か知っているかね？」

「ええ、かなり、繁昌していますよ。食事がいいですし、マーカス・ティオというめっぽう面白い男が経営者です。バグダッドではちょっとした顔ですよ」

「そのホテルに部屋を一つ、予約してもらえんだろうか、シュリヴェナム君」

「つまり――大使館にはお泊まりにならないということですか？」とシュリヴェナムは落ちつかない気掛かりそうな表情でいった。「ですが――すっかり――その――用意が――」

「中止すりゃいい。どうということもなかろう」とサー・ルーパートは吠えるような声で答えた。

「ええ、もちろんです。私はべつに――」といいさしてやめた。このことで誰かにどつかれることは必定だという気がしていた。

「じつは少々微妙な性質の交渉をしなければならないのでね。大使館を根城にしてそいつをやるのは不適当だ――ということがわかったのだ。それで今夜、ティオに部屋を一つ予約してもらいたい。大使館を出るときはできるだけ人目に立たないように頼む。つまり、ティオに大使館の車で乗りつけたくないんだよ。それからあさってのカイロ行きの飛行機に座席を一つ予約してくれたまえ」

シュリヴェナムはますます狼狽した様子だった。

「ですが、私の聞いている所では、少なくとも五日間はご滞在になるという——」

「計画が変わってね。ここでの仕事がすんだら、できるだけ早くカイロに着くことがぜったいに必要なのだよ。それ以上長居をすることは安全とはいえないようだ」

「安全？」

サー・ルーパートの顔に苦々しい笑いが走って、それをまったく変貌させた。シュリヴェナムが新兵を教練するプロシア軍の下士官にひそかになぞらえていた横柄な態度はどこへやら、人間的な魅力がとつぜん滲み出た。

「私はたしかに平生は安全ということはあまり考えんたちだがね、この場合、考慮しなければならないのは、自分の一身の安全だけではないのだよ。私の身の安全には同時にほかの多くの人のそれもかかっているのでね。だから私のために、いまいった手筈を調えてくれたまえ。あさっての飛行機の予約がむずかしければ、軍人用の分を回してもらってでも都合してほしい。今晩ここを出るまではずっと部屋にひきこもっているから」

シュリヴェナムが呆気にとられたように見返すのを尻目に付け加えた。「表向きは、マラリア気味で寝込んでいることにしてくれ」シュリヴェナムは心得て頷いた。「だから食事は要らない」

「しかしもちろんお部屋の方にお持ちすることはできますが——」

「二十四時間の断食なんて、私にとってはものの数でもないよ。旅行中はしばしば、それ以上長期間にわたって何も食べないことがある。まあ、いう通りにしてくれたまえ」

階下におりたシュリヴェナム氏は、同僚の問いに答えて情なさそうにぼやいた。

「大時代だよ、あの人のいうことはまったく。サー・ルーパート閣下とはそもいかなる人物なりや——ぼくにはさっぱりわからんな。あれが掛け値なしのところか、芝居か。大きなマント、悪党めいた帽子、その他その他……彼の著書を読んだ男のいう所じゃ、多少自己宣伝の気味はあるが、本に書いてある通りの土地に行き、じっさいにあちこちで大したことをやってのけているんだそうだよ、だがねえ……トーマス・ライスがよくなって出てきて相手をしてくれるといいのにな。それで思い出したが、〝シェーレ・グリーン〟って、いったい何のことだね？」

「シェーレ・グリーン？」と友だちは眉をひそめた。「何か、壁紙の絵具か何かじゃなかったかな。有毒でね。砒素の一種だとか」

「へえ？」とシュリヴェナムは目をまるくした。「病気の名かと思ったよ。アミーバー性赤痢のような」

「いいや、化学的なものさ。妻が夫に毒を盛り、夫が妻に一服をってな場合に使われる毒性のある代物だよ」

シュリヴェナムは仰天したように黙りこくった。無気味な事実がほの見えはじめていたのであった。サー・クロフトン・リーは、大使館の中東関係顧問トーマス・ライスが胃腸炎ではなく、砒素中毒で病臥しているのだとほのめかしているのである。そればかりではない。サー・ルーパートはそれとなく、自分の生命もまた危険に曝《さら》されているという意味のことを告げていた。大使館の台所で調えられた料理や飲みものをいっさい口にしないという彼の決意は、シュリヴェナムのイギリス人らしい尋常な心情に大きなショックを与えた。これはいったいどういうことなのか、彼にはさっぱり理解できかねたのであった。

# 第十章

ヴィクトリアはむっとするような熱い黄色い埃を吸いこみながら、バグダッドって、ぞっとしない所だとうんざりしていた。空港からティオ・ホテルまで、耳ががんがんするほどの騒音に苦しめられ通しだった。けたたましい車の警笛の音が気がおかしくなるのではないかと思うほどしつこく聞こえた。人々の喚き声、呼笛の音、とまた、いっそう耳をつんざくような、無意味な警笛の音。街のそうした間断のない騒音に加えて、ミセス・クリップの細い、きんきんとよく響く声がせせらぎの音のように小止みもなく続いていた。

そんなこんなでティオ・ホテルについたときには、ヴィクトリアはいささかぼうっとしていたのである。

繁華なラシッド通りからティグリス川の方に小さな横町の短い階段をあがるとホテルの入口で、満面に笑みを湛えた、がっちりした体格の若い男が出迎えた。まさに大手をひろげての歓迎ぶりであった。彼こそ、通称マーカス、ティオ・ホテルの所有者のティオ氏だなとヴィクトリアは思った。

歓迎の言葉を述べるかたわら、ティオはその合の手のように、客の荷物の運搬に当っている使用人たちを叱咤していた。

「またのお越し、うれしいですな、ミセス・クリップ――しかし、どうなさいました――なんで、そんな妙なものを腕にはめていらっしゃるんです？――（馬鹿！　革紐を持つんじゃない！　間抜けめ！　おい、お客さまのコートを引きずっているぞ！）――それにしても、たいへんな日にご到着でしたな――これじゃ、着陸はとても無理だと思いましたよ。あの飛行機ときたら、ぐるぐる、ぐるぐる、きりなく回っていましたものね。私はひとりごとをいいましたよ――〝マーカス、おまえは金輪際、飛行機なんてもので旅行をするこっちゃないぞ〟ってね。〝そんなに急いでどこへ行く〟――ですよ、まったく。おや、若い女性をご同伴ですね――若いお嬢さんをはじめてバグダッドにお迎えするのはいつもたいへんうれしいことです――ところでハリソンさんはなぜ、お出迎えにいらっしゃらなかったんですかな――昨日、見えるかと思っていたのですが――まあ、とにかく一杯やっていただかなければ」

さてマーカスが押しつけたダブル・ウィスキーの影響もあって少々ふらつきながら、

いささか目の眩む思いでヴィクトリアは案内された天井の高い、白壁の広い部屋の中を見回した。大きな真鍮のベッドと、超モダンな、凝ったフランス風の化粧台、古めかしいどっしりしたヴィクトリア朝風の衣服戸棚、それに鮮やかな色のフラシ天を張った椅子二脚が置かれていた。足もとには彼女自身のささやかな荷物があり、黄色い顔に真白な鬚を生やしたたいへん年とった老人が笑顔を見せ、頭をさげてタオルをバスルームに置き、入浴をするならお湯を熱くするがといった。

「どのぐらい、かかります？」

「二十分から三十分です。いま、用意しますです」

父親のようにやさしい微笑を残して老人がひきさがると、ヴィクトリアはベッドに坐って髪の毛に手をやってみた。埃でねっとりしている。顔にも埃がこびりついているようで、ひりひりする。鏡を見ると、埃のために黒い髪の毛が赤褐色に変わって見えた。カーテンの端をちょっとめくって川を見おろす広いバルコニーの方を眺めたが、ティグリス川は一面黄色い濃い靄に覆われていた。すっかり憂鬱な気持ちに落ちこんで、ヴィクトリアは呟いた。「何て、いやな所なの！」それから立ちあがって踊り場を横ぎり、ドアをノックした。自分の身仕舞をしてさっぱりする前に、ミセス・クリップの用を骨身惜しまずひとしきり、つとめなければならないだろう。

入浴し、昼食を取って、ひと眠りした後、ヴィクトリアは寝室からバルコニーに出て、なかなかいい景色だと思いながらティグリス川を見渡した。砂嵐はやみ、黄色い靄に代わって青ざめた澄んだ光があたりに溢れていた。川の向こうのヤシの木と不規則な間隔を置いて立っている家々が繊細なシルエットを作っていた。

下の庭園から話声が聞こえてきた。バルコニーの端に立って見おろすと、疲れを知らぬ多弁家で隔意なく誰とでもすぐ話をするたちのミセス・ハミルトン・クリップがイギリス婦人と親しくなったらしく、しきりに話しこんでいた。このイギリス婦人というのは旅先でよく出会うタイプの年齢不詳の女性で、アウトドア・スポーツをよくするたちらしく、日焼けした顔には化粧っ気もなかった。

「まったくあの娘さんがいなかったら、わたし、本当にどうしていたかと思いますわ」とミセス・クリップの声がいった。「とてもいい人ですのよ。それに身内もなかなかりっぱでしてね。ランガウの主教様の姪に当たるんですって」

「どこの主教ですって？」

「ランガウとかって」

「ばかな。そんな主教はいやしませんよ」

ヴィクトリアは眉を寄せた。架空の主教を持ち出したりしたら、とたんに見破る地方育ちのイギリス婦人らしい。これはうかうかできない。

「あら、じゃあ、わたしの聞き違いですわ、きっと」とミセス・クリップはあやふやな口調でいった。「でも、たしかに人好きのする有能な娘さんでしてね」

イギリス婦人は、「はあ！」とどっちとも取れる短い返事をしただけだった。

ヴィクトリアはこのイギリス婦人とはできるだけ、顔を合わせないようにしようと思った。その種の心きいた女性を満足させるようなほら話を創作するのは容易なことではないと考えたからだった。

ヴィクトリアは自室にもどってベッドに坐り、彼女の現在の立場について思いめぐらした。

このティオ・ホテルがそんじょそこらによくある安宿ではないことはまあ、確かだ。持ち合わせの金はたった四ポンド十七シリングだというのに、さっき、たっぷりした昼食を取ってしまった。その代金はまだ払ってないし、ミセス・ハミルトン・クリップが払ってくれるいわれもない。バグダッドまでの旅費を出してもらうというだけの取りきめだったのだし、契約の諸条項はすでに、満たされている。ヴィクトリアは現にこうしてバグダッドに到着し、一方、ミセス・クリップは主教の姪で、かつて看護婦をつとめたことがある上に秘書の経験をもつという彼女ミス・ヴィクトリア・ジョーンズの熟練した介添を受けた。つまり契約は双方の満足のうちにすべて完了したわけだ。ミセス・ハミルトン・クリップは夜汽車でキルクークに行くだろう——それで彼女とのつながりは終わる。ヴィクトリアはふと、ひょっとしたらミセス・クリップがぜひ取ってくれといってなにがしかの現金を別れぎわに押しつけるのではないかとはかない期待をいだきかけたが、そういうことは残念ながらまずないだろうと思い直した。ヴィクトリアが金詰まりで困りはてているなどということをミセス・クリップが知っているわけもないのだから。とすると、ヴィクトリアとしては、この際、どうすべきだろう？　答はすぐ返ってきた。もちろんエドワードを見つけることだ。

そのときふと苛立ちとともにヴィクトリアは、自分がエドワードの姓さえ知らないことに気づいた。バグダッドのエドワードというだけしか、知らないのでは話にならない。まるで、愛人ギルバートの名とイングランドという言葉しか知らずにイギリスについたサラセン人の少女のように。ロマンティックな話ではあるが、これではたしかに不便だ。もっとも十字軍のころのイングランドでは誰も姓などもっていなかったのは事実だが。イギリスはバグダッドより大きい。とはいえ、当時のイングランドは大して人口稠密《ちゅうみつ》ではなかったろう。

ヴィクトリアはそうした興味つきない臆測にふけるのはやめにして、ふたたび厳然たる事実に思いを向けた。エドワードを何とか早く探さなければ、そして彼女のために仕事を見つけてもらわなくては。これまた時を移さず。

エドワードの姓は知らないが、彼はバグダッドにラスボーン博士の秘書としてやってきたわけだ。ラスボーン博士はもしかしたら有名人かもしれない。

ヴィクトリアはお白粉を鼻にはたき、髪の毛を手で軽く撫でつけて、必要な情報を得ようと階下におりて行った。

ちょうどホールを通りかかったマーカスが大喜びで声をかけた。

「やあ、ミス・ジョーンズ、いっしょに一杯いかがです？　私はイギリスのご婦人が大好きでしてね。バグダッドにおいでのイギリスのご婦人はみんな私の友だちです。どなたもうちのホテルで寛いで下さいますよ。さあ、どうぞこちらへ。バーに行きましょう」

おごってもらえるのはありがたい話だから、ヴィクトリアは二つ返事で誘いを受けた。

腰掛けに坐ってジンを飲みながら、ヴィクトリアはさっそく情報集めに取りかかった。

「最近バグダッドに着いたばかりの人でラスボーン博士ってご存じ？」

「バグダッドの人間ならみんな、知ってますよ」とマーカス・ティオはうれしげにいった。「それに誰でもこのマーカスを知っています。ほんとですよ。ええ、友だちがたくさんいましてね」

「そうでしょうとも。で、ラスボーン博士をご存じ?」

「先週はね、中東の空軍を傘下におさめている中将が滞在なさいましたよ。〝マーカス、一九四六年から会ってないが、おまえ、あのころからちっとも痩せないじゃないか〟ってね。じつにいい人ですよ。私は大好きだな」

「ラスボーン博士はどうですの? いい人ですか?」

「私はね、楽しむことを知っている人間が好きなんでしてね。つまらなそうな顔をしている人間はいやですね。陽気で、若々しく、チャーミングな——ちょうどあなたのような人がいい。中将は私にいわれましたっけ。〝マーカス、おまえは女好きなのが玉にきずだ〟って。それで私はいったんです。〝いいえ、私の欠点はマーカス自身に首ったけってことでさ……〟」こういって呵々大笑したと思うと、急に言葉を切ってどなった。

「ジーザス、ジーザス!」

とつぜんまたなんでイエス・キリストを呼ぶのかとヴィクトリアはぎょっとした。しかしジーザスというのはバーテンの名前らしかった。ヴィクトリアはまたしても中東とはおかしな所だと思った。

「もう一つ、ジン・オレンジを、それにウィスキーをくれ」

「あの、あたし、もう――」

「まあ、そうおっしゃらずに――これは弱いんです。とっても弱いんでしてね」

「ラスボーン博士のことですけど――」とヴィクトリアは食いさがった。

「あのミセス・ハミルトン・クリップ――ついでですがおかしな名の方ですね――とかおっしゃるあなたのお連れ――あの方はアメリカ人でしょう？　私はアメリカ人も好きですが、イギリス人が一番いいですね。アメリカの人はいつも少し心配そうに見えます。でもときには朗かな人もいますよ。サマーズさんは――ご存じですか――バグダッドにくるといつも酒をたくさん飲まれます。三日間ぶっ通しに眠りつづけたり。あれはひどすぎます。ああまで酒を過ごすのはいいことではありません」

「ねえ、お願い、助けて下さいな」とヴィクトリアは口走った。

マーカスはびっくりしたような顔をした。

「もちろん、お助けしますとも。私は友だちにはいつだって手を貸します。お望みをおっしゃって下さい――すぐ承ります。特製のステーキ――米とレーズンと薬草の詰めものをいれて料理した七面鳥――それとも雛鶏――」

「雛鶏のことじゃないんですの」とヴィクトリアはいったが、「少なくとも今は」とさきざきのことを慮って付け加えておいた。「あたし、ラスボーン博士って人を探したいんですけど――ラスボーン博士。バグダッドにはまだ着いたばかりだと思います――たぶん――秘書と一緒に」

「知りませんな。ティオには泊まりませんでしたよ」

どうやらティオに泊まらない人間はマーカスにとっては存在しないも同然らしかった。

「でもほかにもホテルがありますでしょう？」とヴィクトリアはひっこまなかった。

「それとも――一戸構えているのかも？」

「ええ、ホテルはいろいろありますよ。バビロニアン・パレス、セナンケリブ、ゾバイデ・ホテル。どれもいいホテルですが、ティオとはくらべものになりません」

「そうでしょうとも。でもラスボーン博士って人、そのうちのどれかに泊まっていないでしょうか？　何か団体を経営しているらしいんですけど――文化とか――本に関係のある――」

文化という一語を聞いて、マーカスは急に大真面目な顔になった。

「それは、この国にとって大いに必要なことです。文化は大いに奨励しなくてはいけません。芸術と音楽――けっこうですね。たいへんけっこうです。私はヴァイオリン・ソナタが好きです――あまり長すぎなければですが」

それにはまったく異論はなかったが――ことにヴァイオリン・ソナタうんぬんについては――ヴィクトリアは所期の目的にいっこう近づいていないことを思って焦った。マーカスと話をするのは面白いし、人生に対する子どもらしい熱情を備えている点、魅力のある人柄であった。しかし　彼と話していると〝ふしぎの国〟のアリスが丘に通じる道を見つけようと苦労したときのことが思い出された。つまりどんな話題も結局は出発点――すなわち彼マーカスのことにもどってしまうのだった。

ヴィクトリアはもう一杯と勧められたのを断わってしょんぼり立ちあがった。少しふらふらしていた。マーカスの勧めたカクテルは弱いどころではなかったのだ。バーからテラスに出て手摺りにもたれて川を眺めていると、後ろから誰かが声をかけた。

「ちょっと失礼。コートをお召しになった方がいいですよ。イギリスからおいでになると夏のような気がするでしょうけど、でも日没のころにはとても冷えこみますからね」

振り返ると少し前にミセス・クリップと話をしていたイギリス婦人で、猟犬の調教をする人らしいしゃがれ声だった。毛皮のコートを着て、膝掛けを掛け、ハイボールを啜《すす》っていた。

「ああ、どうもありがとうございます」といってヴィクトリアはそそくさと退散しようとしたが、そうはいかなかった。

「自己紹介させて下さいましよ。わたし、ミセス・カーデュー・トレンチでございます」（〝あの名高いカーデュー・トレンチ家の一員ですよ〟という思いいれだった）

「あなたは何とかいう方のお連れでしたね――ミセス――ハミルトン・クリップ？」

「はい、そうです」

「何ですか――ランガウの主教のお姪御さんだとかって？」

さあ、おいでなすった。

「まあ、そんなことを？」といささか興がっているような語調を適当に漂わせてヴィクトリアは問い返した。

「聞き違いなんでしょうね、たぶん？」とミセス・カーデュー・トレンチはいった。

ヴィクトリアはにっこりした。

「アメリカの方って、とかくイギリス人の名前を取り違えますのね。ランガウというふうに聞こえないこともありませんでしょうけれど。私の伯父は――」とヴィクトリアはとっさに思いついていった。「ラングアオの主教ですの」

「ラングアオ？」

「ええ――太平洋の群島の一つですわ。つまり外地の主教でして」

「ああ、外地のねえ――」とミセス・カーデュー・トレンチは鼻白み、ゆうに一音半、音程をさげて呟いた。

予期通り、ミセス・カーデュー・トレンチはうれしいことに外地の主教についてはまったく不案内らしかった。

「なるほど、それでわかりましたわ」

窮余の一策にしてはなかなかよくわかる説明をしたものだとヴィクトリアは気をよくした。

「で、こちらへはどういうご用で？」とミセス・カーデュー・トレンチは生まれつき好奇心に富んでいるのをうまく隠して馬鹿に愛想よくいったが、有無をいわさず聞きだしてやろうという気持ちは見えすいていた。

〝ロンドンの街中でちょっと出会って話をした青年を探すつもりで〟ともいえず、あの短い新聞記事のことをミセス・クリップに話したのを思い出して、ヴィクトリアは答えた。

「伯父のポーンスフット・ジョーンズの所にまいりますの」

「まあ、じゃあ、あの方のご親類でしたの？」とミセス・カーデュー・トレンチはやっとヴィクトリアの身元を明らかにできたので、ご満悦らしかった。「小柄な、とても魅力のある紳士ですわね――ちょっとうっかりやのようですけど――お仕事柄、無理もありませんわ。昨年ロンドンで講演を伺いましたわ——りっぱなお話でした——もっとも何についてなのか、私には一言もわかりませんでしたが。そう、二週間前にバグダッドにお立ち寄りになりましたっけ。そういえば　今シーズン、若いお嬢さんが何人か調査隊に加わるっていっていらっしゃいましたわ」

身分が一応確立したので、ヴィクトリアは今度はすかさずこっちから質問した。

「ラスボーン博士って方がバグダッドにいらっしゃいます？」

「こられたばかりの方ですわね。来週の火曜日に協会で講演をなさるとか。〝国際関係と人類の連帯〟といったような題で。わたしにいわせりゃ、そんなの、ナンセンスですわよ。大勢の人を仲よくさせようと思えば思うほど、猜疑心をいだくものですからね。詩とか、音楽にうつつをぬかし、シェイクスピアやワーズワースをアラブ語や中国語、ヒンドスタニー語に訳そうと意気ごんでいるようだけれど、〝川のほとりの桜草……〟なんて詩が、桜草を見たこともない人に何の役に立つっていうんですの？」

「で、博士はどこにご滞在ですの？」

「バビロニアン・パレス・ホテルだと思いますよ。でも協会の本部は博物館の近くにありますわ。〈オリーヴの枝の会〉とかって。こっけいな名前ですわね。スラックスをはいた若い娘さんがたくさん出入りしていますわ。垢じみた首をした、眼鏡をかけた女の子たちがね」

「博士の秘書って人をちょっと知っていますので」

「ああ、エドワード何とかっていう青年ね――いい人みたいですね。あんな馬鹿げた仕事には勿体ない。戦争中には大した手柄を立てたとかって。でもまあ、この節、仕事はなかなかありませんからね。押し出しもなかなかりっぱですわね。あそこに熱心に通ってくる女の子たちはみんな、あの人に夢中になっているようですよ」

　身を焼くような嫉妬の炎がヴィクトリアの胸に走った。

「〈オリーヴの枝の会〉って、どこにあるっておっしゃいましたっけ？」

「二つ目の橋に曲がる角を過ぎるとラシッド通りから通じている横町があります。そこですわ。あまり目立ちませんけどね。銅器のバザールからほど遠くない所です。ところで、ミセス・ポーンスフット・ジョーンズはご機嫌いかが？　もうじきこちらへいらっしゃるでしょうか？　お加減がわるかったと伺っていますが？」

　聞きたかったことを聞きだしたので、ヴィクトリアにもそれ以上の嘘を敢えてでっちあげる気はなく、腕時計をちらと見やり、驚いたように声をあげた。

「まあ、たいへん。ミセス・クリップを六時半にお起こしして、出発の支度のお手伝いをしなくては。失礼します」

このいいわけはまんざら嘘ではなかった。もっとも七時を六時半としたことは認めなければならない。階上にあがって行くヴィクトリアの足どりは浮き浮きしていた。明日は〈オリーヴの枝の会〉でエドワードに接触できるだろう。垢じみた首の熱心な女の子なんて！　魅力的にはとても聞こえないわ……でも、男の人たちって中年の潔癖なイギリス婦人とは違って、首が汚れているぐらいではそう目くじら立てないから――とくにその首の持ち主に、讃嘆と崇拝の想いをこめて大きな、潤んだ目で見つめたりされると。

宵の時間はまたたく間に過ぎた。ヴィクトリアは食堂で早目の夕食をミセス・ハミルトン・クリップといっしょに取った。ミセス・クリップはありとあらゆる話題について会話をほとんど独占してしゃべりまくった。彼女はヴィクトリアに、いずれ、娘の所にきてくれと熱心にいった――ヴィクトリアはその住所を注意ぶかく書き留めた。この先どういうことになるか、わかったものではないと思ったからだった……ミセス・クリップを北駅まで送り、客室に無事に落ちつくのを見届けると、やはりキルクークまで行くというミセス・クリップの知りあいに紹介された。翌朝はこの人がミセス・クリップの身仕舞を手伝ってくれるはずだった。

汽車のエンジンが苦悶する人間の声さながらの憂鬱そうな悲鳴を発しはじめたとき、ミセス・クリップは小さな厚ぼったい封筒をヴィクトリアの手に押しつけた。「あのね、ミス・ジョーンズ、これはわたしたちの楽しかったおつきあいの思い出のしるしですわ。ほんのお礼の気持ちとして受けとっていただきたいんですの」

ヴィクトリアは、「まあ、本当にご親切に痛みいりますわ、ミセス・クリップ」とうれしそうな声でいった。このとき、エンジンがこれで四回目の、そして最後の、無気味な苦悶の絶叫をあげ、汽車はゆっくり駅から出て行った。

ヴィクトリアはホテルにどうやって帰るか、かいもくわからず、たずねようにも知るすべもないので、仕方なく駅からタクシーに乗って帰った。

ティオ・ホテルに帰ると、ヴィクトリアは部屋に駆けあがっていそいで封筒をあけた。中にはナイロンのストッキングが二足はいっていた。

ほかの場合だったら、ヴィクトリアは有頂天になって喜んだだろう――ナイロンのストッキングは平生、手の届かぬ贅沢品だったからだ。しかしこの際は現金がはいっているのではないかと望みをかけていただけにがっかりした。ミセス・クリップは五ディナール紙幣を彼女に渡すなんて失礼なことはとてもできないと思ったのだろう。ヴィクトリアとしては、そんなに気を遣ってくれなければよかったのにといっそ恨めしかった。

だが明日はエドワードに会える。ヴィクトリアは服を脱いでベッドにはいり、五分後にはもうぐっすり眠り、空港でエドワードと待ち合わせている夢を見ていた。その夢の中では眼鏡をかけた女の子がエドワードの首に抱きついて放さず、その間に飛行機はゆっくり動きだしていたのであった。

# 第十一章

ヴィクトリアが目を覚ますと、さわやかな日光のさしこむ明るい朝だった。着替えをすませて窓の外の広いバルコニーに出てみた。少し離れた所に置いた椅子にこちらに背を向けて、一人の男が坐っていた。筋ばった赤い猪首のあたりにまで白髪まじりの縮れ毛が生えている。ふと首を横に振り向けたとき、よくみると、何とそれはあのサー・ルーパート・クロフトン・リーであった。なぜ、そんなに意外な感じを受けたのか、自分でもはっきりわからなかった。たぶんサー・ルーパートのような重要人物はホテルなどではなく、大使館に滞在するものときめていたからだろう。ところがサー・ルーパートはこのホテルのバルコニーで、現にティグリス川を妙に熱心に見つめているのであった。サー・ルーパートの坐っている椅子の横に双眼鏡がぶらさがっているのさえ見えた。野鳥観察でもしているのだろうか。

ヴィクトリアが以前にちょっと魅力を感じたことのある青年が熱心な野鳥研究家で、

彼女も週末に何度か一緒に遠出したことがあった。そんな際には、雨中の森や、身を切るような風の中に何時間もと思えるほど長いこと、体が麻痺するかと思うほど、窮屈な姿勢で立ちんぼうをさせられたものだ。そのあげく、双眼鏡を覗いてごらんといわれて目を凝らすと、ふつうの駒鳥やアトリにくらべていっこう見栄えのしない小鳥が遠くの小枝に止まっていたりした。

さてヴィクトリアは階下におりて行って、ホテルの二つの建物の中間のテラスでマーカス・ティオと出会った。

「サー・ルーパート・クロフトン・リーがここにお泊まりですのね」

「ええ、そうなんです」とマーカスはうれしげにいった。「いい方ですよ——じつに」

「よくご存じですの？」

「いえ、今度はじめてお目にかかりました。大使館のシュリヴェナムさんがゆうべ、送ってこられたんですがね。シュリヴェナムさんもとてもいい人です。あの方のことはよく知っていますが」

朝食のために食堂に行く途中、ヴィクトリアはいったいマーカスがいい人と太鼓判を押さない人物なんているんだろうかと訝《いぶか》った。大した博愛的精神の持ち主らしい。

朝食後、ヴィクトリアはさっそく〈オリーヴの枝の会〉なる団体を探しに出かけた。

生粋のロンドンの下町っ子であるヴィクトリアは、バグダッドのような都市で特定の場所を探すことがむずかしいなどとは夢にも考えなかったのだが、いざ出かけてみると、これは生やさしいことではないぞと気づいた。

玄関に出る途中でマーカスに会って博物館への道をきいてみたのだが、「いい博物館ですよ」とマーカスはにこにこしていった。「たいへん古い興味ぶかい品がたくさんありましてね。私はじつは行ったことはないんですが、考古学者の知りあいがいますので。バグダッドを通るときは、みなさん、いつも、このホテルに泊まられるんですよ。たとえばベイカーさん、リチャード・ベイカーさんをご存じですか？　それからカルズマン教授、ポーンスフット・ジョーンズ博士、マッキンタイアご夫妻——みなさん、ティオにお泊まりになりますよ。ええ、みんな私の友だちです。博物館の陳列品についていろいろな話をして下さいましてね。じつに、じつに面白いです」

「で、どこにありますの、博物館は？　どうやって行ったらいいんでしょう？」

「ラシッド通りを真っ直ぐおいでなさい——かなり長いこと——ファイサル橋への曲り角も銀行通りも通りこして——銀行通りはご存じですね？」

「いいえ、何も知りませんの」

「少し行くとまた通りがあります。やっぱり、橋に通じる通りです。博物館はその通りの右側にあるんですよ。ベトゥーン・エヴァンズさんに面会を申しこんでごらんなさい。博物館のイギリス人顧問で――とてもいい人です。奥さんもたいへんいい人ですよ――戦争中、輸送関係の仕事につくためにここにきなさったそうですがね。ええ、じつにいい人でしてね」

「じつをいうと、博物館に行きたいってわけじゃないんですの。ある団体を見つけたいんです――〈オリーヴの枝の会〉とかって。クラブみたいな所らしいですわ」

「オリーヴがお要りなら、すてきなのを差しあげますよ。質のいいものをね。特別上等な品を私のために取っておいてくれる店がありましてね――ティオ・ホテルのために。夕食のときに少しテーブルにお届けしましょう」

「それはご親切に」とヴィクトリアはいって、ラシッド通りの方に逃げだした。

「左にいらっしゃい。右じゃなく。しかし博物館までは遠いですよ、タクシーで行った方がいいですね」

「タクシーの運転手にきいたら、〈オリーヴの枝の会〉がどこにあるか、知っているでしょうか？」

「とんでもない、あの連中ときたら、どこに何があるか、てんで知りやしませんよ！左とか、右とか、止まれとか、進めとか、こっちで行きたい方角を指示しなきゃ」

「だったら、いっそ歩いて行きますわ」

ヴィクトリアはラシッド通りに出ると左に折れた。

バグダッドは想像していたのとは大違いだった。混雑している大通りを人がぞろぞろと歩き、車が激しい警笛の音を立てているかと思うと、騒々しい喚き声が聞えた。ショーウィンドーにはヨーロッパの製品が所狭しと並び、のどをガラガラいわせては景気よく唾を吐く音がまわり中で聞こえた。神秘的な東洋らしい服装はどっちを向いてもおよそ見当たらず、ぼろの、あるいはしおたれた西欧風の服装ばかりが目についた。陸軍や空軍の将校の古軍服を着た男もちらほらまじっていた。ときたま、黒い長衣姿にヴェールをつけて足をひきずって歩いている者がいたが、ヨーロッパ風を加味した折衷スタイルが闊歩している中ではほとんど目立たなかった。乞食があわれっぽい声を出して彼女に近づいた。汚らしい赤ん坊を抱いた女たちだった。足もとの舗道はでこぼこして、ところどころ、ポコンと穴があいていたりした。

ヴィクトリアは、家を遠く離れてとんでもない所に迷いこんだ子どものような心もとない気持ちに駆られつつ歩きつづけた。旅の魅力どころか、ただ戸惑いを感じていた。

そのうちにやっとファイサル橋に出た。橋の前を通ってさらに歩きつづけた。早く〈オリーヴの枝の会〉の事務所を見つけなければと気が急いていたのだが、それでもウィンドーの中の奇妙な雑多な商品にわれ知らず興味をひかれた。

赤ん坊の靴や毛糸の靴下、歯磨、化粧品、懐中電灯、紅茶茶碗――何もかも、ごたごたと並べられている。そうこうするうちにヴィクトリアは、一種の魔力が徐々に彼女を捉えるのを感じた。それは種々雑多な要素からなる人口の多様な欲求を満たすべく、世界中から集まってきた商品のかもしだす魅力であった。

やがて博物館が見つかった。しかし〈オリーヴの枝の会〉の所在はあいかわらずわからなかった。ロンドンの町中で道を探し慣れている者には、まわりの人間を手当たりしだい捕まえて道をきくわけにいかないというのは信じられない思いだった。商品を売りつけようとして英語で呼びかける商人に、〈オリーヴの枝の会〉はどこにあるのかときいてみたが、ぽかんと見返されたばかりだった。

〝お巡りさん〟にきけばいいようなものだが、腕を威勢よく振っては警笛を吹き鳴らして交通整理をしている警官の様子を眺めただけで、きいてもむだだという気がした。

ヴィクトリアはウィンドーに英語の書物を並べている本屋にはいって行ったが、〈オリーヴの枝の会〉と聞いても店主は慇懃に肩をすくめ、頭を振るだけだった。〈オリーヴの枝の会〉とは何か、残念ながらかいもく見当がつかないらしかった。

そうこうするうちにふと途方もない槌音とけたたましい金属性の音が聞こえてきた。

長い薄暗い横町をすかし見てヴィクトリアはふと、ミセス・カーデュー・トレンチが〈オリーヴの枝の会〉は銅器バザールの近くにあるといったことを思い出した。ここがそのバザールらしい。

ヴィクトリアは思いきってその横町にはいって行った。そしてゆうに四十五分ほどは〈オリーヴの枝の会〉のことをきれいに忘れていた。それほどにこのバザールに魅了されていたのであった。衝風灯製造の全過程は、店に積みあげられた既製品ばかり見慣れているロンドン生まれの娘にとってはまるで天啓のようにすばらしかった。夢中になって市場《スーク》の中をあてどなく歩きまわっているうちに銅器のバザールをいつしか後にして、はでな縞模様の小型毛布や木綿のキルトのベッドカバーを売っている一郭にきていた。アーチ型の天井の薄暗い店舗の中ではヨーロッパの製品もまったく異なった様相を見せ、海の向こうからはるばる渡来した珍品という異国的情緒を漂わせていた。安っぽいはでな木綿プリントの重ねられているのすら、目に快かった。

おりおり、バレク、バレクという掛け声とともにロバとか、荷を積んだラバが通りすぎた。重そうな荷を頭に乗せて釣合いをとっている男たちも通った。大きな盆を紐で首から吊るした少年たちが走りよっていった。

「ゴム紐、イギリスの丈夫なゴム紐だよ、お姉さん、櫛もある。上物の櫛はいらないかい？」

さあ、買った買ったとばかり、品物が鼻の先に猛烈な勢いで突きつけられたりした。ヴィクトリアは楽しい夢でも見ているような心地で歩きつづけた。世界を見て歩くって、こういうことなんだわと。横町のやたらにある、両側から屋根の突き出た、広い涼しい市場《スーク》をあっちに曲がり、こっちに折れるつど、何か、まったく思いがけないものにぶつかった。仕立屋の横町ではヨーロッパ人のスマートな背広服の絵を掲げた店の中で、仕立屋が一針一針入念に手を動かしていた。店頭には腕時計や安ものの宝石も並べられていた。ビロードや、金糸銀糸で凝ったぬいとりを施したブロケードが幾巻きも積まれている店の横をひょいと曲がってみると、見すぼらしいヨーロッパ風の古服を売っていたりした。どことなく哀れっぽく見える色あせた小さなジャンパーやら、糸のほつれた長いヴェストやら。

おりおり、ひろびろとした静かな広場が店の間からちらっちらっと見えた。

やがて男物のズボンをずらっとぶらさげて売っている広い一郭に出た。ターバンを頭に巻いた威厳のある商人が、四角い小さな店の隅にあぐらをかいて坐っていた。

「バレク！」

重そうな荷を積んだロバが後ろからやってきたので、ヴィクトリアは狭い横町に折れた。ここは青天井で、背の高い家々のあいだをくねくねと曲がりながら道が一本走っている。歩いて行くうちにまったくの偶然で、目ざす建物にぶつかった。入口から覗くと狭い四角い中庭があり、ずっと奥に出入口が開いていて〈オリーヴの枝の会〉と書いた大きな看板と、へんてこな形の鳥がオリーヴとも何ともわからない枝をくわえている石膏の像があった。

ヴィクトリアは喜び勇んで中庭を横切り、開いていた戸口から中にはいった。とっつきは薄暗い電灯のついた部屋で、テーブルの上に本や雑誌が載っており、まわりの壁にも書籍が並んでいた。本屋にちょっと似ていたが、ここかしこに椅子がごたごたとまとめて置かれていた。

暗がりの中から若い娘がヴィクトリアに近づいて、一語一語間《ま》をおいてていねいに英語でいった。

「何か、ご用でしょうか？」

コーデュロイのズボンをはき、オレンジ色のフランネルのシャツを着た娘で、じっとり湿り気をおびていそうな黒髪をぴったり撫でつけて短く切りそろえていた。そのスタイルはブルームズベリーの住人にふさわしいが、レヴァント人特有の沈んだ面ざしで、大きな愁わしげな黒い目と肉の厚い鼻が目立った。

「――あのう――ここに――ラスボーン博士はおいででしょうか？」

エドワードの苗字があいかわらずわからないなんて、まったくいまいましい！　ミセス・カーデュー・トレンチまでエドワード何とかさんといっただけだったのだから――とヴィクトリアは舌打ちしたい気持ちだった。

「ええ、ラスボーン博士はここにおられます。ここは〈オリーヴの枝の会〉の事務所です。わたしたちの仲間にはいって下さるんですの？　でしたらとてもうれしいのですけれど」

「そうですわね、たぶん。で、あの――ラスボーン博士にお目にかかれますか？」

娘は疲れたような微笑を向けた。

「博士のお邪魔はしないことになっています。でも申し込み用紙がありますから、どうぞ。書きこみかたはわたしがお教えします。サインして下されば終わりです。申し込み金は二ディナールですけど」

二ディナールも、とヴィクトリアは慌てた。

「まだ入会するかどうか、はっきりしませんので。博士にぜひお会いしたいんです――でなければ秘書の方に。秘書の方でけっこうです」

「説明なら、わたしがいたします――何もかも。ここではみんな友だちです。未来に向かって手をつないでいます——ためになる本を読んだり、お互いに詩を暗誦しあったり」

「ラスボーン博士の秘書の方が、とくに自分を名指しで訪ねるようにとおっしゃったものですから」

　こういうと、娘の顔に頑なそうな不機嫌な表情が走った。

「今日はだめです。ですから説明はわたしが——」

「どうして今日はいけないんですの？　お留守ですか？　だったらラスボーン博士に——」

「ええ、博士はおいでです。二階においでになります。でもやたらにお邪魔をしないようにしていますので」

　ヴィクトリアは外国人に対するアングロ・サクソン民族特有の偏狭な気持ちが動くのを感じた。〈オリーヴの枝の会〉は国際的に友好的な感情を作りだす代わりに、彼女に関する限り、正反対の影響を及ぼしているようだった。

「あたし、イギリスから着いたばかりですの」といったヴィクトリアのアクセントはほとんどミセス・カーデュー・トレンチのそれのように気取っていた。「ラスボーン博士に大切な伝言をもっていますの。直接にお渡しすることになっていますので。どうぞ、すぐ案内して下さいな。お邪魔はしたくありませんけど、どうしてもお会いしなければならないのです」こういって、「いますぐに！」と付け加えた。これで万事決着というように。

事を何としても思い通りに運ばせようと決心している居丈高なイギリス人を前にするときには、ほとんどすべての障壁が崩れ去るものである。若い娘はぐるっと後ろを向いて先に立って部屋の奥へと案内し、階段をのぼって中庭を見おろすギャラリーに面したドアをノックした。「おはいり」と男の声がした。

ヴィクトリアの案内役はドアをあけて、身振りでヴィクトリアを促した。

「イギリスの女の方がご面会なさりたいそうです」

ヴィクトリアは部屋の中にはいって行った。

書類を積んだ大きな机の向こう側から一人の男が立ちあがって彼女を迎えた。

六十歳ぐらいの堂々たる風采の紳士で、品のよい広い額に白髪がふさふさ波打っていた。いかにもやさしく、親切な、魅力のある人柄のようで、芝居のプロデューサーなら躊躇なく、慈善家の役を割りふっただろう。

男はヴィクトリアに暖かい笑顔を向けて、手を差し伸べた。

「イギリスからお着きになったばかりですか？　東洋には初旅で？」

「はい」

「どういう印象をお受けですかな……いずれ、聞かせていただきたいものですね。さて、以前にお目にかかったことがありましたっけ？　私はひどい近眼だものですから。それに、お名前もまだ承っていませんでしたね？」

「あなたはあたくしをご存じありませんわ。でもあたくし、エドワードの友だちですの」

「エドワードのお友だちですか？　それはすばらしい。エドワードはあなたがバグダッドにおいでになったことを知っていますか？」

「いいえ、まだ」

「ほう、ではもどったら、さぞびっくりして喜ぶことでしょう」

「もどったらですって？」とヴィクトリアはがっかりしてききかえした。

「ええ。エドワードはおりあしくバスラに行っていましてね。ちょうど届いた書物の荷があって、そのことでバスラまで行ってもらわなければならなかったのです。いまいましいことですが、税関で面倒なことをいわれて、受けとるのが遅れ遅れになりましてね。誰かが出向かないことには通関できないものですから。こういう場合には個人的に交渉する以外にないんですが、エドワードはそういうことにはうってつけでしてね。魅力を発揮して頼みこむときと、厳しい態度を取るべきときと、どちらも然るべく心得ていますから。しかも手をつけたことがかたづくまで諦めないたちで。じっさい粘り強いですよ。青年には得がたい美点です。じつに大した青年です」こういってきらりと目を光らせた。「もっともあなたに向かって彼を賞《ほ》めちぎるまでもないんでしょうがね」

「あのう――それでエドワードはいつ、バスラからもどりますの？」とヴィクトリアはやっときいた。

「そう――よくわからないんですよ、それが。仕事がかたづくまでは帰ってこないでしょうし――この国では何であれ、あまり手っとり早く運ぶというわけにはいかないのでして。さてと、どこにお泊まりかをいいおいて下されば、帰りしだい、かならずご連絡させますよ」

「あのう――ひょっとして」とヴィクトリアは必死になっていった。自分の逼迫した財政状態を強く意識していた。「あのう――あたくしをここで働かせていただけないでしょうか？」

「それはご親切にどうも」とラスボーン博士は感動したようにいった。「ええ、もちろん、働いて下さる方、手伝って下さる方がぜひとも必要でしてね。じっさい、いろいろな方にご助力を願わねばならんのです。とくに、イギリス人のお嬢さんのお手伝いは大歓迎です。私どもの仕事は　すばらしく発展しています——目覚ましい進捗ぶりです——しかし、まだまだなすべきことはあるのでして。みなさん、たいへんな熱意をもってやって下さっているんですよ。もうすでに三十人ものボランティアの申し出を受けました——三十人も！　どなたも熱意の塊のようで。あなたがお手伝い下さるのでしたら、私たちにとってはまことに貴重な援軍と申せましょう」

ボランティアという一語にひっかかって、ヴィクトリアはいった。

「じつは、お給料のいただける仕事が望ましいんですけれど」

「おやおや！」とラスボーン博士の顔には落胆したような表情が浮かんだ。「それはちょっと。私どもの団体では給料を払って働いてもらっている職員はごくわずかでして。それにいまのところはボランティアもいますし、まあ、間に合っているのです」

「経済上の理由で、仕事につかないわけにはいかないんですの」とヴィクトリアは説明した。

「あたくし、有能な速記タイピストで」と顔を赤らめもせずにいってのけた。

「そうでしょうとも。失礼ながらお会いしただけで、すぐわかりますよ。しかし私どもの場合はいささか手もと不如意なので。しかしどこかで仕事におつきになるとしても、お暇なときにはどうか手伝っていただきたいものですな。ここのために奉仕して下さっている方々は、たいていはそれぞれに職業をもっておられます。ご協力下さることで、あなたご自身、すばらしい啓示を得られると思いますよ。全世界のいたる所で、残虐行為、戦争、誤解、疑惑といったものに終止符を打たねばならないのです。共通の広場、これこそ、私どもすべてが必要としているものです。演劇、芸術、詩といった精神の偉大な所産こそ、その広場です。下らない嫉妬や憎しみのはいりこむ余地はありません」

「そう――でしょうね」とヴィクトリアはあやふやにいった。女優や画家の友人のことを思い出していたのだった。そうした人々の生活はごくだらないたぐいの嫉みや、何とも毒々しい憎しみにとりつかれているように思われたから。

「このほど、私は『真夏の夜の夢』を四十カ国語に訳させました」とラスボーン博士はいった。「四十カ国の若者たちが巨匠のこの傑作に、それぞれに興味深い反応を示していましてね。若い人々に訴える――これが私どもの運動の秘訣です。若い人以外には訴えかける気はありません。精神と霊性が硬化したら最後、手遅れです。若い人々こそ、互いに手をつなぐべきです。下にいるあの若い娘を例にとってみましょう。キャサリンという、あなたをここにご案内した娘です。ダマスカス出身のシリア人ですが、あなたと大体同じ年ごろでしょうな。ふつうですと、あなたがたはおそらく一緒になる機会がまるでないでしょうね。これといって共通のものがないのですから。しかし〈オリーヴの枝の会〉では、あなたにしろ、キャサリンにしろ、そのほかロシア人、ユダヤ人、イラク人、トルコ人、アルメニア人、エジプト人、ペルシア人、方々の国の大勢の若い人々がともに会い、互いに好意をもち、同じ本を読み、絵画とか、音楽について論じあいます——ここではすばらしい講演者を招いて講演会も開かれています——めいめいの異なったものの見かたを発見し、興奮を感じます。じっさい、この世界はそうした出会いのためにあるのですよ」

話を聞きながらヴィクトリアはつい、ラスボーン博士は少々楽観的にすぎないだろうかと考えざるをえなかった。そうした異なった要素を一堂に会せしめ、お互いが好意をもちあうことを既定の事実のように予期するなんて。たとえば、彼女とあのキャサリンはどちらも好意などもっていない。ヴィクトリアはあの娘とは会うことが度重なるほど、お互いにはげしい嫌悪の情をいだくだろうという気がしてならなかった。

「エドワードはじつにすばらしい青年ですよ。誰とでもうまく折り合っています。女の子が相手の場合の方が、男の子の場合より、いっそううまくいくようですな。こっちの男子学生ははじめのうちはなかなか扱いにくい傾向がありましてね——猜疑心がつよく——ほとんど敵意を示しさえします。しかし女の子たちはエドワードを崇拝しきっています。彼のためならどんなことでもするでしょう。キャサリンとはとくにうまが合うよ度を加えていた。

「さて、ではいずれまた、ぜひ、手伝っていただきたいものですね」

「まあ」とヴィクトリアは冷ややかにいった。キャサリンに対する嫌悪の情はいっそうです」

接見はこれで終わりということらしく、ラスボーン博士は彼女の手を心をこめて握った。ヴィクトリアは部屋を出て、階段を下った。キャサリンは戸口で、小さなスーツケースをさげてはいってきた少女と話しこんでいた。器量のいい、黒い髪の小柄な娘で、ヴィクトリアは一瞬この娘をどこかで見たことがあるような気がした。二人はヴィクトリアの知らない言葉で熱心に話していたが、彼女が姿を現わすとぴたりと口をつぐみ、じろじろと見つめながら黙りこくっていた。ヴィクトリアは彼女たちの前を通りすぎてドアの所まで歩くと、「さようなら」と、努力して何とかていねいに告げて外に出た。

曲がりくねった横町からラシッド通りに出て、ホテルの方向にゆっくりもどりながらヴィクトリアの目はまわりの群集に注がれていながら、じつはろくに何も見ていなかった。自分の現在の窮境（バグダッドで一文なしという）についてくよくよ考えることをなるべく避けようとして、その代わり、ラスボーン博士と〈オリーヴの枝の会〉の印象についてつとめて考えていた。ロンドンで会ったときエドワードは、自分の新しい仕事には何かしら奇妙な所があるといった。奇妙な所ってどういうことだろう？　ラスボーン博士か？　それとも〈オリーヴの枝の会〉そのものが怪しいというのか？　ラスボーン博士におかしいところがあるとは、ヴィクトリアには思えなかった。現実には目をつぶって、自分自身の理想主義的な見解のもとに世界を見ようと心を決めている、誤った情熱家にすぎないのではないか――そんな気がしてならなかった。

奇妙って――いったいエドワードはどういう意味でいったのだろう？　たいへん漠然としたいいまわしだったが。たぶん、自分でもはっきりしたことはわからなかったのだろう。

ひょっとしてラスボーン博士が稀代の詐欺師だということがあるだろうか？　いま接したばかりの博士の温容を思って、ヴィクトリアは頭を振った。給料をもらって働きたいと彼女がいったとき、かすかに態度が変わったのはたしかだが。報酬なしで働く人間の方がどうやら好もしいらしい。

しかし――とヴィクトリアは考えた――それは常識というものだ。あのグリーンホルツ社長にしたって、その点は博士と同感だろう。

# 第十二章

疲れた足をひきずってヴィクトリアがティオに帰りつくと、マーカスがうれしげに声をかけた。痩せた、ちょっと見すぼらしい感じの中年の男と話をしていた。

「いっしょに一杯いかがです、ミス・ジョーンズ、マティーニですか、それともサイドカーですか？　この方はダキンさん、こちらはイギリスからこられたミス・ジョーンズです。さて、どっちにしましょう、ミス・ジョーンズ？」

「サイドカーを」とヴィクトリアはいった。「それから、あのおいしいナッツを少しいただけます？」といったのは、木の実には栄養があることを思い出したからだった。

「ナッツがお好きですか？　おい、ジーザス！」早口のアラブ語でマーカスが命令を下すと、ダキン氏が傍らから自分はレモネードを、と憂鬱そうな声でいった。

「レモネードですか、おやおや。ああ、ミセス・カーデュー・トレンチが見えました。ダキンさんはご存じですね、ミセス・トレンチ？　ええとそちらは何を召しあがります」

「ジン・ライムを」とミセス・カーデュー・トレンチはいって、ダキン氏に向かって素っ気なく頷いた。「ずいぶん暑そうなお顔ね？」とこれはヴィクトリアに向かっていった。

「少し見物をして歩きまわってきたものですから」

飲みものがくると、ヴィクトリアはピスタチオ・ナッツを皿に一杯とポテトチップスを食べた。

そこへやがてずんぐりした男が階段をあがってやってきた。もてなしのよいマーカスはすぐに彼にも声をかけた。そしてクロスビー大尉だといってヴィクトリアにひきあわせた。大尉が少しとびだした目でしげしげとこっちの顔を見つめる様子からヴィクトリアは、この男、女性の魅力に敏感なたちなのだろうと判断した。

「こっちには最近――？」

「昨日まいりましたの」

「道理でお見かけしないお顔だと思いましたよ」

「とてもかわいらしいすてきなお嬢さんでしょう？」とマーカスはうれしげにいった。「ええ、ヴィクトリアさんをこのホテルにお迎えしてとてもうれしく思っています。ヴィクトリアさんを主賓にパーティーを開こうと考えているんですよ——すてきなパーティーをね」

「雛鶏のフライを出して下さるんでしたわね？」とヴィクトリアは期待をこめていった。

「もちろんですとも——それにフォア・グラを——ストラスブール風の——それからたぶんキャビア——それに何か魚料理——とびきりうまいものをね——それにティグリス川からとれる魚とマッシュルームのソースあえを添えましょう。つぎに私の国でよく食べる七面鳥の詰物、米とレーズンと香料をつめて調製したものを——こいつはうまいですよ——しかしたくさん召しあがって下さらなきゃいけませんよ、ヴィクトリアさん——スプーンでほんの一口なんていうのでは困ります。お好みならビフテキにしてもいいです——大きなやわらかい奴を——その点は私がよく気をつけます。何時間も続くすばらしい晩餐会にしましょう。さぞかしたのしいパーティーになることでしょう。私自身は食べませんがね——もっぱら飲む方でして」

「すてきですわ」とヴィクトリアはよわよわしい声でいった。ご馳走の説明を並べたてられて、空腹で目が回りそうだった。マーカスは本当にパーティーを開いてくれるつもりだろうか？　その気なら、早ければ早いほどありがたい。

「あなたはバスラにお出かけだとばかり思っていましたが」とミセス・カーデュー・ト

レンチがクロスビーにいった。

「昨日もどったんです」

こういってクロスビーは上のバルコニーを見あげた。

「あの山賊のような男は誰ですか？　大きな帽子をかぶって、仮装舞踏会にでも行くような珍奇な服を着ていますが」

「サー・ルーパート・クロフトン・リーでいらっしゃいますよ」とマーカスが答えた。「ゆうべ、大使館のシュリヴェナムさんがお連れになりました。いい方です。たいへん有名な旅行家なんです。サハラをラクダで横断し、山にものぼられるそうですよ。そんな生活は落ちつかないし、危険でしょうね。私ならとてもじゃないが、ご免こうむりますよ」

「ああ、あのサー・ルーパートですか。著書を読んだことがある」とクロスビーがいうとヴィクトリアも、「飛行機が一緒でしたわ」といった。

クロスビーとダキンが興味ありげに彼女の顔を見つめたような気がした。

「とてもお高くとまっていますのね。自分をよっぽど偉いと思っているんでしょうよ」とヴィクトリアはちょっとけなした。

「インドのシムラにあの人の叔母さんて人がいましてね」とミセス・カーデュー・トレ

ンチがいった。

「あの一家はみんなああですのよ。頭がいいと、それをついひけらかすってことになるんでしょうね」

「あの人ったら、朝中あそこに坐りきりですのよ、それこそ何もしないで」とヴィクトリアは感心しないという口ぶりでいった。

「胃がお悪いんですよ」とマーカスが説明した。「今日は何も召しあがれないそうです」

「わたし、ふしぎに思うんだけれど」とミセス・カーデュー・トレンチがいった。「なぜ、あんたはそんなにふとっているのかしら、マーカス。身になるものは何一つ、食べないのに」

「酒のせいですよ」といってマーカスは深い嘆息を洩らした。「酒を——飲みすぎるからです。今夜、妹と妹の夫がやってくることになってますがね。ほとんど一晩中飲み明かすことになるでしょう」とまた嘆息したが、とつぜん例の胴間声を張りあげた。「ジーザス！　ジーザス！　さっきと同じものを持ってこい！」

「あたしはもうたくさんですわ」とヴィクトリアは急いでいった。ダキン氏も断わり、レモネードを飲みほすと、ゆっくり歩み去った。

クロスビー氏は自室にあがって行った。

ミセス・カーデュー・トレンチがダキンのグラスを爪で弾いていった。「あいかわらず、レモネードね。よくないしるしですわ」

なぜ、よくないしるしなのか、ヴィクトリアはきいてみた。

「一人のときだけしか飲まない男というのはね」

「そうですとも」とマーカスがいった。「まったくです」

「じゃあ、あの方、じつのところはお酒飲みですの?」とヴィクトリアがきいた。

「だから出世しないんですよ」とミセス・トレンチはきめつけた。「やっとこさ、仕事にしがみついているだけで」

「しかしたいへんいい人ですよ」とマーカスはあいかわらず誰のことも悪くいわない男だった。

「ばかばかしい」とミセス・カーデュー・トレンチはいった。「ただの飲んべえですよ。のらくらとうろつきまわって――スタミナも――気力もないんですから。中東にやってきて尾羽打ち枯らして一生を終える、情ないイギリス人の一人ですわよ」

マーカスにもてなしの礼をいい、お代わりをまた断わってヴィクトリアは部屋に行き、靴を脱いでベッドに横たわると、自分の置かれた状況を真剣に考えてみようとした。持ち金は三ポンドと少しに減ってしまったし、それもホテル代と食事代として残らずマーカスに払わなければならないだろう。マーカスは気前がいいし、ナッツやオリーヴ、ポテトチップスなどを添えたアルコール飲料に頼って命をつないでいくことができるとすれば、次の数日間の純粋に栄養学的な問題は解決できるかもしれない。しかしマーカスがいつ、請求書を突きつけることやら、支払いをどのくらい待ってくれるものか、見当もつかなかった。マーカスはあれでビジネスにかけてはルーズな男ではなさそうだ。もちろんもっと安い宿泊施設を探すべきだろう。しかし、そんな場所をどうやって探すのだ？　何とか仕事を見つけなくては——一刻も早く。けれども求職の申し込みなんて、この土地では、いったい、どういう所にすべきなのだろう？　第一、どんな種類の仕事を探す？　そうしたことについては誰にたずねたらいいのか？　まったく不案内な外国の土地に、ほとんど無一文で飛行機からおろされるとはまったく恰好がわるい。土地についての知識が少しでもあれば、ヴィクトリアにはちゃんとやっていける自信があった（例によって）。エドワードはバスラからいつ帰ってくるだろう？　もしかしたら（どうかそんなことのありませんように！）エドワードはいまごろはもう彼女のことなど、すっかり忘れているかもしれない。いったいぜんたい、自分は何だってこんなふうに軽率にバグダッドくんだりまでやってきたんだろう？　エドワードとはどこの誰で、またどんなたぐいの人間なのか？　魅力的な笑顔の持ち主で、人をひきつける話しかたをするというだけの青年ではないか？　それに――エドワードの苗字は――姓は――何というのか？　それさえ知っていれば、電報を打つことだってできるのに――いや、それもだめだ。住所さえわからないのだから。まったく何一つわからない――これが厄介な点だ――動きが取れないのはすべてそのせいなのだ。

といって誰かの忠告を仰ぐこともできない。マーカスは親切だが、こっちの話はてんで聞いてくれない。ミセス・カーデュー・トレンチ（はじめから彼女をうさんくさいと思っている）もだめ。ミセス・ハミルトン・クリップはキルクーク。ラスボーン博士も話に乗ってくれない。

何とかお金を少しでも手にいれなければ――それとも仕事を――どんな仕事でもいい――子守、事務所の切手貼り、レストランの給仕……さもないと領事館に引き渡され、イギリスに送還されてしまう。エドワードと再会もできずに。

ここまで考えたとき、昂ぶる感情に疲れはてて、ヴィクトリアは眠りに落ちた。

数時間後に目を覚まして、ヴィクトリアはままよ、毒食わば皿までと心を決め、レストランにおりて行って、フルコースの食事をしたためた。ずいぶんたっぷりしたものだった。食べ終わったときにはうわばみにでもなったような気がしたが、たしかに元気は回復した。

「心配したからってどうなるわけでもないわ。明日まではすべて棚あげにしよう。何かいいことが起こるかもしれないし、すてきなことを思いつくかもしれない。そのうちにはエドワードも帰ってくるでしょうし」

床につく前に、川をのぞむテラスにぶらぶらと歩み出た。バグダッドの住人にしてみれば厳冬というほどの季節なので、テラスに出ているのはウェーターが一人だけだった。その男は手摺りにもたれて下の川を見おろしていたが、ヴィクトリアが現われると悪いことでもしていたように跳びすさり、使用人の出入口からそそくさとホテルの中に姿を消した。

イギリスからきたヴィクトリアにはちょっと空気がひんやりするだけでごく普通の夏の宵のようだったが、月光の中のティグリス川は心を惹いた。ヤシの木に縁どられた向こう岸は何か神秘的な、いかにも東洋らしい感じがした。

「とにかくこうしてここにきてしまった以上」とヴィクトリアは急に元気づいて考えた。「きっと何とかやっていけるわ。いずれ何か起こるにきまっているでしょうし」ディケンズのミコーバー氏そこのけの楽観的なひとりごとを洩らしてヴィクトリアは部屋にもどって床についた。さっきのウェーターがまたこっそり出て来て、数箇所に結び瘤のついているロープをテラスに取りつける仕事を続けた。ロープはやがて川のへりに垂れさがった。

やがてもう一つの人影が現われて、ウェーターの脇に立った。ダキン氏が低い声でいった。

「すべて支障はないね？」低い声だった。

「はい。とくにご報告するような疑わしいこともありません」

ダキン氏は所定の仕事を満足がゆくようにやりとげると物陰に退き、それまで着ていたウェーターの白い上着をいつもの目立たぬ青い細縞の背広に着替えてテラスぞいにぶらぶらと歩き、下の通りから通じている階段の所で水際を背にして佇《たたず》んだ。

バーからのんびりした足どりで出てきたクロスビーが傍らに立った。「夜にはいるとだいぶ冷えますね、このごろは。テヘランから帰られたばかりだから、そんな気もなさらないかもしれませんが」

二人はちょっとの間そこに立って煙草をくゆらしていた。声を高くしない限り、人に聞かれる心配もなかった。クロスビーが低い声でいった。

「あの娘は何者でしょう」

「考古学者のポーンスフット・ジョーンズの姪だということだが」

「そうですか――それなら問題ありませんね。しかしクロフトン・リーと同じ飛行機だといっていましたが――」

「まあ、何でも額面通りに受けとらぬに越したことはないがね」

二人はなおしばらく黙って煙草をふかしていた。

クロスビーがいった。「例の一件を大使館からここに移してよかったと本当にお考えなんですね？」

「そう思うよ」

「細部にいたるまで手筈がすっかり整っていたにもかかわらず？」

「バスラでもそうだった――それなのに失敗したんだからね」

「そりゃたしかにそうです。ところでサラー・ハッサンが毒殺されましたね」

「ああ――おそらくそんなことだろうと思ってはいたが。その後、総領事館に誰かが接触した形跡はあるかね？」

「そういうたぐいのことがあったんじゃないかと思われるんです。ちょっとした騒ぎがありました。拳銃を取り出した男がいたようです」ちょっと言葉を切ってからまた続けた。「リチャード・ベイカーが取り押さえてピストルを叩き落としました」

「リチャード・ベイカーか」とダキンは考えこんだようにいった。

「ご存じですか、彼を?」

「ああ、知っている」

一瞬の沈黙の後、ダキンはまた言葉を続けた。

「出たとこ勝負で行こうと思うんだよ、今回はね。もしきみのいうようにこっちが細部にいたるまで綿密に手筈を整えておいたとしたら――そしてわれわれの計画が相手側に洩れたとしたら、相手側としてもこっちの手の内を残らず見抜いているだろうからね。カーマイケルが大使館に近よれるかどうかすら、疑わしいよ――たとえ辿りついたとしても――」と首を振った。「だが今夜ここで何が起ころうとしているかは、きみと私とクロフトン・リーしか知らないわけだからね」

「クロフトン・リーが大使館からここに移ったことは、もう相手側にわかっているでしょう」

「それはもちろんだ。仕方ないよ。だが、いいかね、クロスビー、こっちが即興なら、相手側も即興でこなくてはなるまい。とっさに思いつき、急いで手筈を整えなくてはならないんだ。つまりこうなったら外部から手を伸ばさなければならないわけだ。七カ月も前から、ティオに手先を忍びこませておくなんてことはありえないんだから。今の今までティオが舞台になるなんて、考えられてもいなかったんだからね。ティオを待ち合わせ場所に使うなどということは提案すらされていなかった」

ダキン氏はふと時計を見ていった。「さて上に行って、クロフトン・リーに会ってくるよ」

クロフトン・リーのドアの前に立ってダキンがノックしようと手をあげたとき、そのドアは音もなく開いた。

大旅行家は小さな読書用のスタンドだけをともして、椅子をその脇に引き寄せていた。ふたたび椅子に腰をおろしてサー・ルーパートは小型のオートマチックをテーブルの上の手の届く所に置いた。

「どうかね、ダキン？　彼は本当にくるだろうか？」

「くると思います、サー・ルーパート。まだお会いになったことはないんでしたね？」

「ああ。今夜を心待ちにしているんだよ。なかなか勇敢な男らしいね」

「はい、そのとおりです」とダキンは無感動な声でいった。「勇気のある青年です」

何でわざわざそんなことをいう必要があるのかというように、その言葉には少々意外そうな響きがあった。

「単なる勇気だけではない。戦争中には勇気のある若者はたくさんいた――それはそれですばらしい。しかし私の考えているのは――」

「つまり想像力でしょうか?」

「そうだ。およそありえないことを真実と信ずる気概をもつこと、ちょっと聞くと荒唐無稽に響く話が荒唐無稽どころではないということを突きとめるために生命を賭することーーそれには近ごろの青年が持ち合わせていない何かが要る。今夜、彼がくるといいがね」

「かならずくると思います」

サー・ルーパートは鋭い目つきでダキンを見返した。

「すでに手筈はすっかり整っているんだね?」

「クロスビーはバルコニーにいます。私は階段を見張っております。カーマイケルがあなたの所に行ったら、壁を叩いて下さい。すぐまいりますから」

クロフトン・リーは頷いた。

ダキンはそっと部屋を出た。まず左に折れてバルコニーに出て、端の方まで歩いた。ここのバルコニーの端からも結び瘤をつけたロープが、ユーカリとハナズオウの茂みの陰におろされていた。

ダキンはクロフトン・リーの部屋のドアの前を過ぎて自室にもどった。彼の部屋は内部にもう一つドアがあって、各部屋の裏の廊下に通じており、そのドアをあけると階段のてっぺんまではほんの二、三フィートだった。ドアを気づかれぬように半開きにして、ダキン氏は寝ずの番についた。

約四時間後、ティグリス川を往き来する原始的な舟グーファが静かに下流に下ってきて、ティオ・ホテルの下の泥洲に乗りあげた。数瞬後、ほっそりした人影がロープを伝ってハナズオウの陰に蹲《うずくま》った。

# 第十三章

　ヴィクトリアは、ベッドにはいってすぐ眠りにつき、彼女をとりまくさまざまな問題は朝まで忘れるつもりだった。しかしその午後すでにたっぷり昼寝をしていたせいで、どうしても目が冴えて眠れなかった。

　それで結局明かりをつけて、飛行機の中で読みかけていた雑誌の小説を読み終わり、ストッキングをつくろい、ついでのことあたらしいナイロン・ストッキングをはいてみた。求職広告の文面をいくつか書きもした（広告をどこに出してもらえるか、それは明日きいてみようと思った）。さらにミセス・ハミルトン・クリップ宛てに何通かの手紙を書いてもみた。バグダッドで進退きわまった次第を物語り、その突発的事情を一通ごとにますます創意に富んだペンで綿々と記したのであった。それから存命しているただ一人の親類の北イングランドに住む伯父に助けを求める電報の文面も、二通ほど考えてみた。怒りっぽい、しごく不愉快な老人で、生まれてから他人を助けたことが一度もなかった。さらに新しいヘアスタイルを試み、最後に大あくびを一つして、これで本当に眠くなったらしい、もうベッドにはいっても眠れるだろうと判断したのであった。

ちょうどそのときだった。何の前置きもなしに寝室のドアがすっと開き、一人の男がはいってきて、鍵穴にさしてあった鍵を回し、ドアを閉めると急きこんだ声で彼女にいった。

「お願いです——どこかに私を隠して下さい——急いで……」

ヴィクトリアの場合、反応はいつもきわめて迅速だった。とっさに彼女はその青年の苦しげな息遣いとかすれた声、古ぼけた赤い手編みの襟巻きを握りしめて胸に必死で抑えつけている様子を見てとって、ここに冒険ありとばかり、すぐさま助けの手を差し伸べたのだった。

その部屋には隠れ場所など、ほとんどなかった。衣服戸棚、箪笥、テーブル、それに少々仰々しい化粧台があるだけだったが、ベッドはほとんどダブルベッドぐらいの大きさで、子どものころの隠れんぼの思い出がヴィクトリアにとっさに決心させた。

「早く！」と彼女は囁いて枕を押しのけ、シーツと毛布を持ちあげた。男がベッドの上に横たわると、ヴィクトリアはその上にシーツと毛布をかぶせ、さらに上に枕を乗せ、自分はベッドの片側に腰をおろした。

ほとんどすぐ、押し殺したような、しかし執拗なノックの音がした。

ヴィクトリアは、「どなた?」と怯えたような声で囁いた。

「すみません。開けて下さい。警察です」と男の声がいった。

ヴィクトリアは部屋を横切り、ガウンを羽織った。そのとき、男の赤い襟巻きが床に落ちているのに気づいて拾い、それを抽出しの中にさっとほうりこんでから鍵を回し、ドアを細目に開けて、恐ろしそうに覗いた。

紫色の細縞の背広を着た黒い髪の青年がドアの外に立っていた。そのすぐ後ろに、警官の制服を着た男が控えていた。

「いったい、何ごとですの?」とヴィクトリアは、声をかすかに震わせていった。

青年は微笑を浮かべて、かなり達者な英語でいった。

「すみません、お嬢さん、こんな時刻にお騒がせしまして。犯罪者を取り逃がしたのですが、このホテルに逃げこんだのです。部屋を残らず捜索させていただかなければなりません。たいへん危険な人物なのです」

「まあ、たいへん!」とヴィクトリアは後じさりして大きくドアを開いた。「おはいりになって、探して下さいな。恐ろしいこと! 寝室も見て下さい。その衣服戸棚も——念のためにベッドの下も覗いて下さいます? 宵の口から隠れていたかもしれませんもの」

　捜索はてきぱきと行なわれた。

「いや、ここにはいないようです」

「ベッドの下にもたしかにいませんでしたでしょうね、まあ、あたし、なんてばかでしょう。いるはずなんかありませんわ。床にはいる前にドアに鍵をかけましたもの」

「ありがとうございました、お嬢さん、お休みなさい」

　青年は会釈して警官と一緒に帰りかけた。

　ヴィクトリアは戸口まで送っていった。

「鍵をまたかけておいたほうがいいでしょうね？　念のために？」

「そう、その方がいいでしょう、たしかに。じゃあ」

　ヴィクトリアはドアに鍵をかけて、数分ほどその脇に立っていた。警官が廊下の向こう側の部屋のドアを同じようにノックする音が聞えた。ドアが開いて、内と外でやりとりがあり、ミセス・カーデュー・トレンチの怒った声が荒々しく響き、ドアがまたガチャンと閉まった。数分後ドアはまた開いて、足音が廊下の果ての方に遠ざかった。次のノックの音はずっと向こうの方で聞こえた。

　ヴィクトリアはくるりと向き直ってベッドに歩みよった。ひどく馬鹿なことをしたのかもしれないと、いまになって悔やまれた。ロマンティックな気分に浸り、同国人に助けを求められたので、つい心を動かされて衝動的に行動した。だがひょっとしたらきわめて危険な犯罪者に手を貸してしまったのではないだろうか。狩りをする者でなく狩りたてられる者の味方に立とうという気質から、おりおり不愉快な結果が生じることがある。でも仕方ないわ。乗りかけた舟ですもの！

ベッドの脇に立って、彼女は素っ気なくいった。

「お立ちなさいな」

ベッドの上はあいかわらず静かだった。ヴィクトリアは大きい声こそ出さなかったが、鋭い口調でいった。

「あの人たち、行ってしまったわ。もう起きても大丈夫よ」

けれども少し持ちあがっている枕の下から男の動きだす様子はなく、ヴィクトリアはじれったそうに枕を払いのけた。

青年はさきほどベッドの上に横たえられたままの姿勢でじっとしていた。しかしいまは顔色が土気色に変わり、目をつむっていた。

次の瞬間、ヴィクトリアははっと喘いだ。鮮紅色のしみが毛布に！

「まあ、たいへん！」とヴィクトリアは誰かに嘆願でもしているように囁くような声でいった。

「いやよ、いやよ！」

その嘆願の声に答えるように、傷ついた男は目をあけた。そしてヴィクトリアを、はるか遠くからさだかに見えない何ものかを眺めるように、うつろな目で見つめた。唇が開き——聞きとれぬくらいかぼそい声が呟いた。

ヴィクトリアは身を屈めた。

「何ですの？」

今度は聞こえた。苦しげに、やっとの思いで青年は二つの言葉を口にした。正確に聞きとったかどうか、それすらはっきりしなかった。馬鹿げた、およそ意味のない言葉のようだった。「ルシファー——バスラ……」

瞼が、大きな、気づかわしげな目の上に垂れて、ぴくっと震えた。もう一言——名前のようなものを呟き——それから頭ががっくりしゃくられ、動かなくなった。

ヴィクトリアは身動きもせずに立ちつくした。胸がどきどきと高鳴っていた。はげしい憐れみと怒りがこみあげ、一方、これからどうしたものかと途方に暮れていた。誰かを呼ばなければ——誰かにきてもらわなければ。死骸と一緒にこんな所に閉じこもっているなんて。それに早晩、警察から説明を求められるに決まっている。

自分の置かれた状況について気忙しく思いめぐらしていたとき、かすかな物音がして、ヴィクトリアは慌てて振り返った。鍵が鍵穴から落ちていたが、目を見はって見つめていると、錠がカタンと回った。そしてドアが開いてダキン氏がはいってきて後ろでそっとドアを閉めたのであった。

ダキン氏はヴィクトリアに近づいて、物静かな声でいった。

「よくやりましたね。とっさに機敏に行動したようだ。彼はどんな具合です？」

のどを詰まらせて、ヴィクトリアはやっと答えた。

「たぶん——死んだようです」

ダキン氏がさっと顔色を変えるのを、激怒の表情がその面に走るのを、彼女は見たが、それっきり前日会ったときと同様に無表情になった——ただ、あのときのような優柔不断な、無気力そうな様子は消えて、まったく異なった雰囲気を漂わせていた。

ダキン氏は身を屈めて——ぼろぼろの上着のボタンをそっとはずした。

「心臓を見事に一突きされている」と上体を起こしていった。「勇気のある若者でした——それに頭もよかった」

ヴィクトリアはやっとの思いでいった。

「警察がきましたの。犯罪者を追っているといって。この人、犯罪者ですの？」

「いいえ、犯罪者ではありません」

「さっきの人たち――本当に警察の人でしょうか？」

「さあ。そうかもしれません。いずれにしろ、同じことです」

それからふとたずねた。

「この男、何かいいませんでしたか――死ぬ前に？」

「いいましたわ」

「何て？」

「ルシファーって――それからバスラと。ちょっと黙りこんで、それから名前をいいました――フランスの名前のようでしたけど――でも聞き違いかもしれません」

「どんなふうに聞こえました？」

「ルファージュじゃないかと思いますけど」

「ルファージュね」とダキン氏は考えこんだようにいった。

「どういう意味かしら？」とヴィクトリアはいって、それから急に狼狽したように付け加えた。

「それにあたし、どうしたらいいんでしょう？」

「あなたがこのことに巻きこまれないようにできるだけやってみましょう。どういういきさつなのか、それは後から話します。まず、マーカスを呼びましょう。ここはマーカスのホテルですからね。彼と話をしているといっこうにわかりませんが、あれでなかなか、もののよくわかった男ですよ。彼を呼んできましょう。床についているはずはありません。まだ午前一時半ですからね。マーカスが二時前に就寝することはめったにないのです。私がマーカスを呼んでくる前に、身仕舞をととのえていらっしゃい。マーカスは〝悩める美女〟というと、ほうっておけないたちですから」

ダキン氏が部屋を出ると、ヴィクトリアは夢でも見ているようにぼんやりと化粧台の前に行き、髪の毛をとかし、こういう際にふさわしく、少し青ざめた顔に見えるように化粧し、近づいてくる足音を聞きつけると、ぐったりと椅子に腰を落とした。ダキンはノックもせずにはいってきた。その後ろにマーカス・ティオの巨体が続いていた。

今度ばかりはマーカスもものものしい顔をしており、いつもの微笑の影もなかった。

「さて、マーカス、できるだけ頭を働かせてもらわなけりゃね。かわいそうにこのお嬢さんにとってはたいへんなショックだったのだよ。この男は部屋に押しいってきて、ばったり倒れた――お嬢さんはやさしい心の持ち主で、警察の手からこの男をかくまってやった。ところが彼は死んでしまった。もちろん、かくまうべきではなかったのだが、若いお嬢さんはみな、やさしい心の持ち主だからね」

「もちろん、ヴィクトリアさんは警察なんか、お好きじゃないでしょうとも」とここはマーカスはいった。「警察の好きな人間なんていやしません。私も嫌いです。ですが、ホテルですから、警察に睨まれるのは困ります、お金を渡して目をつむっていてもらえといわれるんですか？」

「いや、ただね、この死体を急いでここから運び出したいんだ」

「それはけっこうですね。私も自分のホテルに死体を置きたくありません。しかし、運びだすのはそうたやすくはないでしょうね」

「何とかできると思うんだ。たしかきみには親類にお医者がいたっけね？」

「ええ、妹の亭主のパウルが医者です。なかなかいい奴ですよ。ですが、あいつがこのことに巻きこまれるのは困ります」

「巻きこまれたりなんかしないさ。いいかい？　この死体をミス・ジョーンズの部屋から私の部屋に移す。それでミス・ジョーンズはこの事件と関わりがなくなる。それから私が電話をかける。十分後に若い男が表の通りからこのホテルに、よたよたとはいってくる。ぐでんぐでんに酔っぱらっており、横っ腹を手で押さえている。大声で私の名を呼んで、部屋にはいってくるなり、倒れてしまう。私は部屋の外に出て、きみを呼び、お医者をと頼む。そこできみの義弟が登場する。きみの義弟は救急車を呼び、泥酔している私の友だちに付き添って乗りこむ。病院に着く前に、私の友人は死ぬ。腹を刺されていたんだ。しかしマーカス、きみには何の関わりもないよ。きみのホテルにくる前に、通りで刺されたんだから」

「義弟が死体を運び去る——酔っぱらいの役をした若者は夜が明けてからそっと立ち去る——そういうことですね」

「そういうことだ」

「私のホテルで死体が発見されることもないし、ミス・ジョーンズも気を揉んだり、いやな思いをしたりする必要もないんですね。そう——じつにいい思いつきです」

「よろしい。誰もあたりにいないことを確かめてくれれば、私が死体を部屋に移そう。きみの使用人たちは夜中によく廊下をほっつき歩いたりしているから、部屋にもどって一騒ぎしてくれ。連中にきみの所にいろいろなものを持ってこさせるように」

マーカスは頷いて去った。

「あなたは気丈らしい」とダキンはヴィクトリアにいった。「私を手伝ってこの死体を廊下の向こうの私の部屋に運んでくれますか？」

ヴィクトリアは頷いた。二人はぐったりしている死体を持ちあげ、人気のない廊下を（遠くでマーカスが怒った声を張りあげていた）横切り、ダキンのベッドに寝かせた。

「鋏をもっていますか？　毛布の血のついた所を切っておしまいなさい。マットレスまでしみてはいないでしょう。上着がおおかた吸いこんでいますからね。私は一時間ほどしたら、あなたのところへ行きます。ちょっとお待ちなさい、このブランデーを一口お飲みなさい。そうそう。じゃあ、部屋にもどって明かりをお消しなさい。いまいったように一時間したら、行きます」

「そして何もかもわけを話して下さいますわね？」

ダキン氏はちょっと奇妙な表情でヴィクトリアを見つめたが、その問いには答えなかった。

# 第十四章

ヴィクトリアは明かりを消してベッドに横になり、暗闇の中の物音に耳を澄ましていた。酔っぱらいの大きな口論の声が聞こえた。「何とかきみに――会いたいと思って。外でちょっと――喧嘩を――してきたものだから」けたたましいベルの音。がやがやという人声。一騒ぎあって、それからいっとき比較的静かになった――遠くの誰かの部屋で蓄音機がアラブ音楽の調べを響かせていた。何時間もたったかと思われるころ、ヴィクトリアはドアが静かに開く音を聞いてベッドに坐ってスタンドに点灯した。

「落ちついたようですね」とはいってきたダキン氏はよしよしというように頷いていった。

それから椅子をベッドの脇に引き寄せて坐り、まるで診断を下そうとしている医師のように考えこんだ様子で、ヴィクトリアの顔をしげしげと眺めた。

「何もかも話して下さいな」とヴィクトリアは要求した。

「まずあなたがご自分について話して下さったらいかがでしょう？　いったい、ここで何をしていらっしゃるんですか？　バグダッドへはなぜ、こられたんです？」

その夜の出来事のせいか、それともダキン氏の人柄のためか（そっちの方だとヴィクトリアは後で考えたのだが）、ヴィクトリアは今夜に限って、バグダッドにきたことについて思いつきのまことしやかな嘘を述べたてる気になれなかった。ごくあっさりと、また飾り気なく、彼女はすべてを打ち明けた。エドワードと出会ったこと、バグダッドに行こうと決心したこと、おりよくミセス・ハミルトン・クリップの申し出があったこと、現在の財政的窮乏などを。

「なるほど」ヴィクトリアが語り終えたとき、ダキンは一言いった。

それからちょっと沈黙した後、口を開いた。

「私としては、できればあなたをこのことに巻きこみたくないんですがね。しかし、実際問題として、巻きこまないわけにはいかないようです。私が好むと好まざるとにかかわらず、あなたはすでに巻きこまれてしまっている。どうせなら、いっそ私のために働いて下さったらどうでしょう？」

「つまりあたしに仕事を下さるっておっしゃるんですの？」とヴィクトリアはベッドの上に坐り直した。その頬は期待に紅潮していた。

「たぶんね。しかしあなたが考えているような仕事とは違いますよ。これは真剣な仕事です、ヴィクトリア。そして危険でもあります」

「あら、そんなこと平気ですわ」とヴィクトリアはいとも朗らかにいって、それからふと懸念らしく付け加えた。「後ろ暗いお仕事じゃないんでしょ？　あたし、ひどい嘘はつきますけれど、でもほんといって、後ろ暗いことはやりたくないんですの」

ダキンはちょっと微笑した。

「奇妙なことですがね、まことしやかな嘘をとっさに思いつくというあなたの才能こそ、この仕事につくに当たっての資格の一つなんですよ。ご安心なさい。後ろ暗い仕事ではありません。それどころか、あなたは法と秩序の側に立つ戦いの戦士となるわけです。これからあなたの役割を説明しましょう――ごく大ざっぱに、しかしあなたが自分のしようとしていることについて知り、どんな危険があるかを承知できるように。あなたはなかなかよくもののわかった娘さんのようだが、これまで国際政治などというものについてはあまり考えたことはないでしょうね？　それはいっこう差しつかえありません。ハムレットが賢明にもいったように、〝いいも悪いも考えひとつ〟ですからね」

「おそかれ早かれ、戦争が起こるというのが町のもっぱらの噂ですけれど」

「その通りです。しかしなぜ、そんな噂があるんでしょうかね？」

ヴィクトリアは眉を寄せた。「それはあの——ロシアが——共産主義者たちが——それにアメリカが——」といいさして言葉を切った。

「わかりますね？」とダキンがいった。「いまのはあなた自身の言葉でも、意見でもない。新聞や、誰かの話や、ラジオなどから、あなたが聞きかじった言葉に過ぎません。世界の異なった部分を支配している、二つの見解の流れがあるということ、それは本当です。そしてそれは民衆の胸に、〝ロシアとその共産主義者たち〟対〝アメリカ〟として焼きつけられているのです。いまや未来の唯一の希望は、ヴィクトリア、平和に、平和的な生産に、破壊的でない建設的な活動に、あるのです。したがってすべてはこの二つの見解をもっている人々が双方の異なった見解をそれなりに認め、めいめいの活動範囲に満足し、それができなくても何とか協調し、少なくとも寛容な態度をとるための共通の基盤を求めることにかかっているのですよ。しかしまるで正反対のことが起こりつつあります。互いに相手に疑惑をいだく二つの集団をますます引き離そうという企てがあるのです。たえまなく。あるきっかけから少数の人々が、この行動は第三の党派、もしくは集団が、これまでのところ、まったく人知れずひそかに行なっているものではないかと考えるにいたりました。協調の機会があったり、相互の不信が霧散する兆しがあると、かならず何らかの出来事が起こってどちらか一方の側を不信に逆もどりさせ、もう一方の側をヒステリカルな恐怖に追いやるのです。こうしたことは偶然ではありません、ヴィクトリア。結果を十分予期して故意に引き起こされているのです」

「でもなぜ、そうお考えになったのですか？　そうした分裂を引き起こしているのはどういう人たちなのでしょう？」

「私たちがそう考える一つの理由は金の問題です。妙な所から金が流れているのです。金というものはつねに、世界で起こっている出来事の重要な手掛かりです。医者が患者の健康状態への手掛かりを得ようとして脈を取るように、金銭は大きな運動や主義を培う血液です。金銭なしには、いかなる運動も立ちゆきません。さてこの場合にもたいへんな額の金が動いており、巧妙に、手をつくしてカムフラージュされてはいますが、出所と用途に確かに怪しいふしがあるのです。多くの非合法なストライキがあり、復興の兆しを見せているヨーロッパの国々の政府を脅《おびや》かすさまざまな試みが共産主義者によって、自らの主義のために熱心に働く人々によって企てられ、実行に移されています。しかし、そうした手段のための資金は共産主義者からくるのではなく、出所を逆に辿ってみると、まさかと思うような奇妙な方面からきているのです。同じように、共産主義に対するほとんどヒステリカルなパニックに近い不安の波がアメリカその他の国々にますますひろがりつつあります。そうした国々でも、資金は予期される方面からきているわけではないのです——つまり、当然ながら資本家の手を経ているとはいえ、資本家から出ているわけではありません。さらにもう一つ。最近たいへんな額の金が流通過程から消えつつあるように思われます。まるで——ごく簡単にいってしまえば——あなたが毎週俸給をブレスレットとか、テーブル、椅子といったものの購入に費やしてきたのに、そうしたものがある日忽然となくなった、もしくはふつうの流通過程から姿を消してしまったというようなものです。世界中でダイヤモンドその他の宝石のたいへんな需要が起こりつつある。宝石はつぎつぎにいろいろな人々の手に渡り、そのあげく市場から消えて、どうなったか、あとを辿ることもできない——とまあ、こういった具合です。

これはもちろん大ざっぱな説明に過ぎません。煎じつめると、どこかに共産主義でも、資本主義でもない、いわば第三のグループがあって、その目的はまだはっきりしませんが、不和と誤解を醸しだし、自らの目的のために巧みにカモフラージュした金と宝石の取引にたずさわっているということです。どこの国にもこのグループの手先がいて、ある者はそこに何年も前から地歩を築いているようです。きわめて責任ある地位についている者もいれば、もっと下層の者もいますが、いずれも部外者の知らないある目的をもっているのです。実質的にはこの前の戦争の初期における第五列とそっくり同じですが、今度の場合はそれが世界的規模なのです」

「それはどういう人たちなのですか？」

「特定の国籍の人間ではないと思います。彼らが欲しているのは世界の根本的改善です！　力によって至福千年期を人類にもたらすことができるという幻想は、およそ存在する限りのもっとも危険な幻想です。自分のふところを肥やすことだけを求めている人間のおよぼす害悪はたかが知れている――それに、単なる貪欲は自滅します。しかし上層の一部の人間の力に信を置く思想――堕落した世界を超人が支配するという考えは、ヴィクトリア、あらゆる信念のうちでもっとも危険なものなのですよ。というのは〝おれはほかの人間とは違う〟というとき――人間は彼がつねに獲得しようとつとめてきた二つのもっとも貴重な資質を失ってしまうのです。すなわち謙遜と人類の連帯です」

ダキンは軽く咳をした。「さて、お説教はいけませんね。私たちがすでに承知していることを、あなたに説明しておきましょう。第三のグループの活動の中心は、いろいろな土地にあります。一つはアルゼンチンに、一つはカナダに――それからアメリカにもたしかに二つ三つ。はっきりしたことはいえませんが、ロシアにも一つ。このことに関連して、たいへん興味のある現象があるのです。

過去二年の間に、国籍を異にする二十八人の若い有望な科学者が忽然とその住地から姿を消しました。同じことが建築技師にも、飛行機のパイロットにも、電気技術者その他の技術者にも起こりつつあります。そうした失踪事件に共通していることは、行方不明者がことごとく若く、野心的で、家族の強いつながりをもたないということです。私たちが知っている人々のほかにも、もっとたくさんの人間がいなくなっているに違いない。そこでわれわれは第三グループはいったい、どういうことを達成しようとしているのだろうかということについて、ある推測をもつようになったのです」

ヴィクトリアは眉を寄せて一心に傾聴していた。

「現今ではどこの国において行なわれることでも、いずれは世界の他の部分にかならず知られてしまうものだとあなたはおっしゃるでしょう。もちろん、その場合、私は秘密の活動のことをいっているのではありません。そうした活動はどこででも続けられます。私のいうのは現代的な大規模生産です。そうした生産を極秘裡に続けることは不可能です。しかしながら世界にはまだよく知られていない辺境があります。貿易のルートから遠く、山岳や砂漠によって隔絶され、外国人を寄せつけないだけの力をもっている民族に守られ、ごくたまさか旅行者が例外的に訪れるほかは誰も知らず、誰も行かない地方です。何かが行なわれているとしても、そのニュースは外の世界に洩れることはけっしてなく、せいぜいおぼろげな、荒唐無稽な噂として伝わるだけでしょう。

特定の場所をあげることはいたしますまい。中国から行ける場所です――中国の奥地で何が行なわれているかは誰も知らないのですから。ヒマラヤ山脈からも行くことができますが、そこへの旅は現地の消息を心得ている者でなければ困難で、道は遠いのです。地球上の各地から送られる機械や人間は、名目上の目的地から進路を変えてそこに送られます。その仕事をここでくわしく述べることもありますまい。

しかし一人の男がある手掛かりを辿ることに関心をもちました。この男は珍しい人物で、東洋のあちこちに友人や連絡員をもっていました。カシュガルで生まれ、たくさんの方言や土着語を知っているのです。この男が疑惑をもち、手掛かりを追って旅したのです。そこで耳にしたことはいかにも信じがたかったので、文明世界にもどってそれを報告しても誰にも信じてもらえませんでした。彼が熱病にかかったことを認めたので、すべては妄想だとされてしまったのです。

二人の人間だけが彼の話を信じました。一人は私自身です。私は大体信じがたい話を信じることにためらいを感じない男です。そうした話が真実である場合はしばしばあるのですから。もう一人は——」といってダキンはいい淀んだ。

「もう一人は？」

「あの偉大な旅行家、サー・ルーパート・クロフトン・リーでした。彼自身、そうした僻地を旅して、それらの土地のもつ可能性をある程度知っていたのです。

とどのつまり、その男カーマイケルは自分で出かけてじかに確かめてみようと思いたちました。生命を賭す、危険な旅でしたが、それを遂行する、万全の準備を整えて出発しました。九カ月前のことです。私たちはその後彼のたよりを聞きませんでした。ところが数週間前のこと、連絡があったのです。彼は生きており、求めていたものを手にいれたといいます。たしかな証拠を得たのです。

しかし相手方が彼を狙っていました。彼らにとって、彼が証拠を手にいれて帰ることは致命的でした。味方の組織に敵方の手先がはいりこんでいるということは、私たちも十分知るにいたっていました。私自身の部局からも情報は外部に洩れていました。ある情報は――嘆かわしいことに――高官レヴェルで敵方に筒抜けになっていたのです。

国境のいたる所に、カーマイケルに対する見張りが置かれました。罪もない人々が彼と間違えられて生命《いのち》を落としました――敵方は人間の生命を断つことなど、何とも思わないのですから。しかし、カーマイケルはともかくも無傷で切り抜けてきました――今夜まで」

「じゃあ、あの人が――?」

「そうです。きわめて勇敢な、不屈の若者でした」

「でも証拠は? 敵に奪われてしまったのですか?」

ダキンの疲れた顔はゆっくり綻《ほころ》んだ。

「そうは思いません。カーマイケルという男を私はよく知っていますから、証拠は奪われなかったと確信してもいいと思います。しかし、彼はどこに証拠があるか、どうやってそれを手にいれるか、私たちに告げずに死にました。

おそらく死ぬまえに私たちに手掛りになることを何か伝えようとしたのではないかと思いますが」こういってダキンはゆっくり繰り返した。「ルシファー――バスラ――ルファージュ。カーマイケルはバスラに行きました――総領事館に報告しようとしてあぶなく射殺されるところでした。手掛りをバスラのどこかに隠したのかもしれません。私があなたにしてほしいことは、ヴィクトリア、バスラに行ってそれを探すことです」

「あたしがバスラに？」

「そうです。あなたには何の経験もない。自分が何を探しているかということさえ知らない。しかしあなたはカーマイケルの最後の言葉を聞きました。バスラに着いたら、その言葉から何か思い浮かばないとも限りません。初心者の幸運というものもありますしね」

「ええ、あたし、バスラに行きたいと思いますわ」とヴィクトリアは熱心にいった。

ダキンはにっこり笑った。

「あなたの探している青年がバスラにいるから、その点でも好都合でしょう。けっこうです。いいカムフラージュにもなりますからね。本物の恋ほど、カムフラージュとしてけっこうなものはありません。あなたはバスラに行き、目と耳を使ってよくまわりのことに気を配って下さい。どういうふうにことを運ぶか、指示するわけにはいきません──実のところ、そんなことはしない方がいいと思っているくらいです。あなたは、ご自分の創意工夫でなかなかちゃんとやっていけるお嬢さんのようです。あなたの聞いた言葉が正しいとしてもルシファーとは、ルファージュとはどういう意味か、私にはわかりません。ルファージュとは誰かの名前ではないかという、あなたのお考えは正しいと思います。そういう名前に気をつけていて下さい」

「バスラにはどうやって行ったらいいんでしょう？」とヴィクトリアはしごく事務的にいった。「それから費用の点は？」

ダキンは紙いれを取り出して部厚い札束をヴィクトリアに渡した。

「これを使って下さい。バスラにどうやって行ったらいいかということですが、あの食えないカーデュー・トレンチのばあさんに明日の朝、うまく持ちかけて、いずれ行くことになっている発掘地に立つ前にバスラを見たいのだが、とおっしゃい。ホテルはどうしたらいいかときけば、あの人が総領事館に行くよう勧めて、ミセス・クレイトン宛てにすぐ電報を打ってくれますよ。あなたのエドワードもそこにいるかもしれませんね。クレイトン夫妻は年中家を開放しているんですよ――バスラを通るイギリス人は誰でも総領事館に泊めてもらっています。忠告として私にいえることはただ一つだけです。もしも何か――不愉快なことが起こり、知っていることを白状しろ、誰がおまえを差し向けたのかなどときかれたら――英雄的にだんまりをきめこもうなどと思わずに、すぐ何もかも白状しておしまいなさい」

「どうもありがとうございます」とヴィクトリアはありがたそうにいった。「あたし、苦痛というものにはひどく臆病なんですの。拷問されたら、とても秘密なんか守れないと思いますわ」

「拷問などというしち面倒くさいことは、奴らに限ってしないでしょうね、サディスティックな人間でもいるならとにかく。拷問は時代遅れです。ちょっと針の先で突つかれるだけで、あなたは自分でも知らずに、きかれることに何でも正直に答えているでしょう。現代は科学的な時代です。だから私は秘密について、あなたに不必要にヒロイックな考えをいだかないでもらいたいんです。あなたの話すようなことは先方ではおそらくとうに知っています。今夜で、彼らにも私の正体がわかったはずです――少なくともいずれはかならずわかるでしょう、それからルーパート・クロフトン・リーについても」

「エドワードはどうですの？　いまのことをあの人に話しても構いませんか？」

「それはあなたに任せます。原則的にはあなたのしていることは誰にもいわない方がいいわけですが、実際には——」と眉を意味ありげに吊りあげた。「その結果、エドワードも危険に曝されることになるかもしれませんが。そういう一面もあるわけですからね。しかし、彼は戦争中、空軍将校として目覚ましい戦功を立てた男です。危険を恐れたりしないでしょう。二人で考える方がいい知恵が湧くかもしれません。エドワードは〈オリーヴの枝の会〉に何となくおかしいふしがあると思っているとあなたはいいましたね。なかなか面白い——なかなか」

「なぜですの？」

「私たちもそう思っているからです」こうダキンはいって、つぎのように付け加えた。「お別れする前にもう二つのことをいっておきましょう。一つは失礼ながら、あまりいろいろな嘘はいわない方がいいということ。いったん口にした嘘をいちいち覚えていて、そのとおりに振舞うのはむずかしいものです。あなたがその道の達人だということはわかっていますが、単純な嘘にとどめておく方が無事です」

「覚えておきますわ」とヴィクトリアはせいぜいつつましくいった。「で、もう一つはどういうことでしょう？」

「アンナ・シェーレという若いご婦人の名を聞くことがないか、耳を澄ませていらっしゃい」

「どういう人ですの？」

「私たちもよくは知らないのです。もう少し知ることができればありがたいと思っています」

# 第十五章

## 1

「もちろん、総領事館にお泊まりなさい」とミセス・カーデュー・トレンチは言下にいった。「馬鹿なこと、いうものじゃありませんよ――空港ホテルになんぞ、泊まれたもんじゃないんですから。クレイトン夫妻は喜んであなたを迎えてくれますよ。わたしとはもう長い知りあいなんです。電報を打っておきましょう。今夜の夜行でいらっしゃればいいわ。クレイトン夫妻はポーンスフット・ジョーンズ博士もよくご存じなんですよ」

ヴィクトリアはわれ知らず顔を赤らめた。ランガウの主教やラングアオの主教は架空の人物だからいいが、実在のポーンスフット・ジョーンズ博士を持ちだされると、さすがにぎくりとした。

「こんな嘘をついたことで、あたし、牢屋にいれられるかもしれないわ」とヴィクトリアは後ろめたい思いで考えた。「姓名詐称かなにかで」

しかし、法がきびしく行使されるのは姓名詐称によって金品を騙しとろうとした場合に限るのではないかと考えて少し元気づいた。一般人同様、ヴィクトリアは法についてまったく無知だったから本当にそうかどうか、よくわからなかったが、そう思うと何となく心を慰められた。

汽車の旅は珍しい経験のもつ魅力をことごとく備えていた——ヴィクトリアの考えからすれば急行などといえたものではなかったが、彼女は自分の西洋風の気短かさをようやく意識しはじめていたのだった。

バスラにつくと、車が駅に待っていて総領事館に連れて行ってくれた。車は大きな門からはいって目に快い美しい庭園にはいり、建物を囲むバルコニーに続く階段の所で止まった。精力的な人柄らしいミセス・クレイトンが金網を張った自在戸を押して出てきて、にこにこと彼女を迎えた。

「お目にかかれてうれしいこと。バスラはこの季節、とてもたのしい所ですから、ここを見ずにイラクを発っておしまいになってはいけませんわ。さいわい、いまはお泊まり客もたくさんはいらっしゃいませんの——時によるとみなさんにお部屋をどう割りふったものか、戸惑うくらいですけれど、いまいらっしゃるのはラスボーン博士の所のチャーミングな青年だけですわ。ついでですけど、あなた、もう少しでリチャード・ベイカーとここで落ち会えましたのに。あの人、ミセス・カーデューー・トレンチの電報が着く前に発ってしまいましたのよ」

ヴィクトリアはリチャード・ベイカーが誰か知らなかったが――発ってしまった後でよかったとつくづく思った。

「リチャードは二日の予定でクウェートに行ったんですけれど」とミセス・クレイトンは続けた。

「あそこもぜひ見ておくべきですわ――風情がなくなってしまう前に。いずれはそうなりましょうからね、遅かれ早かれ、どこもかしこも。さて、どっちを先になさいます――入浴？　それともコーヒーでも差しあげましょうか？」

「よかったら入浴させていただきますわ」ヴィクトリアはありがたく思いながらこう答えた。

「ミセス・カーデュー・トレンチはお元気でして？　さあ、ここがあなたのお部屋よ。浴室はこの先にありますわ。ミセス・カーデュー・トレンチとは古いお馴染みですの？」

「いいえ」とヴィクトリアは嘘はつかなかった。「お目にかかったばかりですの」

「あの方、最初の十五分間にあなたについてすっかり聞きだしたでしょ？　もうお察しと思いますけどたいへんな金棒引きなのよ、あの人は。誰についても詳しく知りたがって、マニアっていえるほどですわ。でも話は面白いし、ブリッジはそりゃあ、上手。コーヒーか何か、ほんとに召しあがらなくてもよろしいの？」

「ええ、ありがとうございます。でも今はけっこうです」

「でしたら後ほど。ご入用のものはありません？」

ミセス・クレイトンは機嫌のよい蜜蜂のようにしゃべりながら、部屋を出て行った。

ヴィクトリアは入浴をし、心を惹かれた青年にやがて会うことになっている若い娘らしく入念に化粧をして、髪をときつけた。

できればエドワードに一人で会いたかった。エドワードが口を滑らしてまずいことになるとは思わなかったが――さいわい、彼は彼女をジョーンズという名で知っているのだし、ポーンスフットという余分の名がついたからといって、べつに驚きもしないだろう。驚くことがあるとしたら、彼女がイラクくんだりにいることで、そのため、ヴィクトリアは、たとい、一、二秒にしても、まず一人で彼を捕まえて話したいと思ったのだった。

こういう目的があったから、夏服を一着におよぶと（バスラの気候は彼女にはロンドンの六月を思わせた)、ヴィクトリアは自在戸からそっと出て、バルコニーに立った。エドワードが税関の役人とでもやりあったあげくに外出先からもどれば、ここから声をかけることができるだろう。

まず帰ってきたのは沈静な表情の背の高い男で、その男が階段にさしかかってきたとき、ヴィクトリアはそっとバルコニーの角に隠れた。ちょうどそのとき、本当にエドワードが川の屈曲部を見おろすドアからはいってくるのが見えた。

ジュリエットの時代から変わらぬ恋するおとめにふさわしい身ごなしでヴィクトリアは手摺りごしに身を傾け、声をひそめて呼んだ。

エドワード(前よりいっそう魅力的に見えた)ははっとしたようにまわりを見まわした。

「しっ、ここよ!」とヴィクトリアは低い声でいった。

エドワードは振り仰いで、いかにもびっくりした表情を浮かべて叫んだ。

「やあ、驚いたな、チャリング・クロスさんじゃないですか!」

「しっ、待って! いま、おりて行きますから」

ヴィクトリアはバルコニーを急いで回って階段をおり、家の角を曲がると、エドワードがおとなしく待っている所に行った。エドワードの顔からはまだ、何が何だかわからないといった表情が消えていなかった。

「まさかこんな時間からぼくが酔っぱらっているわけもないが。ほんとにあなたなんですか？」

「ええ、その〝あなた〟よ」とヴィクトリアはうれしげにいった。

「しかし、いったいこんな所で何をしていらっしゃるのです？　どうやってここへきたんです？　もう二度とお目にかかれないと思っていたのに」

「あたしもそう思っていましたわ」

「まるで奇蹟のようだ。どうやってここに？」

「飛行機でよ」

「そりゃそうでしょう。そうでなければこう早く会えるわけもありませんからね。ですがぼくがききたいのは、どんなすばらしい千載一遇のきっかけが持ちあがって、あなたがバスラにいらしたかということです」

「汽車できましたの」

「しようのない人だなあ、わざとじらしたりして。とにかくうれしいですよ、またお会いできて。ですが、本当にいったい、どうして？」

「腕を折った女の人の付き添いできましたの。ミセス・クリップといって、アメリカ人です。あなたにお目にかかった翌日、その仕事のことを聞いて、あなたがバグダッドのことを話していらしたし、ロンドンには少し飽き飽きしてもいましたので、ちょっと外の世界を眺めて見聞を広めてもいいんじゃないだろうかって考えましたの」

「まったくすばらしい決断力をもっているんですね、ヴィクトリア！　そのミセス・クリップという人はいまどこにいるんです？　このバスラですか？」

「いいえ、キルクークの傍に住んでいる娘さんの所に行きましたわ。片道だけの仕事でしたの」

「だったら、目下あなたは何をしていらっしゃるんです？」

「あいかわらず見聞を広めていますわ。でもいくつか、ごまかさなければならないことがあって。それでほかの人のいるところで会う前に、あなたを捕まえたいと思いましたの。この前お目にかかったときには失職したばかりのタイピストだったなんてこと、人前でうっかりいってほしくないものですから」

「ぼくに関する限り、あなたはご自分でおっしゃる通りの人ですよ。何でも伺いましょう」

「つまりね、あたし、ミス・ポーンスフット・ジョーンズってことになっていますの。伯父はここからかなり遠くの辺鄙な場所で発掘作業をしている考古学者です。あたし、間もなくそこに行って、伯父と一緒になる予定なんですの」

「それがみんな本当じゃないっておっしゃるんですか？」

「でたらめよ。でも聞こえがいい話でしょう？」

「まったく、本当らしく聞こえますよ。しかし、何かの拍子に、そのプッシーフット老とばったり顔を合わせたらどうします？」

「ポーンスフットですわ。でもそんなことはありえないと思いますの。あたしの知っている限り、考古学者って、発掘をはじめたら、ただもう夢中で掘りに掘るみたいですもの」

「テリアのようにね。なるほど、それもそうだな。その老人、本当に姪がいるんですか？」

「そんなこと、あたしが知っているわけもないじゃありませんの」

「ああ、じゃあ、とくに誰かの名を詐称しているわけでもないんですね。それなら、ことはぐっと簡単だな」

「ええ、結局、姪なんてたくさんいるものじゃありません？　いよいよとなれば、じつは従妹なんだけど、伯父と呼んでいるんだっていい抜けも可能ですわ」

「まったく、あらゆることを慮る人なんだな」とエドワードは感心しきったようにいった。「大したお嬢さんですね、あなたは、ヴィクトリア。あなたのような人には会ったことがない。あれっきり何年も会えないんじゃないかと思っていたんですがね。やっと会えたとしても、あなたの方はおそらくぼくのことなんか、まるで忘れているだろうと。ところが、あなたはちゃんとここにきている」

エドワードが彼女に向けた感嘆に満ちた、謙虚なまなざしに、ヴィクトリアは限りない満足を覚えた。猫だったら悦にいって、のどをゴロゴロ鳴らすところだろう。

「しかしさしあたって、仕事がないと困りますね。そうでしょう?」とエドワードはいった。「財産を相続したとか、そういう幸運がふりかかったわけでもないんだとしたら?」

「とんでもない。ええ、おっしゃる通りよ。あたし、仕事がほしいんです」とヴィクトリアはゆっくりいった。「じつをいうと、あたし、あなたの勤めていらっしゃる〈オリーヴの枝の会〉って所に行ってラスボーン博士に会い、仕事はないかってきいてみましたのよ。でもはかばかしい返事がもらえなくて——給料つきの仕事は見込みがないようでしたわ」

「あのじいさん、財布の紐はかなり固いんですよ。誰も彼もあそこの仕事に熱情を感じて、ただ働きをすると思っているんですからね」

「あの人のこと、いまでも怪しいと思っていらっしゃるの？」

「べつに何てこともないんでしょうがね。ぼく自身、はっきりしないんですよ。まともでないはずはないとも思うんです。あの運動をたねに金儲けをしているようでもないし。ぼくの見る限り、彼が会にいれあげている様子はけっしてまやかしじゃありません。しかし、あれで本当は馬鹿ではないって気がしましてね」

「さあ、もう家にはいった方がいいわ。話は後でもできますから」


「あなたとエドワードがお知りあいだったなんて、ちっとも知らなかったわ」とミセス・クレイトンが叫んだ。

「ええ、古いお馴染みですの」とヴィクトリアは笑った。「ただじつのところ、お互いの消息がわからなくなっていて。エドワードがバスラにきているなんて、夢にも思いませんでしたのよ」

クレイトン総領事はヴィクトリアがさっき階段をあがって行くのを見かけた沈静な顔の紳士だったが、ふとエドワードにきいた。

「けさはどうだったね、エドワード？　少しは進展したかね？」

「なかなか大仕事のようです。本のケースはちゃんと到着しているんですが、提出しなければならない書類がきりなくあるようで」

クレイトンは微笑した。

「東洋じゃ、万事遅れ遅れになるんだが、まだきみはその遅延作戦に馴れていないからね」

「いつ行っても、担当者が外出しているようなんですよ。誰も彼も愛想がよくて親切なんですが――どうも埒《らち》があきません」

みんなでひと笑いしたが、ミセス・クレイトンが慰め顔にいった。

「そのうち、きっとかたがつきますわ。ラスボーン博士があなたをここによこしたのは賢明というものよ。そうでなかったら、本は何カ月もここに置きっぱなしでしょうからね」

「パレスティナいらい、爆弾については役人はえらく神経過敏になっていますからね。それと、不穏な書物には。とにかく、いちいちかんぐられるんですよ」

「ラスボーン博士が本に偽装して爆弾を送りつけるわけもないでしょうにね」とミセス・クレイトンが笑いながらいった。

ヴィクトリアはエドワードの目がにわかにきらりと光るのを見たような気がした。まるでミセス・クレイトンの言葉から新しい考えの筋道が開けたかのように。

クレイトン氏がちょっと妻をたしなめるようにいった。

「ラスボーン博士は博学の名望家だよ。重要な団体に名を連ねているし、ヨーロッパ中に知られ、尊敬されているんだからね」

「だからこそ、爆弾をこっそり運びこみやすいんじゃありませんか」とミセス・クレイトンが調子に乗って指摘した。

ヴィクトリアはジェラルド・クレイトンがどうやら、このことで妻がこんな軽口を叩くのを好まないらしいと見てとった。

クレイトンはちょっと苦い顔で妻を見ていた。

さて午後のひとときの休憩時間中はどこでも開店休業なので、エドワードとヴィクトリアは食後連れだって散策と見物に出かけた。ヴィクトリアはナツメヤシの木立に縁どられたアラブ川に大喜びし、ヴェニスのゴンドラに似た舳先の高い船が町なかの運河につながれている光景に感嘆した。それから二人して市場《スーク》に行き、模様のはいっている真鍮の留金のついたクウェート産の嫁いり道具の大箱その他、魅力的な商品をひやかして歩いた。

総領事館の方へとやっと踵《きびす》を返し、エドワードが税関に行ってもう一押ししてくるといったとき、ヴィクトリアはふときいた。

「エドワード、あなたの苗字、何ていうの？」

エドワードは驚いた顔で見つめた。

「いったいぜんたい、どういう意味ですか、それは、ヴィクトリア？」

「あなたの苗字のことよ。あたしがあなたの苗字を知らないって、気がついていらっしゃらないの？」

「そうでしたっけ。ああ、そうでしたね。ゴアリングっていうんですよ」

「エドワード・ゴアリングね。あの〈オリーヴの枝の会〉とかって所にはいって行って、あなたのことをききだしたいと思いながら、エドワードというほか、何も知らないなんて、ほんとに馬鹿みたいな気がしましたわ」

「色の浅黒い女の子がいませんでしたか？　髪を長目に切り揃えている？」

「いましたわ」

「キャサリンっていうんですよ。とてもいい子です。あの子にエドワードといえばすぐわかったでしょうに」

「そうでしょうね」とヴィクトリアは感情を抑えていった。

「まったくいい子なんですよ。そう思いませんでしたか？」

「ええ、とてもね……」

「器量よしっていうんじゃないし——どこといって目に立たないが、思いやりがあって」

「まあ、そう?」とヴィクトリアの声は氷のように冷たかった。

しかしエドワードは何も気づかぬようだった。

「キャサリンがいなかったら、ぼくは本当にどうしていたでしょうかね。キャサリンがぼくを引き回して、いろいろと手を貸してくれたんですよ。一人だったらぼくはそれこそ、とんでもないばかなことをやっていたでしょう。あなたもキャサリンとなら、いい友だちになれると思うな」

「そんなチャンスはこないと思いますわ」

「いや、きますよ、ぼくが何とかあそこで働けるように努力しますから」

「どうしてそんなことができるとお思いになって?」

「さあ。しかし何とか、やってみますよ。ラスボーンのたぐいの不景気なじいさん連に、あなたがじつにすばらしいタイピストだと吹きこんでやりますよ」

「化けの皮がすぐ剝がれてしまうわ」

「とにかく、何とかあなたを〈オリーヴの枝の会〉にいれてあげます。こんな所であなたに一人であちこちさせる気はありません。だって、ほうっておいたら、あなたはまたビルマとか、アフリカの奥地なんぞに、ぷいっととんで行ってしまうでしょうからね。ヴィクトリア、ぼくはあなたを自分の目の届く所に置いておきたいんです。ぼくの前から逃げだされてはたまりませんからね。あなたって人を信用していないんですよ、ぼくはぜんぜん。見聞を広めることが度外れて好きらしいですからね」

ヴィクトリアはひそかに考えていた。「お馬鹿さん、たとい荒馬が襲いかかってきたって、あたし、バグダッドから逃げださないのに」

しかし声に出してこういった。「〈オリーヴの枝の会〉で仕事ができたら、そりゃ楽しいでしょうけど」

「楽しいとはいいませんがね。あそこの連中が真剣に仕事をしているってことはたしかですね。妙ちきりんな団体にしろ、大真面目に」

「やっぱり何かおかしいと思っていらっしゃるのね？」

「ああ、それはぼくの馬鹿げた想像にすぎませんよ」

「いいえ」とヴィクトリアは考えこみながらいった。「馬鹿げた想像とも思えないわ。むしろ、本当だっていう気がするわ」

エドワードが急に向き直ってきいた。

「どうしてそんなことというんです？」

「ちょっと小耳にはさんだことがあって——友だちから」

「誰です?」

「ちょっとした友だちよ」

「あなたのような人は、友だちがやたらにたくさんいるんでしょうからね」とエドワードが不本意そうにいった。「あなたはじつに気を揉ませる人だ。ぼくはどうにかなりそうなほどあなたを愛しているのに、あなたときたら、ぼくのことなんか、ちっとも気にかけてくれないんだから」

「あら、そんなことありませんわ。少しは気にしていましてよ」

こういってから、うれしい満ち足りた気持ちを押し隠して、彼女はきいた。

「ねえ、エドワード、〈オリーヴの枝の会〉の関係で、誰か、ルファージュって名の人がいるかしら?」

「ルファージュ?」エドワードは怪訝そうな顔をした。「いや、いないと思いますけどね。誰です、それは?」

ヴィクトリアはなお質問を続けた。

「じゃあアンナ・シェーレって人を知らなくて?」

エドワードは今度は前とはまったく異なった反応を示した。くるっと振りむいてヴィクトリアの腕をぎゅっと摑んで彼はいった。

「アンナ・シェーレについて、何を知っているんです？」

「ああ、エドワード、放して！　何も知らないわ。知っているかどうかと思ってきいただけよ」

「どこできいたんです？　ミセス・クリップからですか？」

「いいえ――ミセス・クリップじゃないわ――たぶん、違うと思うわ。でもあの人、早口だし、誰についても、何についても、とめどなくしゃべるから、ミセス・クリップからアンナ・シェーレのことをきいたとしても、はっきり思い出せないわ」

「しかしなぜ、このアンナ・シェーレという人物が〈オリーヴの枝の会〉と関係があると思ったんです？」

「関係があるんですの？」

エドワードはゆっくりいった。「さあ、……何もかも――あんまり――漠然としているもので」

二人は総領事館の庭に通じるドアの外にきていた。エドワードはふと時計を見た。

「さあ、仕事に行ってきましょう。アラブ語を少し知っていると便利なんですがね。後でまた二人だけで話す機会を作らなきゃね、ヴィクトリア。いろいろと知りたいことがあるんですよ」

「あたしもあなたにお話ししたいことがたくさんあるのよ」

もっと感傷的な時代のヒロインだったら、愛する人を何としてでも危険から遠ざけておきたいと思ったかもしれない。しかしヴィクトリアはそんな女ではなかった。火花が上にあがるように、男というものは危険に直面すべき運命を担っているのだ——というのがヴィクトリアの意見だった。彼女がエドワードを危険に曝すまいとつとめたところで、彼はありがたいとは思わないだろう。それに思い出してみるとダキン氏にしても、エドワードに何も教えないでおくようにという意図ではなかったようだし。

## 2

その日の日没時、エドワードとヴィクトリアは総領事館の庭を連れだって散歩した。冬の天候だから冷えこまないように用心した方がいいというミセス・クレイトンの意見を尊重して、ヴィクトリアは夏服の上からウールのコートを羽織っていた。入り日はすばらしかったが、若い二人はどちらもそんなことには気づかなかった。もっと重大なことを相談していたからだった。

「はじめはとても簡単なことだったのよ」とヴィクトリアはいった。「男の人がナイフで刺されて、ティオ・ホテルのあたしの部屋にはいってきたんですの」

常識的にはとても簡単どころではない振りだしだったから、エドワードは目をまるくして聞きかえした。

「ナイフがどうしたんですか？」

「その人、ナイフで刺されていたのよ。少なくともあたしはそう思いましたの。もしかしたらピストルだったのかもしれないわ。でもピストルなら、音が聞こえるはずでしょう。とにかく、その人、死んだんですの」

「死んだのなら、あなたの部屋にはいってこられるわけはないじゃありませんか？」

「いやあね、エドワード、馬鹿なことをいって。まぜかえさないでちょうだいな」

ある箇所はあっさりと、ある箇所は漠然と、ヴィクトリアは一部始終を物語った。どういうわけか、実際に起こった出来事というとドラマティックな話しかたのできないたちで、つっかえつっかえいろいろといい落としたりして、誰が聞いてもでたらめと見かせる下らない話をしているような印象を与えた。

彼女が語り終えたとき、エドワードは心もとなげな顔をしていった。

「大丈夫ですか、ヴィクトリア？　気分はべつにわるくないんでしょうね？　日射病の気味か、それとも悪い夢でも見たんじゃありませんか？」

「もちろんそんなことあるもんですか！」

「だって――あなたのいっていることは、まるでありそうにないことのように思えますよ」

「でも本当のことなのよ」とヴィクトリアはむっとしたようにいった。

「世界を二分する勢力があるとか、チベットや、バルチスタンのあたりに秘密の施設が設けられているとか、とにかくひどくメロドラマティックな話ですからね。そんなことがあるわけはない。そんなとんでもないことが起こるわけもありませんよ」

「どんなことだって、いざ起こるまでは誰もがそういうものよ」

「正直いって、チャリング・クロス――何もかもあなたが頭の中で作りあげたことじゃないんですか？」

「ひどいわ！」とヴィクトリアは腹を立てて叫んだ。

「それにあなたはバスラに、ルファージュという名の人間と、アンナ・シェーレとかいう人を探しにきたといいましたね――」

「あなたも、アンナ・シェーレって名はきいたことがあるんでしょう？　そうじゃなくて？」とヴィクトリアは遮るようにいった。

「聞いたことは——あります」

「どんなふうに？　どこでですの？　〈オリーヴの枝の会〉で？」

エドワードはちょっと黙りこんでいた後、いった。

「何か意味があるかどうか、わからないんですが。ただ——妙な感じがして——」

「お願いよ。いって下さいな」

「ねえ、ヴィクトリア、ぼくはあなたとは、まるで違います。あなたみたいに頭がよくないし、ただ何となく、どこかおかしいと勘でわかるんですよ——どうしてそう思うのか、はっきりしないんですが。あなたは行動しながら何かを発見し、そこから推論する。ぼくは頭が冴えないから、そういうことはできないんです。ただ漠然と——何かしらおかしいという気がする——なぜだか、わからないんだが」

「あたしもそんな気がするときがあってよ。ティオ・ホテルでサー・ルーパートを見たときのように」

「サー・ルーパートって誰です？」

「サー・ルーパート・クロフトン・リーよ。ここまで一緒の飛行機だったの。とっても威張った気取り屋だったわ。とにかく名士ってわけ。そのサー・ルーパートがティオのバルコニーに出て、日なたぼっこをしているのを見たとき、ちょうどいまあなたがいったみたいに、どこかおかしいという気がしたの。どこがどうおかしいのか、わからなかったんだけど」

「ラスボーンはそのサー・ルーパートを〈オリーヴの枝の会〉に招いて講演してもらおうとしたんですが、だめだったんです。昨日の朝、カイロか、ダマスカスかに飛んでっちまったらしいですよ」

「アンナ・シェーレのことを話して下さいな」

「アンナ・シェーレですか？　何でもないんですよ。女の子の中の誰かがいったんです」

「キャサリンですの？」とヴィクトリアはすぐにいった。

「そう、いま考えてみると、キャサリンだったような気もします」

「キャサリンにきまってってよ。だからあなた、あたしに話したくないんだわ」

「とんでもない。何をいうんです？」

「で、どういうことでしたの？」

「キャサリンがほかの女の子にいってたんです。〝アンナ・シェーレがきたら、わたしたち、前進できるのよ。そうなったらあの人から直接に指令を受けるんだわ——あの人からだけ〟って」

「それ、とっても重大なことだわ、エドワード」

「しかし、本当にアンナ・シェーレっていったのかどうか、はっきりしたことはわからないんですからね」

「そのとき、妙だって思わなかったの？」

「いいえ、もちろん、ぜんぜん。いずれ、そんな名の女性が赴任してきて偉そうに命令を下すんだろうぐらいに考えていたんです。女王蜂みたいにね。何もかもあなたの想像じゃないんでしょうね、ヴィクトリア？」

といったが、ヴィクトリアの怨ずるようなまなざしの前にたじろいで慌てていい直した。

「わかりましたよ、わかりましたよ。ですがいまの話が荒唐無稽に響くってことは、あなただって認めるでしょう？　まるでスリラーみたいで──若い男がはいってきて断末魔の息の下で何ともわけのわからないことを一言いって死んでいったなんて、どう考えても現実のこととは響きませんからね」

「あなたはあの血を見ていないから」といってヴィクトリアは身を震わせた。

「ひどいショックだったでしょうね」とエドワードは思いやりをこめていった。

「ほんとよ。それなのにあなたったら、作り話だなんて」

「すみません。しかしあなたは作り話がとても上手ですからね、ランガウの主教だの何だの」

「ああ、あれは女の子によくあるいたずら心からだけど、でもこれはね」とヴィクトリアはいった。「これは重大事なのよ、エドワード——たいへんな」

「ダキンとか、いいましたね——その男は筋の通ったことを、自分でも万事承知でしゃべっているという感じがしましたか？」

「ええ、この人のいうことなら信じてもいいという気がしたわ。でも、エドワード、あなた、どうして——」

このとき、バルコニーから声がかかったので、ヴィクトリアはいいかけたことを中断した。

「家の中におはいりなさいな、お二人とも。飲みものを用意しましたわ」

「いま、まいります」とヴィクトリアは答えた。

ミセス・クレイトンは階段を連れだってあがってくるエドワードとヴィクトリアを眺めながら、夫にいった。

「ロマンスの雰囲気が漂ってくるようじゃありません？　お似合いね——お金はどっち

もまるでもってないんでしょうけれど。ねえ、ジェラルド、わたしの直感を話してあげましょうか？」

「ぜひ、聞きたいね、きみの思いつきにはいつもたいへん興味があるよ」

「あの娘さんが伯父さんの発掘につきあうためにここにきたのは、ひとえにあの青年に会うためですわ」

「まさか、ローザ。奇遇だって、二人ともびっくりしていたじゃないか」

「馬鹿馬鹿しい！　そんなこと、証拠になんかなりませんわ。エドワードの方はたぶんびっくりしたでしょうけど」

ジェラルド・クレイトンは妻に向かって頭を振って微笑した。

「ヴィクトリアは考古学に関心のあるタイプじゃありませんわ。発掘に夢中なのはたいてい眼鏡をかけた大真面目な女の子ですもの――たいていは湿っぽい手をしている」

「おやおや、そんなふうにきめてかかるのはどんなものかね」

「とにかく多くの場合、知的で学がある娘たちでしょう？　ところがヴィクトリアは人づきはいいようね、知的ってタイプではないわ。もっとも常識はたっぷり持ち合わせているようね。とにかく発掘屋さんたちとは大違いですわ。彼はなかなかすてきな青年ね。あの〈オリーヴの枝の会〉とかって馬鹿げた団体に縛りつけられているなんて、かわいそうに。でもいまはどこでも就職難らしいから。ああいう復員軍人には政府が仕事を世話すべきだわ」

「それが容易なことではないのさ。努力してはいるが、ああいう連中は何の訓練も受けていないし、経験もない。たいていは集中力の習慣もついていないからね」

さてヴィクトリアはその夜、千々に乱れる思いをいだいて床についた。ヴィクトリアの所期の目的は達成された。首尾よくエドワードに会うことができた。しかしそうなると拍子抜けの感は拭いがたかった。何をしていても緊張の反動というのか、何となく味気ない気持ちがつきまとった。

一つには彼女のいうことをエドワードが信じてくれないこともあって、これまでに起こったことがすべて、芝居がかった非現実的なことのように思われるのだった。しがないロンドンっ子のタイピストである彼女ヴィクトリア・ジョーンズがバグダッドにきたとたんにある男がほとんど目の前で殺される所を見、その場の成りゆきで秘密情報員に似たメロドラマティックな役割を引き受けた。そうこうするうちに、ヤシの葉が頭上にそよぐ南国的な庭園で、ついに愛する男と出会うことができた。それもエデンの園はこのあたりだったのではないかと一般にいわれている場所に近い所で。

聞き慣れた童謡の一節がふと頭に浮かんだ。

バビロンまでは何マイル？
六十マイルと十マイル、
ろうそく頼りに旅をして、
往って帰って……

しかし、彼女は往って帰ったわけではない――依然バビロンにいるのだ。おそらく引き返すことはないだろう――彼女とエドワードはバビロンにいるのだから。あのとき、庭でエドワードにきくつもりだったのはどういうことだったか？　エデンの園――エドワードと彼女――エドワードにたずねてみようと思ったことがあったのだが、ミセス・クレイトンに呼ばれ――何のことだか、思い出せなくなった。思い出さなければ。重要なことなのだ――どうも合点がいかないふしがある――ヤシの茂る庭園――エドワード――サラセンの乙女――アンナ・シェーレ――ルーパート・クロフトン・リー――すべてがどこか、おかしい――何がおかしいか、思い出せさえすれば――。
ホテルの廊下を一人の女性が彼女の方に向かって歩いてきた――テイラードのスーツを着て――まるで自分の姿をそこに見たように思ったが――近づいてくる顔をよく見た

らキャサリンだった。エドワードとキャサリン――まさか、そんな！「いらっしゃいな！」とキャサリンがエドワードにいう――「一緒にルファージュ氏を――」と、とつぜんそこにルファージュ氏がいた。レモン色の手袋をはめ、尖った黒い顎鬚を生やして――。

エドワードは行ってしまい、彼女は一人取り残されてしまった。ろうそくが消える前にバビロンから引き返さなければ。

〝われらは暗黒の中へ……〟

そういったのは誰だったろう？　暴力、恐怖、邪悪――ぼろぼろのカーキ色の上着についた血。彼女は走っていた――ホテルの廊下を。敵が追ってくる。

ヴィクトリアははっとして目を覚ました。

## 3

「コーヒーはいかが？」とミセス・クレイトンがいった。「卵はどうしましょう、炒り卵になさる？」

「ええ、けっこうですわ」

「何だかちょっと疲れていらっしゃるみたいね。気分がお悪いんじゃないでしょうね？」

「いいえ、ただゆうべはよく眠れなくて。なぜだか、わからないんですけれど。とても寝心地のいいベッドですのに」

「ラジオをつけて下さる、ジェラルド？　ニュースの時間だわ」

ラジオが鳴りだしたときエドワードがはいってきた。

〈昨夜、首相は下院でドルの導入額の新たな削減について詳細を述べました。カイロからの報道によると、サー・ルーパート・クロフトン・リーの遺体がナイル川から引きあげられました（ヴィクトリアはコーヒー・カップをガチャンと音を立てて置き、ミセス・クレイトンは驚いたような叫び声をあげた）。サー・ルーパートはバグダッドから飛行機でカイロに到着して後、ホテルを出て、結局その夜もどりませんでした。以後二十四時間というもの消息を絶っていましたが、このほど死体で発見されました。死因は溺死ではなく、心臓を一突きされたことによるものです。サー・ルーパートは著名な旅行家で、中国およびバルチスタンの旅行で知られ、数冊の著書があります〉

「サー・ルーパートが殺されたなんて！」とミセス・クレイトンは叫んだ。「カイロは近ごろ、どこより物騒なようですわね。このことについて何か聞いていらして、ジェリー？」

「サー・ルーパートが行方不明だということだけはね。使いが手紙を持ってきて、行く先も告げずに急いで外出したということだ」

朝食がすんで二人だけになったときヴィクトリアはエドワードにいった。

「ね、何もかも本当なのよ、まずあのカーマイケルって人、つづいてサー・ルーパート・クロフトン・リーが殺されたんだわ。あの人のことを気取り屋だなんていって、悪かったわ。よく知りもしないのにそんなふうにきめつけたなんて、何だか、不人情みたいな気がして。とにかく、このわけのわからない奇妙な企みについて知っている人や、察している人はかたっぱしから葬られてしまうようじゃありませんか。ねえ、エドワード、次はあたしの番じゃないかしら」

「いやだなあ、うれしそうな顔をするのはやめて下さいよ、ヴィクトリア！　あなたときたら、まったく芝居気が多すぎる。誰かがあなたを始末するなんて、そんな可能性はないでしょう。本当いって、あなたは何一つ知らないんだから――しかしまあ、とにかく、せいぜい気をつけて下さいよ」

「ええ、あたしたち二人とも、よく気をつけなくちゃね。あたしったら、あなたまでこんなことに引きずりこんでしまって」

「ああ、それは構いませんよ。いい退屈しのぎになりますからね」

「でもほんとに気をつけて下さいね」とヴィクトリアは急にぞくっと身震いした。「何だか、怖いわ——サー・ルーパートって、そりゃあ、生気に溢れている人だったんですもの——あんな人まで死ぬなんて。怖いわ。とっても怖いわ」

# 第十六章

## 1

「で、ボーイフレンドに首尾よく会えましたかね？」とダキン氏がきいた。

ヴィクトリアは頷いた。

「ほかに何か、新しい発見をしましたか？」

ちょっと悲しそうに、ヴィクトリアは首を振った。

「まあ、元気をお出しなさい。このゲームでは戦果はわずかで、しかもごくたまにしかあるはずがないんですから。バスラに行けば、ひょっとして何か見つけられるかもしれないとは思いましたがね――どんなことがあるか、わかったものではありません――けっして当てにしてはいませんでしたが」

「これからも、続けさせていただけます？」

「あなたがそうしたいならね」

「ええ、そうしたいんですの。エドワードは〈オリーヴの枝の会〉に何か働き口を世話できるかもしれないといってくれます。目と耳をしっかりあけていれば、何か見つからないとも限りませんわ。あそこの人たち、アンナ・シェーレのことを何か知っているらしいんですの」

「ほう、それは面白いですね、ヴィクトリア、どうしてそれがわかりました？」

ヴィクトリアはエドワードのいったことを繰り返した——キャサリンが〝アンナ・シェーレがきたら指令を彼女から受ける〟といったことについて。

「ふむ、なかなか面白い」とダキン氏は呟いた。

「アンナ・シェーレって誰ですの？　あなたはきっとその人について何かご存じに違いありませんわ——それとも架空の名前ですの？」

「架空の名前なんかじゃありませんよ。あるアメリカの銀行家——国際銀行の頭取ですがね——の個人的秘書です。ニューヨークを発って、十日ほど前にロンドンに渡ったのですが、それっきりいなくなってしまいました」

「いなくなった？　死んだってわけじゃありませんのね？」

「死んだとしても、死体はまだ発見されていません」

「でも死んでいるかもしれませんのね？」

「ええ、そうとも考えられます」

「バグダッドにくるはず——だったのですか？」

「よくわからないのです。キャサリンという娘のいうところによると、どうもそうだったようですね。それともいまなお——もう生きていないと考える理由もないのですから」

「もしかしたらあたし、〈オリーヴの枝の会〉で何か見つけられるかもしれませんわ」

「あるいはね——しかしもういっぺん、いっておきますが、十二分に用心して下さいよ。あなたが敵に回している機関はまったく非情ですからね。ティグリス川に、今度はあなたの死体が浮かんでいるのが発見されるなんていうのは、ありがたくありません」

ヴィクトリアはちょっと身震いして呟いた。

「ちょうどサー・クロフトン・リーのようにね。あの朝、ホテルであの人を見て、意外に思ったことがあったんです。それを思い出せるといいんですけど……」

「どういう点でですか——おかしいって——？」

「そうですね——何となく違うような気が」それからダキン氏の物問いたげなまなざしに答えるようにいらいらと首を振った。「そのうち、思い出せるかもしれませんわ。どっちにしろ、大したことだとは思いませんから」

「大したことじゃないと思っていることが案外大したことかもしれないんですよ」

「エドワードは、何とかあたしのために仕事を見つけてくれるつもりのようですけど、そのときはここを出て、ほかの女の子みたいにどこか下宿屋か、民宿のような所に部屋を借りたらといっています」

「その方が相手方に勘ぐられずにすむかもしれませんね。それにバグダッドのホテルはなかなか高いですから。あなたのボーイフレンドはずいぶんよく頭が回るようですね」

「エドワードにお会いになります？」

ダキンは激しく首を振った。

「いや、むしろ私から遠ざかっているようにいって下さい。残念ながらカーマイケルが死んだ晩の事情から、あなたが目をつけられるのはやむをえないでしょう。しかしエドワードはあの出来事とも、私とも、まったく関係がありません——それは好都合です」

「前からおききしたいと思っていたんですけれど、カーマイケルを刺したのは誰ですの？　ここまであの人をつけてきた人間でしょうか？」

「いや」とダキンはゆっくりいった。「そんなはずはありません」

「そんなはずはないですって？」

「カーマイケルはグーファという川舟でここへきました。尾行している者もいませんでした。その点ははっきりしています。私がある男に川を見張らせておきましたから」

「とすると、誰か、ホテルの中の人間が——？」

「そうなんですよ、ヴィクトリア、しかもホテルのあの棟にいた人間に限られるわけです——というのは私自身が階段を見張っており、誰も階段をあがってこなかったことを知っているんですから」

ヴィクトリアの怪訝そうな顔を見やって、ダキンは静かにいった。

「あの一郭にいた者となると限定されますね。あなたと私、ミセス・カーデュー・トレンチ、マーカスとその妹夫婦。このホテルに長年つとめている使用人二人。キルクークからきたハリソン氏という客——この男の素姓はわかりません。ほかにユダヤ人の病院で働いている看護婦。そのうちの誰かが刺したのかもしれません——しかしある理由から、まあ、そのいずれでもないと思われるのです」

「つまり？」

「カーマイケルは警戒していました。彼の使命の決定的瞬間が近づいていることを知っていましたからね。カーマイケルは危険に対するすこぶる鋭敏な本能を備えた男です。その本能がどうして彼を裏切ったのか？」

「あのとき、あたしの所にきた警官は——」とヴィクトリアがいいかけるとダキンはすぐ答えた。

「ああ、あの連中は後で——通りからやってきたのです。何らかの合図があったのでしょう。しかしカーマイケルを刺したのは彼らではありません。カーマイケルがよく知っている人間、彼の信用している男……もしくは彼が大した人間ではないと気にもしなかった男が刺したに違いないのです。それが誰か、私にわかりさえすれば……」

## 2

念願が叶うと、緊張がとけて急にがっかりするということがあるものだ。バグダッドに着き、エドワードを見つけだし、〈オリーヴの枝の会〉の秘密を探りだすこと……すべてはひどく魅力的な計画のように思われた。しかし、目的が達せられたいま、たまさか自分の心に問いかけてみてヴィクトリアは、いったい自分は何をしているのだろうとふしぎに思うことがあった。エドワードとまた一緒になれたという感激はたしかにひとたび彼女の胸を満たしはしたが、いまはまた消えていた。彼女はエドワードを愛し、エドワードもまた彼女を愛している。たいていの日は同じ屋根の下で働いている。しかし冷静に考えてみて、いったい、自分はこんな所で何をしているのかとふしぎに思うことがあった。

どういう手段を用いてか、それともっぱら意志の力によってか、上手に説得してか、それはわからなかったが、エドワードのお陰でヴィクトリアは〈オリーヴの枝の会〉に、安月給ながらともかくも職を与えられた。たいていは昼間でも電灯をともさなければならない暗い小さな部屋に坐って、〈オリーヴの枝の会〉の水っぽい牛乳のようなプログラムについての声明や、通知や手紙をガタガタのタイプライターで打って過ごした。エドワードはこの団体に何か後ろ暗い所があるような気がするといった。ダキン氏も同じような見解をもっているらしかった。それでヴィクトリアはこの団体の中にはいりこんで、できるだけいろいろと探しだすことになった。しかし、うち見るところ、大したことは隠されていそうになかった。〈オリーヴの枝の会〉の活動は国際平和の甘い蜜がしたたるばかりで、いろいろな会合が開かれ、オレンジエードと味気ない食べものが供された。そうした会合でヴィクトリアはホステス役をつとめることになっていた。いろいろな国籍の人間にまじり、あっちの人をこっちの人に紹介したり、広く人々の間に善意の雰囲気を助長するはずだった。けれども肝腎のお客たちはお互いの顔を敵意をもってじろじろと見つめ、ただ食べものにがつがつと手を出すばかりであった。

ヴィクトリアが見る限り、外聞を憚る底流も、陰謀も、内輪の秘密の組織らしいものもなかった。すべては公明正大で、水っぽい牛乳のようにたあいなく、おまけにおそろしく退屈だった。浅黒い顔の青年が何人か彼女にいいよった。本を貸してくれる者もあった。ヴィクトリアはそうした本をざっと斜め読みし、どれもつまらないと思った。彼女はいまではティオ・ホテルを出て、ティグリス川の西岸の下宿屋にいろいろな国籍の若い事務員たちと暮らしていた。その中にはキャサリンもいたが、どうやら彼女を疑いの目で監視しているようだった。しかし〈オリーヴの枝の会〉の活動について探るスパイとして疑っているのか、エドワードの愛情という、もっとデリケートな問題に関して警戒しているのか、それはどっちともいえなかった。ヴィクトリアとしては、後の方の場合だという気がしていた。エドワードの骨折りでヴィクトリアに仕事が与えられたことはみんなが知っており、何人かの女の子が嫉妬に燃えた黒い目で小憎らしげに彼女を見ていることをヴィクトリアは感じていた。

それもこれも、エドワードが魅力的すぎるからいけないんだわとヴィクトリアは浮かない気持ちで考えた。どの女の子も彼に夢中になっているようだったし、エドワードはエドワードで、誰彼なしに愛想よく親しみぶかく振舞う。それでますます女の子たちは彼にいかれるというわけだった。ヴィクトリアとエドワードは申し合わせて、とくべつに親しい間柄だということをおくびにも出さないようにしていた。何かこれと思うことを見つけるつもりなら、二人が協力しているということをほかの者に気取られないように越したことはない。エドワードの彼女に対する態度は他の女の子たちに対するのとどことって違わず、むしろいくぶん冷ややかなくらいだった。

〈オリーヴの枝の会〉そのものはいたって公明正大なもののようだったが、その会長であり、創始者であるラスボーン博士はいささか違う範疇に属する人物のようだという感じは拭いがたかった。一、二度、ヴィクトリアはラスボーン博士の黒い、いわくありげなまなざしがじっと彼女に注がれているのに気づいた。その視線を、子猫のように無邪気な表情をたたえて平然と受けとめはしたが、恐怖に似た感情にふと胸が騒ぐのを覚えた。

一度ラスボーン博士に呼びだされたことがあった——(誤ってタイプした文を説明するために)そのときにはただ見つめられるばかりでなく、こんなふうにきかれた。

「どうです、私たちの所は？　楽しく仕事をしていますか？」

「ええ、とっても」といってヴィクトリアは付け加えた。「タイプの間違いが多くて申しわけありません」

「ここでは間違いは気にしませんよ。魂のない機械は私たちには用がないんです。私たちに必要なのは若さと、おおらかな心、広い視野です」

ヴィクトリアはせいぜい真摯な、広い心の持ち主らしい表情を浮かべようとつとめた。

「仕事を愛すること……自分の目標に愛着をもち、輝かしい未来をのぞみ見ること。あなたはそうした衝動を感じていますか？」

「何もかも新しくて、まだいろいろなことが十分呑みこめないようなんですけれど」

「みんなで力を合わせること——協力すること——これが大切です。青年は至るところで力を合わせなければなりません。自由討論とまじわりの夕べはいかがです？楽しいですか？」

「ええ、とても！」といったものの、ヴィクトリアはそうした夜が嫌でたまらなかったのである。

「不和でなくして融和、憎悪でなくして友愛。ゆっくりとしかし確実に、運動は成長しつつあります——あなたにもそれは感じられるでしょうね？」

ヴィクトリアは下らない嫉妬、激しい憎悪、きりのないいさかい、傷ついた感情、謝罪の要求といったものがえんえんと続く毎日を思った。自分としてはいったいどう答えることが期待されているのか、わからなかった。

「でも人間って、ときどきとてもむずかしくって」とヴィクトリアは用心しながら呟いた。

「わかります……わかりますよ……」とラスボーン博士は溜息をついた。その気高い、秀でた額には困惑したような皺が刻まれた。「マイケル・ラクーニアンがイサーク・ナフームを殴ってイサークの唇が切れたといいますが、あれはどういうことだったのですか?」

「ほんのちょっとしたいい争いだったんですけど」

ラスボーン博士は悲しそうに沈思した。

「忍耐と信頼」と彼は呟いた。「忍耐と信頼」

ヴィクトリアはつつましく同意して部屋を出て行こうとしたが、タイプ原稿を置き忘れたのを思い出して踵を返した。そしてそのときふと、ラスボーン博士の目に浮かんだ表情を認めてちょっとはっとした。鋭い疑惑に満ちたまなざしが彼女に注がれていた。ヴィクトリアは、自分はよほど油断なく監視されているに相違ないと感じ、いったいラスボーン博士は自分のことをどう考えているのだろうと不安に思った。

ダキン氏からの指令はきわめてはっきりしていた。何か報告することがあった場合、彼と連絡をとるのにはいくつかの規則があった。彼は彼女に古びて色あせたピンクのハンカチーフを渡していた。もし何か報告すべきことがあれば、日没時によくやるように下宿に近い川岸づたいに散歩する。川岸の家々の前に、四分の一マイルほどにわたって狭い小径が続いていた。この小径ぞいに一続きの大きな階段が水際まで下っている場所があって、舟がいつもつながれており、階段のてっぺんの木の杭の一つに錆びた釘が打ちこまれていた。何かダキン氏に連絡したいことがあれば、この釘にピンクのハンカチーフのきれっぱしを結びつけておくという打ち合わせができていた。いままでのところは——残念千万だが、とヴィクトリアはにがにがしく考えた——そうしたことをする必要もなかった。彼女は単に安い給料をもらって、のんべんだらりと仕事をしているに過ぎなかった。近ごろではエドワードともごくたまにしか会わなかった。彼がラスボーン博士の命を受けて、しょっちゅう遠い所に出張させられているからだった。ちょうどその日はペルシアから帰ってきたばかりだった。彼の不在の間に彼女はダキン氏と短い、意に満たぬ会見をしていた。そのとき彼女の受けた指令はティオ・ホテルに行って、カーディガンを置き忘れていかなかったか、きいてみるようにというものだった。そんなものは残っていなかったという返事だったが、マーカスが出てきて、何か飲みものをとたちまち川岸のテーブルに連れて行かれた。そうこうするうちにダキンが通りから足をひきずりながらはいってきたが、マーカスが声をかけたので、彼らと一緒に川岸のテーブルについた。ダキンはレモネードを啜っていたがやがてマーカスが用事で呼ばれて立ったので、小さなペンキ塗りのテーブルをはさんでヴィクトリアと向かいあった。

少々心配そうに、ヴィクトリアはいっこう成果があがらないことを告げたが、ダキンはそんなことは気にするなと力づけてくれた。

「あなたは自分がいったい何を探しているのかということを、いや、もともと探すようなものがあるかということさえ、知らないんですからね。それはそうと、〈オリーヴの枝の会〉について、どんな印象を受けていますか？」

「ひどく漠然としていますわ」とヴィクトリアはゆっくり答えた。

「漠然としている——なるほどね。しかしインチキとも思えないのですね？」

「わかりません。文化となると、人はわりに警戒心をいだかないみたいで——あたしのいう意味、おわかりでしょうか？」

「つまり文化という問題になると、慈善団体や、金融的な機関などの場合と違って、さして入念に調べないっていうんですね？　その通りです。あそこには文化活動に本気で情熱を傾けている人々もいるでしょうね。しかしどうです？　あの団体は何かのために利用されていると思いますか？」

「共産主義者の運動にもいろいろあるんでしょうね」とヴィクトリアはあやふやな口調でいった。「エドワードもそう思っていますの——あの人、あたしにカール・マルクスを読んで、その辺にほうりだしておくといいっていいましたの。どんな反応があるか見るために」

ダキンは頷いた。

「それは面白い。で、これまでのところ、何か反応がありましたか？」

「いいえ、まだですの」

「ラスボーンはどうですか？　あの男はまやかしじゃありませんか？」

「ほんとのところ、あたし——」とヴィクトリアの声はたゆたった。

「彼のことが私にはしきりに気にかかるんですよ」とダキンはいった。「何しろ大物ですからね。共産主義者の陰謀といったものがあるとして——学生や若い革命家が大統領と接触をもつ機会はほとんどないのです。通りから爆弾を投げつけるといったことに対しては、警察が対策を講じるでしょう。しかしラスボーンは違います。大物の一人で、公共のために活動したというりっぱな経歴の名士です。ラスボーンの場合はこの国を訪れる高官と密接に接触することもありえます。彼については、私ももっと知りたいと思いますね」

そうだ——とヴィクトリアは思った——何もかもラスボーンを中心としてぐるぐる回っている。何週間も前、ロンドンではじめて会ったとき、エドワードは、〈オリーヴの枝の会〉が少々〝あやしい〟という気がするのはその会長についての疑念からきているという意味のことをいった。ヴィクトリアはふとはっとした。何かちょっとした出来事、ごくさりげない言葉から、エドワードは不安に思ったに違いない。人の心って、そんなふうに働くものだから。漠然とした疑いや不信の念はただの勘というだけではけっしてない――ほんとのところ、いつも何かしらきっと原因があるのだ。エドワードにしても以前のことを思い返してみれば、最初に彼のうちに疑いを起こさせた事実なり、出来事なりに彼女の協力で思いあたるかもしれない。あたしにしたって――とヴィクトリアは考えた――ティオのバルコニーに坐って日光浴をしているサー・ルーパート・クロフトン・リーを見たときに、なぜあんなにびっくりしたのか、思い返してはっきりさせる必要があるわ。当然大使館にいると思っていたサー・ルーパートをティオのバルコニーに見いだして驚いたというのは本当だ。しかし、ありえないことを見たかのようにあんなにびっくりしたのはどうしてか？　あの朝のことを繰り返し記憶によみがえらせてみよう。エドワードを説得して、ラスボーン博士とはじめて接触したころのことを何度でも記憶を辿って考えてみるようにさせなければ。次に彼と二人だけになったら、話しておこう。こう思ったのだが、エドワードが一人でいるところを捕まえるのは容易なことではなかった。エドワードははじめはペルシアに出かけていたし、帰ってきても、二人きりで話しあうなどということは問題外だった。〈オリーヴの枝の会〉では、戦争中のスローガン〝壁に耳あり〟がその辺じゅうにでかでかと書きたてられているかのように、こっそり話す機会などありはしなかった。下宿先のアルメニア人の家でも、やはりプライバシーはなかった。エドワードに会う機会がないということについていうならば、あのままイギリスにとどまったとしても同じというほどだわ——とヴィクトリアはひそかにぼやいた。

しかしそうともいいきれないことが、その後間もなく明らかになった。

その日、エドワードは何枚かの原稿を彼女の所に持ってきていった。

「ラスボーン博士が、これをすぐタイプに打ってほしいそうです、ヴィクトリア。二ページ目にはとくに気をつけて下さい。間違いやすいアラブ人の名前がいくつかありますから」

ヴィクトリアは溜息をついてタイプライターに紙をはさみ、いつものようにせかせかとタイプしはじめた。ラスボーン博士の筆蹟はとくに読みにくいというものではない。いつもより間違いが少ないし、まずまずの出来だと思って一枚目を脇に置き、二枚目に取りかかろうとしたときだった——はじめて二枚目に注意しろといったエドワードの言葉の意味がわかった。エドワードの筆蹟の小さなメモが二枚目の上にピンで留めてあったのだ。

明日の午前十一時ごろ、ティグリスの土手ぞいに、バイト・マリク・アリの前を通って散歩して下さい。

明日は金曜日で休日だ――ヴィクトリアはたちまち元気づいた。ひすい色のプルオーヴァーを着て行こう。髪もシャンプーしてもらわなければ。下宿先の家は設備がわるく、髪を自分で洗うことはむずかしかった。「でもシャンプーの必要はたしかにあるわ」とヴィクトリアは思わず声に出して呟いた。

「何のこと?」と隣りの机で回状やら封筒を積みあげて仕事をしていたキャサリンがうさんくさそうに頭をあげてきいた。

ヴィクトリアはエドワードからのメモを急いで手の中でまるめて、さりげなくいった。

「髪を洗わなければと思ったの。ここの美容院って、たいていはとても不潔だし、どこに行ったらいいのか、わからなくて」

「ほんとにね、不潔だし、値段も高いわ。でもわたしの知っている女の子で、上手に髪を洗ってくれる人がいるのよ。タオルも清潔なのを使うし。その人の所に連れて行ってあげてもいいわ」

「まあ、ずいぶん親切ね、キャサリン」

「明日、行きましょうよ。お休みだし」

「明日はだめだわ」

「なぜ、だめなの？」

急に疑惑をこめて、キャサリンは彼女の顔を見つめた。ヴィクトリアはキャサリンに対するいつもの腹立たしさと嫌悪のいりまじった感情が胸に湧くのを感じた。

「明日は散歩をしようかと思ってるの——新鮮な空気を吸うつもりよ。毎日ここに閉じこめられているから、たまには運動しなけりゃ」

「散歩って、どこへ行く気？　バグダッドには散歩にいい場所なんてありやしないわ」

「だから自分で見つけるつもりよ」

「映画に行く方がましだわ。それとも面白い講演を聞くか」

「外を歩きたいの。イギリスではみんな散歩をするのよ」

「あなたって、自分がイギリス人だからって、いつもお高くとまってるのねえ。イギリス人が何だっていうの？　下らないわ。この国じゃあ、イギリス人は唾を吐きかけられるのよ」

「あたしに唾を吐きかけてごらんなさい。どういうことが起こるか」とヴィクトリアは答えながら、この〈オリーヴの枝の会〉では何かというと、どうしてこうすぐ激しい感情が爆発するのだろうと訝っていた。

「どういうことが起こるのよ?」

「まあ、見ていらっしゃい」

「なぜ、あなた、カール・マルクスなんて読んでいるの? わかりもしないくせに。ひどく頭が悪いんですもの、わかるわけもないわね。共産党が党員としてあなたを受けいれるとでも思っているの? 政治的にちゃんと教育を受けてもいないんだし、とても無理よ」

「読んで悪いわけはないわ。この本はね、あたしのような労働者のために書かれたのよ」

「あなたは労働者なんかじゃないわ。ブルジョアよ。タイプだって、ろくに打てないじゃありませんか。おまけに間違いだらけでね」

「最高に知的な人の中にもスペリングを間違える人はいるものよ」とヴィクトリアは威厳をもっていった。「でもとにかく、あなたのとめどないおしゃべりを聞いていたら、仕事なんてできやしないでしょうね。失礼して仕事にもどるわ」

ヴィクトリアは猛烈なスピードで一行をタイプしたが、知らず知らずシフトキーを押さえていたために感嘆符、数字、括弧で一ページが埋まり、気づいてげんなりした。紙を取りかえてせっせと仕事を続けて打ち終わり、できたものをラスボーン博士の所へ持って行った。

博士はちらとそれに目を通して呟いた。「シラズはイラクでなくイランにあるんですよ。それにイラクのクはKではない――ウズレでなくワシトだし――まあ、けっこうです。ありがとう、ヴィクトリア」

部屋を出ようとしたとき、呼びとめられた。

「ヴィクトリア、あなたはここの仕事を楽しんでやっていますか？」

「はい、とても」

太い眉毛の下の黒い目が探るように彼女の顔に注がれていた。ヴィクトリアはふと不安を覚えた。

「給料はあまりたくさん払ってあげられないが」

「よろしいんですの。仕事は大好きですから」

「本当ですか？」

「本当ですわ」といってヴィクトリアは付け加えた。「ここの仕事はやり甲斐がありますもの」

澄んだ目が黒い探るようなラスボーン博士のまなざしをまじろぎもせずに見返した。

「何とか――暮らして行けますか？」

「ええ――かなり安い下宿を見つけました。アルメニア人の経営する下宿です。一応ちゃんと暮らしていますわ」

「バグダッドでは現在速記タイピストが不足していますからね、ご希望ならほかにもっといい地位を見つけてあげられると思いますよ」

「でもあたし、ほかの仕事になんか、つきたくありませんわ」

「その方が利巧だと思うんですがね」

「利巧ですって？」とヴィクトリアはちょっとたじろいだ。

「そう。一応あなたに警告というか、忠告をしておきたいと思いましたのでね」

その声にはかすかながら威嚇的なものが感じられた。

ヴィクトリアはますます大きく目を見はった。

「あの――どういうことなんでしょうか？　よくわかりませんが」

「よくわからないことには関わらない方が賢明だということもありますよ」

威嚇の響きは今度はしごくはっきりと感じられたが、ヴィクトリアはあいかわらず小猫のように無邪気に目を見はって、博士の顔をつくづくと見返した。

「なぜ、あなたはわざわざこの仕事についたのです、ヴィクトリア？　エドワードがいるからですか？」

ヴィクトリアは腹を立てて顔を赤らめた。

「まさか、そんなこと！」ひどく憤慨して彼女は叫んだ。

ラスボーン博士は呟いた。

「エドワードはこれからという青年です。あなたの役に立つまでには何年も働かなければならないでしょう。私があなただったら、エドワードのことは忘れますね。それにいまもいったように、ちょうどいくつかよい働き口があります。給料もいいし、将来性もある――それにあなたと同じ種類の人々の間で仕事ができるのですよ」

こういいながらラスボーン博士はあいかわらずヴィクトリアの顔をまじまじと見つめていた。これはテストなのだろうか？　ヴィクトリアはことさらに熱意をこめていった。

「でもあたし、本当に〈オリーヴの枝の会〉の仕事に夢中なんです。ほかに移る気はありませんわ」

博士は肩をすくめた。ヴィクトリアはそれをしおに部屋を出たが、背中にじっと注がれている視線を意識していた。

ラスボーン博士とのやりとりはいささか気にかかった。何かが起こって、彼女に対して疑惑をいだくようになったのだろうか？　〈オリーヴの枝の会〉の秘密を探るために送りこまれたスパイだと感づいたのかもしれない。博士の声音と態度に、ヴィクトリアは無気味な威嚇を感じた。エドワードの近くにいられるようにここにきたのだろうといわれて腹が立ち、強く否定したが、いっそ、そう思わせておいた方が安全だったかもしれない。ダキン氏がこのことに関わりがあるなどと少しでも勘ぐられたりしたらたいへんだ。もっとも、彼女が馬鹿みたいに顔を赤らめるのを見て、博士は、やっぱりエドワードのせいだと思ったろう。だったら、結局はそれでよかったのだろうけれど。

そう思いながらも、その夜ヴィクトリアは何とはない恐れが胸にしこるのを覚えつつ、床についたのだった。

# 第十七章

## 1

説明もせずに一人で出かけるのはちょっと厄介かと思ったのだが、翌朝は案外簡単に下宿を出られた。バイト・マリク・アリについては、西岸を少し下った川っぷちにある大きな家だということがわかっていた。

これまでのところは下宿の近辺を歩きまわる機会がほとんどなかったので、下宿の建物の建っている狭い通りの果てからすぐ川の土手に出ることを知ってびっくりもし、うれしくも思った。そこで右に折れて、高い土手の端にそってゆっくり歩いた。ところどころで土手が浸蝕されているのに改修してなかったりして、気をつけないとかなり剣呑だった。一軒の家の前面には階段がついていたが、暗い夜など、うっかりもう一段あると思って足を踏みだしでもしたらたちまち川に落ちてしまう危険があった。ヴィクトリアは下の水面を見おろしながら、用心して迂回した。そこからしばらくは広い舗装した道路が続いた。右手の家々は何となく秘密めかしく興味をそそったが、どういう人間が住んでいるのかはまるで見当がつかなかった。玄関のドアがあけっぱなしになっている家を覗いてみて、ヴィクトリアは外部と内部の対照《コントラスト》にうっとりした。一軒の家のドアからは、中庭のたたずまいが見えた。噴水が勢いよくあがり、クッションを置いた腰掛けやデッキチェアがそのまわりを囲み、背の高いヤシの木が植わり、向こうにさらに庭園があって、まるで芝居の書き割りのようだった。その隣りの家は外見は隣家とさして変わらないように見えたが、中はひどくごたごたしていて暗い通路がいくつもあり、五、六人のぼろを着た小さな子どもが遊んでいた。少し行くとまたヤシの木のうっそうと茂る庭園があった。左手にでこぼこした階段があって川岸へと下り、アラブ人の船頭が原始的な手漕ぎ舟の中に坐って身振り手真似で彼女に呼びかけていた。どうやら向こう岸に渡るなら乗って行けと誘っているらしかった。ここはティオ・ホテルの真向かいのあたりだろうとヴィクトリアは見当をつけた。もっともこっち側から見ると建物はみな似たりよったりで、とくにホテルの建物は多少とも同じように見えるので、はっきり見分けがつかなかった。そこから少し歩くと、ヤシの立木の間を縫って一本の道路が下に下っていた。道路の先にバルコニーの付いた家が二軒並んで立っていた。そしてそのさらに向こうに川にぐっとせりだすように立っている、大きな家が見えた。手摺りのついた庭がある。これがアリ王の家――バイト・マリク・アリに違いない。土手の上の道はこの家の内部に通じていた。

入口を通りすぎて数分後、ヴィクトリアはいっそうごみごみした一郭に出ていた。川は錆びた有刺鉄線に囲われたヤシの木立に隠されて見えなかった。右手に泥煉瓦の粗雑な塀に囲まれて倒壊しかけている家々があり、小さな掘立て小屋が並んで子どもが何人か遊んでいた。埃がもうもうとして、ごみの山に蠅がわんさとたかっていた。ここには川岸から一本の道路が立ちあがっており、一台の自動車が止まっていた。古めかしい型のかなりのぼろ車だった。車の脇にエドワードが立っていた。

「よくこられましたね。さあ、お乗りなさい」

「いったいどこに行くんですの？」とヴィクトリアは大喜びでぼろ車に乗りこみながらいった。運転手はひどいぼろを着た男だったが、振り返ってうれしげに彼女に笑いかけた。

「バビロンに行くんですよ。お互い、休暇を楽しんでもいいころですからね」

自動車は大きく一揺れして、雑な舗装を施した道を狂ったようにがたがたと走りだした。

「バビロンですって？　まあ、楽しそうね。ほんとにバビロンに行くんですの？」

車は大きく揺れて左に曲がり、今度は堂々たる幅の、なかなかちゃんとした舗装道路を疾走しだした。

「そう、しかしあまり期待しないで下さいよ——バビロンは何というか——昔の面影をとどめていませんからね」

ヴィクトリアは童謡の一節をハミングした。

バビロンまでは何マイル？
六十マイルと十マイル、
ろうそく頼りに旅をして、
往って帰ってこられます。

「小さいころ、よく歌ったものよ。いつもひどく憧れていましたわ。そのバビロンにほんとに出かけるなんて！」

「じっさい、ろうそくを頼りにもどってくることになるでしょうよ。もっとももどるつもりでいても、この国じゃ、どういうことが起こるか、わかりませんがね」

「この車、いまにもこわれそうね」

「そのうち、ほんとにこわれるかもしれませんよ。どこもかしこも具合が悪いぼろ車らしいですからね。しかしね、イラク人という奴はたいていの故障は紐をかけて〝アラーも照覧あれ〟とかなんとかいって直してしまいますからね」

「何でもかでも〝アラーも照覧あれ〟なのね」

「ええ、全能者に責任をかぶせるほど、好都合なことはありませんからね」

「道はあまりよくないようね」とヴィクトリアは坐ったまま、ひょいひょいと身体を浮かせながら喘ぐようにいった。一見舗装がよいように見えた広い道はあいにくと期待外れで、あいかわらず広いことは広いが、ところどころ車輪のあとが幾筋も刻まれていた。

「いまにもっとひどくなりますよ」とエドワードが叫んだ。

そんなふうにがたがたと揺れながら楽しい気持ちで走って行くと、砂煙が雲のようにまわりに立ちあがった。アラブ人を鈴なりに乗せた大きなトラックが道路の真ん中を何台も、こっちの警笛の音など聞こえぬ様子で疾走していた。

塀で囲った庭をいくつか過ぎ、女や子どもやロバの群れをどんどん追いこして車は走った。ヴィクトリアにとってはエドワードとともにバビロンを指しているという魅力的なドライヴにふさわしく、すべてが新鮮であった。

二時間ほどでバビロンに着いたときには体のあちこちが打ちみで痛み、いささかぼうっとしていた。廃墟の泥と焼け焦げた煉瓦のごたごたした堆積を見て、ヴィクトリアは少々がっかりした。絵葉書で見た古代シリアの都市バールベックのような円柱やアーチを想像していたからだった。

しかし泥の塚や焼け焦げた煉瓦の山の上をガイドの後についてやっとの思いで歩くうちに、失望は少しずつ薄れた。ガイドの立板に水を流すような説明は上の空だったが、壁の上方に奇妙な獣の浮彫りのかすかに見えるイシュタールの門に向かって行列道路を進むにつれて、過去の栄華の実感がとつぜん胸に迫り、いまは見捨てられているこの巨大な誇らかな死都について何かを知りたいという思いが胸に溢れた。古代に対して相応の敬意を表して後、彼らは獅子の像の脇に坐ってエドワードが用意してきた弁当を食べた。ガイドは子どもをあやすように微笑し、博物館を後でかならず見るようにと念を押して歩み去った。

「博物館はやめにしてはだめ？」とヴィクトリアは夢みるような口調でいった。「ラベルをつけてガラスのケースの中にしまってあると、何だか本物みたいに思えなくて。いっぺん大英博物館に行ったことがあるんだけど、うんざりしたわ。それに足がひどく疲れて」

「過去なんて、いつも退屈なものですよ」とエドワードがいった。「未来のほうがずっと重要です」

「でもここの景色は退屈どころじゃないわ」とヴィクトリアはサンドイッチをもった手を振って、崩れた煉瓦から成る一大パノラマを指し示しながらいった。「何ていうか、壮大な感じがするわ。詩にあったでしょう？　〝汝、バビロンの王にして、われキリスト教徒の奴隷たりしとき〟だったかしら（ウイリアム・アーネスト・ヘンリーの詩より。ただしその中では〝われ、バビロンの王にして……〟と逆になっている）。あたしたち、ちょうどあの主人公なのかもね」

「キリスト教徒が現われたころには、バビロンにはもう王なんていなかったんじゃないですか？　バビロンは紀元前五、六世紀ごろに機能しなくなっていたと思いますよ。〈オリーヴの枝の会〉によく考古学者が講演にきますがね――しかしぼくはじつのところ、年代をはっきり頭にいれていたためしがないんですよ――ギリシア、ローマ以後ならどうにか見当がつくけれど、それ以前はね」

「自分のバビロンの王さまだったらいいのにと思ってるの、エドワード？」

エドワードは深々と息を吸いこんだ。

「そうですね、悪くはないな」

「だったらそういうことにしましょうよ。あなたは前世ではバビロンの王で、生まれかわってここにこうしているのだってことに」

「そのころの人間は王になるということがどういうことだか、よく理解していましたよ。だから世界を支配し、思うままにそれを形作ることができたのです」

「あたしは奴隷だったらいいなんて、たぶん思わないわ」とヴィクトリアは呟いた。

「キリスト教徒の奴隷だろうと、何だろうと」

「ミルトンもいうように、〝天国で奴僕たるよりは、たとい地獄たりとも、支配することよけれ〟ですね。ぼくはいつもミルトンのサタンに讃嘆を惜しみませんでしたよ」

「あたしはいつもミルトンまで手が回らなくて」とヴィクトリアは弁解がましくいった。

「でも、サドラーズ・ウェルズが《コーマス》を上演したときは見に行ったわ。とてもきれいだったわ。マーゴット・フォンティンが凍った天使といった感じをよく出していて」

「あなたが奴隷だったら、ヴィクトリア、解放してぼくのハーレムに連れて行ってあげますよ――そう、あのあたりのね」と漠然と廃墟に手を振ってエドワードはいった。

ヴィクトリアの目がきらりと閃いた。

「ハーレムといえば――」

「キャサリンとはどんな具合ですか?」とエドワードは慌てていった。

「あたしがキャサリンのことを考えているって、どうしてわかったの?」

「図星でしょう？　正直いってヴィッキー、ぼく、あなたに、なんとかキャサリンと仲よくなってほしいんですよ」

「ヴィッキーなんて、呼ばないで下さいな」

「じゃあ、ミス・チャリング・クロス、ぼくとしては、あなたとキャサリンに仲よくしてもらいたいんですがね」

「男の人って、本当にとてもお馬鹿さんね！　きまって自分のガールフレンドたちを仲よくさせようとやっきになるみたい」

エドワードは両手を頭の後ろにやって背を後ろにもたせかけていたが、急にがばと坐り直していった。

「あなたは勘違いしていますよ、チャリング・クロス。どのみち、ハーレムなんぞと妙なことを連想することからしてひどく馬鹿げていますよ」

「いいえ、馬鹿げてなんか、いないわ。あそこの女の子たちったら、みんなあなたをうっとりと見つめてお熱をあげて！　あたし、気が変になりそうよ」

「あなたが狂ったらさぞかしすてきでしょうよ。ところでキャサリンのことですがね、キャサリンと仲よくなってほしいというのは、ぼくたちが発見したいと思っていることへの近道はすべてキャサリンにあるとかなりはっきり確信しているからなんですよ。キャサリンは何かを知っています」

「本当にそう思っていらっしゃるの？」

「ぼくが小耳にはさんだアンナ・シェーレについてのキャサリンの言葉を思いだしてみて下さい」

「ああ、あのことね。忘れていたわ」

「カール・マルクスはどうです？　何か、成果がありましたか？」

「あたしにことさらに接近して仲間にはいれと勧める人も、いまのところはまだいないようよ。それどころか、キャサリンは昨日あたしに、〝共産党があんたを受けいれるわけはない、あんたは政治的に十分目覚めていないから〟っていったわ。それにあの退屈な本をすっかり読まなきゃならないなんて——正直いって、エドワード、あたし、それほど頭がよくないのよ」

「あなたが政治的に目覚めていないって？」とエドワードは笑いだした。「かわいそうなミス・チャリング・クロス、そりゃあ、キャサリンは頭がよくて、一途で、政治的に目覚めているかもしれませんがね、ぼくの好きなのは三音節以上の言葉の綴りになると間違えてばかりいる、かわいらしいロンドンっ子のタイピストなんですよ」

ヴィクトリアはふと眉をしかめた。エドワードの言葉からラスボーン博士との奇妙なやりとりを思い出したのだった。そのことをエドワードに話すと、彼は予想以上に動転した様子を見せた。

「これはきわめてゆゆしいことですよ、ヴィクトリア。博士のそのときの言葉を正確に思い出してみて下さい」

ヴィクトリアはラスボーン博士の言葉をそっくりそのまま、思い出そうとつとめた。

「でもわからないわ。なぜ、あなたがそんなに慌てるのか」

「え？」とエドワードはちょっとぼんやりしているようだった。「わからないって――冗談じゃない。これは奴らがあなたを怪しみだしたってことじゃありませんか！　あなたに警告して手を引かせようっていうんですよ。どうも気になるな、ヴィクトリア――どうもね」

エドワードはちょっと口をつぐみ、それから重々しい口調で続けた。

「共産主義者はじつに非情ですからね。どんなことも躊躇してはならないというのが奴らの信条なんです。あなたが頭を殴られ、ティグリス川にほうりこまれるなんていやですからね」

バビロンの廃墟に坐り、近い将来に殴り殺されてティグリス川にほうりこまれる可能性があるとかないとか論じあうなんて、まったく奇妙な話だ――とヴィクトリアは思った。半眼を閉じて彼女はぼんやり考えた。〝気がつくとロンドンにいて、危険なバビロンのメロドラマめいた夢から目を覚ましたってことになるんじゃないかしら……きっとそうよ〟ヴィクトリアは目をぎゅっとつぶった。〝ここはたぶんロンドンよ……そのうち目覚まし時計が鳴って、起きてグリーンホルツさんの事務所に出かけて行くことになるんだわ――エドワードなんてひと、実在しないのよ……〟

エドワードのことを考えたとき、彼女は慌てて目をあけてエドワードがちゃんとそこにいることを確かめた（バスラでは、エドワードに何をきくつもりだったのだろうか？邪魔がはいって、それっきりになってしまったけれど）。いえ、夢ではない。太陽はロンドンとはまるで違うギラギラした光を投げかけ、バビロンの廃墟は黒ずんだヤシの木を背にひっそりと白くチカチカと輝いている。彼女に少し背を見せてエドワードが坐っていた。エドワードの髪の毛の先がうなじにくるくると渦巻いているところはとてもすてきに見える――ほんとに感じのよい首筋だ。ブロンズ色に日焼けして――傷もしみもない――男の人の首ってよく、カラーでこすったりしておできや水ぶくれができているものだけれど――たとえばサー・ルーパートの首には、吹き出ものができかけていた……。

とつぜんヴィクトリアは思わず叫び声をあげかけてはっと坐り直した。白昼夢はどこへやら、ひどく興奮していた。

　エドワードが物問いたげに振り返った。

「どうしたんです、チャリング・クロス？」

「いま急に思い出したのよ、サー・ルーパート・クロフトン・リーのことを」

　何のことだというように怪訝そうに彼女の顔を見返しているエドワードに、ヴィクトリアはたったいま、頭に閃いたことを説明しはじめた。しかし、気ばかりあせってうまくいえなかった。

「サー・ルーパートの首の吹き出もののことなの」

「吹き出もの？」エドワードはふしぎそうに問い返した。

「ええ、飛行機の中で、サー・ルーパートはあたしの前の席だったんだけれど、頭巾みたいなかぶりものが脱げたときに首の吹き出ものが見えたのよ」

「どうしてそれがおかしいんです？　首に何かできれば、そりゃ、痛いかもしれないが、そう珍しいことじゃないでしょう」

「ええ、もちろんよ。あたしのいいたいのはね、あの朝バルコニーに坐っていたときにはなかったってこと」

「なかったって、何が？」

「吹き出ものよ。ねえ、エドワード、お願いよ、わかってちょうだい。飛行機の中ではあの人、首筋に吹き出ものができていたのに、ティオのバルコニーではそれがなくなっていたのよ。滑らかで、傷も、おできも、まったくなかったわ――あなたの首と同じに」

「治ったんじゃないのかな？」

「まさか、そんなはずはないわ。たった一日しかたっていなかったんだし、あのおできはあたしが見たときにはできたばかりらしかったのよ。治ったなんて――痕も残さずに治ったなんて――そんなはずはないわ。ね、だからどういうことか、わかるでしょ？――そうなのよ――つまり――ティオのバルコニーにいた男はサー・ルーパートじゃなかったんだわ」

ヴィクトリアはこういって激しく頷いた。エドワードはびっくりしたようにその顔を見つめた。

「どうかしていますよ、ヴィクトリア、サー・ルーパートにきまっているじゃないですか。あなただって、そのほかの点ではとくに何の違いにも気づかなかったんでしょう？」

「いいこと、エドワード。あたしにしたって、あの人の顔をじろじろ見たわけじゃなかったのよ。ただ——全体の印象だけで。帽子とケープと威張りくさった態度とが頭に残っているだけよ。誰かがなりかわろうと思えば、むずかしいことじゃなかったと思うわ」

「しかし大使館の人たちは——」

「サー・ルーパートは大使館には泊まらなかったわ。そうでしょ？　ティオにきたのよ。空港であの人を出迎えた人だって、下っ端の書記官か何かだったのよ。大使は帰国していたし。それにサー・ルーパートは旅行に出かけていることが多くて、イギリスにもあまりいなかったというし」

「しかしまたなぜ——？」

「カーマイケルを殺すためよ。きまっているわ。カーマイケルはサー・ルーパートに会いにバグダッドにくるはずだったのよ。自分が調べたことをあの人に話すために。カーマイケルとしてはサー・ルーパートに会うのははじめてだったし、相手が偽者だということはわからなかったでしょう——警戒もしていなかったと思うわ。そうよ、もちろん、カーマイケルを刺したのは、偽のルーパート・クロフトン・リーだったのよ。ああ、何もかもそれで説明がつくわ」

「そんなたわごと、ぼくは一言も信じないな。そんなの、狂気じみていますよ。サー・

ルーパートが後でカイロで殺されたことを忘れちゃいけませんよ」

「何もかもカイロで起こったんだわ。そうよ。いま、はっきりわかったわ。ああ、エドワード、何て恐ろしいんでしょう。現にあたし、自分の目で見たのよ」

「自分の目で見た？――ヴィクトリア、気でもおかしくなったんじゃありませんか？」

「いいえ、ちっともおかしくなんかなくてよ。まあ、聞いてちょうだい、エドワード。ドアをノックする音がしたのよ。ヘリオポリスのホテルで。あたしの部屋のドアかと思って覗いたんだけれど、そうじゃなくって、隣りのサー・ルーパート・クロフトン・リーのドアだったの。ノックしたのはスチュワーデスとか、エア・ホステスとか呼ばれている女の子だったわ。サー・ルーパートに、BOACの事務所まできてもらえないかっていっていたわ――廊下のつい少し先だから手間はとらせないって。その少し後であたしも部屋を出たの。BOACっていう札を貼ったドアの前を通りすぎたとき、ドアがあいて、サー・ルーパートが出てきたわ。何かあまりうれしくない知らせを聞いてそれで歩きかたがぎこちないのかという気がしたのを覚えているわ。わかるでしょう、エドワード？　罠だったのよ。替え玉が待ち構えていて、サー・ルーパートがはいってくるといきなり殴り倒し、それ以後、替え玉が代役をつとめたんだわ。本物のサー・ルーパートはカイロのどこかに隠しておいたんでしょうね。たぶん病人としてそのまま、あのホテルにでも。睡眠薬でものませておいて、替え玉がカイロからもどった時点で殺したんだわ」

「面白い話ですがね、しかし率直にいってあなたの創作に過ぎませんよ。第一、それを裏づけるものは何一つないじゃありませんか？」

「あの吹き出もののことがあるわ――」

「吹き出ものなんぞ！」

「ほかにも一つ二つあってよ」

「どういうことです」

「BOACの札よ。後ではなくなっていたの。BOACの事務所が玄関をはいった、別な側にあると知って、妙な気がしたのを覚えているわ。それが一つ。それからまだあるのよ。サー・ルーパートの部屋をノックしたスチュワーデスにね、あたし、後で会ったの――バグダッドで――それも〈オリーヴの枝の会〉でよ。はじめてあそこに行った日。はいってきて何かキャサリンと話していたわ。どこかで会ったような気はしていたんだけれど」

ちょっと沈黙した後、ヴィクトリアはいった。

「こうなったらあなただって認めざるをえないでしょう、エドワード、作り話なんかじゃないって」

エドワードはゆっくりいった。

「すべてが、〈オリーヴの枝の会〉のまわりを回っているんですね――〈オリーヴの枝の会〉とキャサリンのまわりを。ヴィクトリア、冗談でなく、あなたはもっとキャサリンと親しくならなくちゃいけないな。お世辞をいい、うれしがらせ、ボルシェヴィキ的な過激な思想についてキャサリンに話してごらんなさい。できるだけ親密になって、どういう友だちがいるか、どこによく行くか、〈オリーヴの枝の会〉以外ではどんな連中と接触しているか、探りだすんですよ」

「容易なことじゃないと思うけど、でもやってみるわ。ダキンさんには話しておいた方がいいかしら？」

「そう、もちろん、しかし、一日二日、お待ちなさい。何か、もっと手掛かりが摑めるかもしれませんからね」といって溜息を洩らした。

「ぼくもいずれキャサリンを、キャバレーのル・セレクトにでも連れだしますかね」

そういったエドワードの声には厳しい決意が溢れていたので、ヴィクトリアも今度は嫉妬の疼きを感じなかった。果たさなければならない仕事に喜びを感じているとはとても思えぬ口調だったからであった。

## 2

思いがけぬ発見に気をよくしていたので、ヴィクトリアは翌日、ことさら親しげにキャサリンに接することに何の困難も感じなかった。シャンプーをしてくれる場所を教えてくれて本当にありがとう。ぜひ頼みたいので（それは否定できない事実だった。バビロンから帰ってみると、黒い髪の毛は砂がこびりついて赤銹色になっていた）と彼女はいった。

「ほんとにひどくなっているわね」とキャサリンはいい気味だといわんばかりにヴィクトリアの髪を見やっていった。「じゃあやっぱり昨日の午後、あんな砂嵐の中を外出したの？」

「車を頼んでバビロンに行ったのよ。とても面白かったわ。でも帰り道で砂嵐に会ってしまって、息は詰まりそうになるし、何も見えないし、たいへんだったわ」

「バビロンはたしかに面白いけれど、あそこのことをよく知っていて、ちゃんといろいろなことを教えてくれる人と一緒に行くべきよ。あなたの髪の毛のことだけど、この間話したアルメニア人の友だちの所に今夜、連れて行ってあげるわ。クリーム・シャンプーをしてくれるでしょうよ。髪を洗うならクリーム・シャンプーに限るわ」

「あなたの髪、すてきに見えてよ。どうしたらそんなふうに上手にセットができるの?」とヴィクトリアは、キャサリンの頭にソーセージのようににょきにょき突っ立っている油っぽいカールをつくづく感心したように見やりながらいった。

キャサリンのいつもの不機嫌な顔に微笑がひろがった。ヴィクトリアはお世辞をいえと勧めたエドワードの慧眼にあらためて敬服した。

そんな次第でその日の夕方、〈オリーヴの枝の会〉を出たとき、キャサリンとヴィクトリアはしごく親密な間柄となっていた。キャサリンは狭い小路や横町を縫って、あまりぱっとしない一軒の家のドアを叩いた。美容院らしくもないごく普通の家だった。出迎えたのは美しくはないが有能そうな若い女で、ゆっくりと、しかし正確な英語を話した。彼女はヴィクトリアをぴかぴかに磨いた蛇口のついた汚れ一つない洗面台の前に案内した。さまざまな瓶やローションがまわりに並んでいた。キャサリンはやがて帰り、ヴィクトリアは汚れた髪の毛をミス・アンクーミアンの器用な手に委ねた。髪の毛はたちまちクリーム状の泡に覆われた。

「ではどうぞ……」

といわれて、ヴィクトリアは洗面台の上に屈みこんだ。水が髪の毛の上を伝って排水管の中にごうごう音を立てて流れていた。

とつぜん、ヴィクトリアの鼻孔を甘い、ちょっとつんとするようなにおいが襲った。何となく病院を連想させるにおいだった。と何かの液体をしみこませた布が鼻と口にぎゅっとあてがわれた。ヴィクトリアは必死で抵抗し、その手から逃れるべく身もだえして体を捻ろうとしたが、鉄のような手ががっちりと鼻口部に布を押しつけていた。息が詰まり、頭がくらくらし、ゴーッと耳鳴りがした。それっきり、彼女は深い暗黒の中に沈んで行ったのだった。

# 第十八章

ようやく意識をとりもどしたときには、ずいぶん長い時間が経過したような気がしていた。混乱した記憶が動いた——車に揺られ——甲高い早口のアラブ語で何かしゃべったり、いい争ったりする声をぼんやりと聞き、瞼の裏にパッパッと光が閃くのを見たような気がした。ひどい吐き気を催しており——ベッドに寝ているような感じがあった。誰かが腕をもちあげて——鋭い針の先が皮膚にチクリと食いこむのを感じた。そしてまたもや取りとめのない夢と暗黒がまわりを囲み——その間じゅう、ますますつのる緊迫感があり……

まだ朦朧としてはいたが、彼女はやっとわれに返って、ふたたびヴィクトリア・ジョーンズになろうとしていた。しかし何ごとかがそのヴィクトリア・ジョーンズに起こったらしかった——ずっと昔、何カ月か、いや何年か前——いや、ひょっとしたら結局はほんの数日前のことだったのかもしれない。

バビロン――日光――砂埃――汚れた髪――キャサリン。もちろん、すべてはキャサリンのさしがねに違いない。にやにや笑いを浮かべ、ソーセージのようなカールの下で目をずるそうに光らせていたキャサリン――シャンプーのためということであたしを友だちの所に連れて行き、それから――それからどうしたのだろう？　あのいやなにおい――いまでも鼻について離れない、吐き気を催すにおい――クロロフォルムのにおいだ、もちろん。敵は彼女にクロロフォルムを嗅がせてどこかへ運んだのだ――しかしいったい、ここはどこだろう？

用心しいしい、ヴィクトリアは起きあがろうとした。ベッドの上に寝かされているらしい――ばかに硬いベッドだ――頭が痛み、くらくらする――まだ眠い――おそろしく眠い……あの皮下注射は麻酔剤だったのだろう――その影響がまだ残っているのだ。でもとにかく殺されはしなかった。（なぜだろう？）まあ、それはありがたい。ともかくも眠ることだ――麻酔剤の半ばきいている頭でヴィクトリアはそう考えた。そしてすぐ眠りに落ちた。

次に目が覚めたときにはずっと頭がはっきりしていた。外は昼間らしく、どういう場所にいるのか、前よりはっきりわかった。

それは狭い、しかし天井のたいへん高い部屋で、壁には陰気な、青みがかった灰色の水性ペンキが塗ってあった。下は土間で、ただ一つの家具は彼女が汚らしい毛布を掛けて横になっているベッドだった。

がたがたしたテーブルの上にひびのはいったエナメルの洗面器がのり、下にトタンのバケツが置いてあった。たった一つの窓の外側には木の格子のようなものがはまっていた。ヴィクトリアはそっとベッドから出た。頭がずきずき痛み、気分も妙だったが、ともかくも窓の所に行った。格子の間から庭がはっきり見え、その向こうにヤシの木立があった。イギリスの郊外の居住者なら馬鹿にするかもしれないが、それは東洋の水準からすればなかなか気持ちのいい庭だった。オレンジ色のマリーゴールドが咲き乱れていて、埃っぽいユーカリの木が数本、ほかに貧弱なギョリュウが茂っていた。

顔に青い刺青のある腕輪をたくさんはめた小さな子どもが一人、ボールをもって庭を跳ねまわりながら、バグパイプの遠い音のような鼻にかかった甲高い声で歌っていた。

ヴィクトリアはついでドアに注意を向けた。大きくてひどく頑丈そうだった。大して期待もせずに、ヴィクトリアはドアの所に行って取っ手を回してみた。鍵がかかっている。仕方なくもどってベッドの端に腰をおろした。

いったいここはどこだろう？　バグダッドでないことはたしかだが。これからどうしたらいいだろう？

一、二分後、彼女は、これからどうしたらいいだろうというのは、この場合には当てはまらず、むしろ、これからどうされるだろう——ということの方が問題なのだと気づいた。胃のあたりに落ちつかぬものを感じながら、捕まったら知っていることは何でも話してしまえというダキン氏の助言を思い出していた。もっとも麻酔剤がきいている間に、相手側はすでに彼女からききだそうと思うことを残らずききだしてしまったのかもしれない。

ヴィクトリアは強いて心を引きたてつつ、ふたたび胸に繰り返した。——ともかくもあたしはまだ生きているわ。エドワードが見つけてくれるまで、何とか生きながらえることができればいいのだけれど——彼女が消えたことを知ったらエドワードはどうするだろう？　ダキン氏の所に行くだろうか？　それとも一人で探そうとするか？　キャサリンを責めて恐れいらせ、すべてを白状させることが可能かどうか？　しかしそもそもキャサリンに疑いをかけたりするかしら？　エドワードが決然たる行動に出るところを想像してみようとしたが、あいにくそのイメージはたちまち薄れ、顔のない抽象画のようになってしまった。第一、エドワードの頭はそんなふうに機敏に働くだろうか？　その点は問題だ。たしかに彼はすてきな男性だ。魅力がある。しかし頭がいいかどうか——となるとどうもはっきりしたことはいえなかった。この彼女の現在の窮境においては、おそらく何より必要なのは明晰な頭脳なのだから。

そこへいくとダキン氏の方はたしかに頭がいい。けれども何としてでも彼女を救おうという動機をもっているだろうか？　それとも単に心の中の台帳からヴィクトリアの名を消し、一応使用ずみというわけで、名前の後に小さく冥福を祈るとかなんとか、書き加えるだけで終わるのではあるまいか。結局のところ、ダキン氏にとっては彼女は単にその他大勢のうちの一人に過ぎないのだから。その他大勢の安全については運を天に任せるだけ、運命のさいころが裏目に出たら、ご愁傷さまというほかないのだ。ダキン氏が救出策を講ずることはまずないだろう。ヴィクトリアも一応警告は受けているのだし。警告といえば、ラスボーン博士も彼女に対して警告を発した。それともあれは恐喝だったのだろうか？　威嚇が効かないことがわかって、時を移さずそれを実行したということか……

でもあたしはまだ生きている。何よりもそれが肝腎だわ——とヴィクトリアは、なるべく明るい面に思いを集中しようと心をきめて胸に繰り返した。

そうこうするうちにドアの外に足音が近づき、錆びた鍵穴に大きな鍵のきしる音がして蝶番《ちょうつがい》が揺れたと思うとドアが動いた。細目にあいた戸口に現われたのは一人のアラブ人で、皿を載せた古びた錫の盆を持っていた。

アラブ人は上機嫌らしく、にこにこと笑って何かわけのわからぬことをアラブ語でいうと盆を置き、口をあけてのどを指さし、ふたたび鍵を閉めて立ち去った。

ヴィクトリアは盆の上のものに関心をそそられて近づいた。米の飯を盛った大きないれもの、ロールキャベツのような料理、アラブ人の常食するパンの大切れ。それに水差しにコップが添えられていた。

ヴィクトリアはまずコップに水をたっぷり注いで飲み、それから米とパンとロールキャベツを平らげにかかった。ロールキャベツの中身はちょっと奇妙な味のする肉をぶつ切りにしたものだった。盆の上のものを平らげたときには気分もずっとよくなっていた。

ヴィクトリアはついで自分の置かれている状況をはっきり考えてみようとした。クロロフォルムを嗅がされて誘拐されたわけだが、それからどのぐらいの時間がたっているのだろう？　どうもはっきりしなかった。半ば夢うつつに過ごした記憶からすると、何日か前のことに相違ない。バグダッドから連れ出されたのは確かだが——いったいここはどこだろう？　それについても知るすべもない。アラブ語をろくに知らないから、きいてみることもできない。場所も、名前も、日付けも皆目不明だ。

何とも退屈な数時間が過ぎた。

夜になってから例の牢番がまた食べものの盆を持ってやってきた。今度は女が二人後に付きしたがっていた。二人とも顔をヴェールで覆い、くたびれた黒い衣をまとっていた。女たちは部屋の中にははいってこず、ドアのすぐ外に立っていた。一人は腕に赤ん坊を抱いていたが、二人ともしきりにくすくす笑っていた。ヴィクトリアには薄いヴェールを通して、女たちの目が自分を好奇の目でじろじろ眺めているのがわかった。ヨーロッパ人の女が監禁されているのを見て興奮し、その状況にユーモラスなものを感じているのだろう。

ヴィクトリアは二人にまず英語で、ついでフランス語で話しかけてみた。しかしくすくす笑いが返ってくるばかりだった。同性のよしみで話が通じないはずはないと、いくつか聞きかじっている言葉の一つをゆっくり、片言でたどたどしくいってみた。

「アル・ハムドゥー・リッラー」

たちまち二人の女はうれしそうにぺらぺらとアラブ語でしゃべりだした。勢いよく頷いたりしながら。ヴィクトリアは二人の方に歩きかけたが、アラブ人の男――使用人か何からしい――がすぐ後もどりして遮った。男は二人の女を手振りで立ち去らせ、自分も部屋の外に出るとまた鍵を閉めた。出て行く前に彼は何回か繰り返した。

「ボクラ――ボクラ」と。

それはヴィクトリアが聞いたことのある言葉だった。〝明日〟という意味のアラブ語だ。

ヴィクトリアはベッドに腰をおろして、思いめぐらした。明日ですって？　明日、誰かがくるのか、それとも何かが起こるのか？　明日、彼女の幽囚は終わる（いや、終わらないかもしれない）――終わるとしてもそれは同時に彼女自身の生命の終わりを意味しないとも限らない。いろいろ考え合わせて、ヴィクトリアには明日がくることはあまりうれしく思われなかった。彼女は本能的に、明日がくる前にどこか別な場所に行ってしまっている方がいいのではないかと感じたのであった。

しかしここから抜けだすなんてことが果たしてできるだろうか？　はじめて彼女はその可能性を真剣に考えてみた。まずドアの所に行って調べた。ドアから出ることはまずできそうにない。ヘアピンを使ってあけられるたぐいのドアならいざ知らず――もっともどんなドアにしろ、彼女にそんな器用なことができるわけもないが、たとえそんなことができると仮定しても、このドアははじめから問題外だ。

となると頼みは窓だ。調べてみてすぐわかったのだが、ドアよりはずっと見込みがありそうに思われた。木の格子は古びており、ちょっとどうかすればこわすことができそうだった。腐った木組を手ごろな穴があくぐらい取り去れば何とか外に出られるかもしれない。しかしその場合にはかなりけたたましい音がして、見張りの注意をひきつけること必定だ。それにこの部屋は階上だから、ロープのようなものを工夫するか、それとも身を躍らせて跳びおりるしかない。跳びおりたら 踝《くるぶし》 を捻挫するか、そうでなくとも怪我をするだろう。物語の中だと、よく寝具を裂いてロープを作るようだ。ヴィクトリアは厚ぼったい木綿の掛け布とぼろぼろの毛布を見やり、これは残念ながら使えそうにないと思った。どちらも当面の目的には適していないようだ。細く切ろうにも鋏はないし、毛布は手で裂けるかもしれないが、生地そのものがこんなに弱っている状態では、彼女の重みを託しうるわけもない。

「ああ、いまいましいわ!」とヴィクトリアは声に出して呟いた。

何とか逃げだそうという思いは時がたつほどに彼女の心を捉えて放さなくなっていた。察するところ、見張り役はたいへん単純な人間たちで、一室に閉じこめて鍵をかけてあるということで、安心しきっているらしい。囚人であるからには逃げるはずはない、また逃げられるわけもないと思いこんでいる。彼女に麻酔剤を注射した人間、おそらく彼女をここへ運んできた人間がどんなたぐいの人々であるかはわからないが、いまこの家の中にいないことはたしかだ。敵は女だか、男だか、何人いるのか、わからないが、とにかく〝明日〟、くることになっているらしい。彼らは彼女をこの辺鄙な所に幽閉し、忠実な、しかし微妙な点までは頭のまわらない人間たちに託した。このままでは消されるのではないかという恐怖にさいなまれているヨーロッパ人の娘がどのように必死で脱出の手段を講じるか、思いいたらない、単純な精神構造の人々の手に彼女を預けて、どこかに行ってしまったらしい。

「何としてでも、ここから抜けだしてみせるわ」とヴィクトリアは心に誓った。

彼女はまずテーブルの所に行って、また食事をした。体力をつけておくにこしたことはない。米の飯とオレンジ、それに今度はけばけばしい赤黄色のソースをかけた肉が少し添えられていた。

ヴィクトリアは盆の上のものを残らず平らげ、水を飲んだ。水差しをテーブルにのせたとき、テーブルがちょっとかしぎ、水が少し床にこぼれた。床のその部分にはたちまち小さな泥水の溜まりができた。それを見ているうちに、転んでもただでは起きないミス・ヴィクトリア・ジョーンズの頭に一つの思いつきが浮かんだ。

ひょっとして、牢番は鍵を外側の鍵穴に差したままにしてはいないだろうか？

日は沈みつつあった。間もなく真っ暗になるだろう。ヴィクトリアはドアの所に行って跪《ひざまず》き、大きな鍵穴を覗いてみた。案の定、鍵が差してあるらしく、光がまったくさしこんでいない。彼女にとっていま必要なものは穴を突つく何かだ。鉛筆でも、万年筆の先でもいい。ハンドバッグが取りあげられてしまったのは残念だが。ヴィクトリアは思案しながら部屋の中を見回した。刃物に近いものといえば、テーブルの上の大きなスプーンだけだ。さしあたっての役には立たない。後々、何かほかの用途に使えるかもしれないが。ヴィクトリアは腰をおろして思案した。ややあって彼女は勝ち誇ったような叫び声をあげて片方の靴を脱ぐと、苦労して敷革を引き剥がした。これを固く巻くと、かなり固い、細い道具ができた。それからドアの所にもどってしゃがみ、鍵穴をぐいぐい突ついた。さいわい大きな鍵は鍵穴にちょっと差しこんであるだけだったので、三、四分後には努力の甲斐あってドアの外側に落ちた。土の上なので、あまり大きな音はしなかった。

さあ、急がなければ——とヴィクトリアは思った——あたりがすっかり暗くならないうちに。水差しを取ってくるとヴィクトリアは鍵の落ちたのはこの辺と見当をつけて、少量の水をそっとドア枠の下の土の上に注いだ。それからスプーンと指を使って水たまりの泥をすくったり、掻きだしたりしはじめた。ときどき水差しからあらたに水を少しずつ注ぎながら、ヴィクトリアはドアの下に浅い窪みを掘った。それから寝ころんでドアの下を覗こうとしたが、思うように見えなかった。しかし袖をまくりあげると、手首のあたりまでドアの下に押しいれることができた。指であちこち探っているうちについに一本の指の先が何か固い金属性のものに触った。鍵の位置はこれでわかったが、腕を押しこんで掻き寄せることは不可能だった。それで切れた下着の肩紐を留めておいた安全ピンを外した。それを鉤なりに曲げて、例のアラブ式のパンの塊に突き刺し、ふたたび寝転んで鍵を釣る作業にかかった。もうだめかと泣きだしそうになったとき、鉤針の先が鍵にひっかかった。指の届く所まで引き寄せ、ついでぬかるんだ窪みの中にそれを落として、ドアのこちら側に手ぐり寄せることができた。

ヴィクトリアは踵に重みをかけてちょっと後ろにもたれ、自分の工夫がついに効を奏したことに安堵した。それから鍵を泥だらけの手で握って立ちあがり、鍵穴に差しこむと、近くのどこかでのら犬がひとしきりワンワン吠えたてるのを待って、そっと回した。ドアを押すと抵抗なく少しあいた。ヴィクトリアはおそるおそる隙間から外の様子を覗いた。そこは別の狭い部屋でドアがあけはなしになっていた。ヴィクトリアはちょっと待ってから、爪先立ってその部屋を横切った。外側の部屋は屋根に大きな穴がいくつかあいていた。床にも一つ二つ。向こうの端のドアは家の横に設けられた泥煉瓦の雑な造りの階段の上に続き、階段の下は庭だった。

ヴィクトリアにはそれだけで十分だった。あいかわらず爪先立って、彼女はさっきまで閉じこめられていた部屋にもどった。今夜のうちに誰かがまた様子を見に回ってくる可能性は薄い。あたりが暗くなり、村だか町だか知らないが、近所近辺が寝静まるのを待って、それからここを出よう。
もう一つ彼女が心に留めているものがあった。外側の部屋のドアの近くに破れてくたくたになった黒い布が一山置いてあった。着古したアバー（アラブ人のまとう毛織の布）だ。西欧風の服を何とか隠すのに使える――そう思った。

どのぐらい待ったか、見当もつかなかった。何時間となくたったような気がした。しかしとうとう、近くのどこかで人間のたてる物音が静まり、やがて消えた。遠くで聞こえていた蓄音機――平盤式だか、蠟管式だかわからないが――もアラブの歌を止めた。しゃがれ声や唾を吐く音もしなくなり、遠くからときどき聞こえていた甲高い女の笑い声もやんだ。子どもの泣き声ももうしなかった。

ジャッカルの遠吠えらしい音とおそらく一晩中断続的に続くと思われる犬の鳴き声を除いて、あたりがしんと静まりかえったとき、

「さあ、行動開始！」とヴィクトリアは呟いて立ちあがった。

ちょっと思案した後、ヴィクトリアは牢獄のドアに外側から鍵をかけ、鍵穴に差しこんだまま残した。それから外側の部屋を手探りで横切り、例の黒いアバーを抱えて泥で固めた階段の上に立った。月が出ていたがまだ低く、しかし足もとは何とか見えた。ヴィクトリアは階段をこっそりおりかけたが、下から四段ほどの所でちょっと足を止めた。

ここだと、庭を囲む土塀と同じ高さだ。下までおりれば家の側面を通らねばならない。階下の部屋から鼾《いびき》が聞こえてきた。塀にのぼって上を伝い歩くことができれば、いっそ、その方がいい。さいわい、塀は伝い歩けるぐらいの厚みはあるようだった。

ヴィクトリアは結局このコースを取ることにして、塀が直角に折れている所まで、少々ふらふらしながらもすばやく伝い歩いた。見おろすと外はヤシを植えた庭のようだったが、塀は一カ所で崩れかけていた。ヴィクトリアはそこまで歩いて半ば跳び、半ば滑るようにして下におり、しばらく後にはヤシの木立を分けて向こう側の塀の隙間の方へと歩みを進めていた。そこから外へ出ると、車の通行には狭すぎるが、ロバは十分通れるというほどの原始的な感じの通りだった。両側は泥煉瓦の塀で、ヴィクトリアはこの通りをできるだけ急いで歩いた。

そのうちに犬どもが猛然と吠えはじめたと思うと、二匹の黄褐色ののら犬が一軒の家の戸口から唸り声をあげて彼女に近づいてきた。ヴィクトリアは瓦礫を一摑み拾って石の一つを投げつけた。犬はキャンキャンいって跳んで逃げた。ヴィクトリアは道を急いだ。角を曲がると、村の大通りと思われる道に出た。車輪の跡がやたらについている狭い通りが、月光の中で一様に青ざめて見える泥煉瓦の家の間を走っていた。壁の上にヤシの葉が揺れ、しきりに唸ったり、吠えたりする犬の声が聞こえた。ヴィクトリアは大きく一つ息を吸いこみ、それから走りだした。犬はあいかわらず吠えていたが、夜の闇の中を急ぐ泥棒かとも思われるこの旅人に関心をいだく人間もいないらしかった。間もなく濁った川の流れる、広々とした所に出た。こわれかけた弓なりの橋が架かっている。橋の向こうには、人の足がわずかに踏み固めた小径が果てしない空間へとえんえんと延びているように見えた。ヴィクトリアは息が切れるまで走りつづけた。

村はすでにずっと後方にあり、月は中天にのぼっていた。前方も、左方も、右方も、不毛の石地で、耕されたあともなく、人家らしいものも見当たらなかった。一見平坦に見えるが、じつはかすかに起伏しているらしい。ヴィクトリアの見るかぎり、目印らしいものもなく、いったいこの道がどの方角に向かっているのか、見当もつかなかった。ヴィクトリアは星座についてあまりよく知らないので、羅針盤でいえばどの方向に自分が向かっているのかということさえ、わからない有様だった。この広漠たる荒野原はいうにいわれず恐ろしいものを感じさせたが、引き返せるわけもないし、前進するほかなかった。

一息いれるためにちょっと足を止め、肩ごしに振り返って追っ手がまだこないことを確かめてから、ヴィクトリアは一時間三マイル半の速度で未知の世界に向かってしっかりした足どりで歩きだした。

ついに夜が明けたときには、ヴィクトリアは足を痛め、疲れきってヒステリーを起こしかけていた。空の明るさから、ほぼ南西の方角に向かっていると見当がついたが、どういう場所にいるのかということからしてわからないのだから、方角を知っても大して役に立たなかった。

前方の道の少し脇に寄った所に小さな丘か、塚のようなものが見えた。ヴィクトリアは道からそれてその方に進んだ。そしてかなり険しい側面に取りつき、頂上まで何とかよじのぼった。

頂上に立つと四方を見渡すことができたが、そのため、どうしようもない周章狼狽が彼女を捉えた。どっちを向いても何一つ見えない……早朝の光の中に何とも美しい光景がひろがっていた。大地も、地平線も、アンズ色、クリーム色、そしてピンクのパステル・カラーのような色をおびてチカチカと光り、その上に影の織模様が続いていた。美しいと同時に空恐ろしい光景であった。

〝広い世界にただ一人ということがほんとうにどういう意味か、あたしにもこれでわかったわけね〟とヴィクトリアは思った。

所どころに不景気なひねこびた草が黒々とかたまって生え、棘のある、干からびた灌木が何本かあった。しかしそれを除けば植物らしいものも、動物らしいものの姿も見えなかった。天地の間にただ一人、ヴィクトリア・ジョーンズがいるばかりだった。

彼女が幽閉されていた村のたたずまいは、いまはまったく見えなかった。きた道を振り返るとその果ては空漠たる荒地へと続いているようだった。あの村が視界からまったく消えうせるほど、遠くまできたのかと信じられない思いがした。一瞬ヴィクトリアは狼狽のあまり、いっそ囚われの家へもどりたいという、わけのわからぬ衝動を感じた。何とか、ふたたび人間と接触したい——切にそう思った。

しかし気を取り直すのも早かった。逃げようと思いたち、逃げることに成功はしたが、彼女を閉じこめた人々から数マイル離れた所まで逃げたとはいえ、まだけっして安心できるわけではなかろう。どんなに古いぼろ車でも、相手方に自動車があれば、たちまち追いつかれてしまう。虜が逃げだしたことがわかれば、誰かが追いかけてくるにきまっている。その場合、どこに身を隠したものか。隠れ場所など、それこそどこにもありはしない。ヴィクトリアは家を出るときに摑んできた黒いぼろのアバーをまだ持っているのに気づいて、試みにそのひだの中に身を包み、その端を顔の前に引きさげてみた。どんなふうに見えるか、あいにく鏡を持っていないのでわからなかった。西欧の女性のものである靴とストッキングを脱ぎ、裸足をひきずって歩いたら、見咎められずに追手をやりすごせるかもしれない。顔につつましくヴェールをかけたアラブの女性は、どんなにぼろをまとって貧しく見えようとも、みだりに手出しをされないことを彼女は知っていた。アラブの女に男がいきなり話しかけることは不行儀のきわみなのだから。しかし逃げた囚人を自動車の中から探す西欧人の目を、そんな変装ぐらいでごまかすことがはたしてできるだろうか？　しかし少なくともそうでもするほか、助かる望みはない。

　疲れきっていたので、それ以上先へ進むことは無理だと思った。それにひどくのどが渇いていた。といってどうすることもできない。せめてもこの丘の脇に身を寄せて横になろう。丘の脇に穿たれている狭い窪みに体をぐっと押しつけて下を覗けば車に乗っているのがどういう人間か、見当がつくかもしれない。少なくともそうするほか、身の安全を期する手だてはないだろう。

　丘の背後に回れば、道から見えないように身を隠すことはできる。一方、彼女にとって何よりも必要なのは文明世界にもどることだった。それにはただ一つの手だてしかない。ヨーロッパ人の運転する車を止めて、乗せてくれと頼むことだ。しかしまずそのヨーロッパ人が敵方でないことを確かめる必要がある。だがいったい、どうやって確かめたものか？

　この点に関してあれこれ思いめぐらしているうちに、ヴィクトリアは知らず知らずのうちに眠りに落ちた。長いこと歩いたのと、それまでの心身の疲労とで消耗しきっていたのだろう。

目が覚めたときには日は真上にのぼっていた。暑くて、体中の節々が痛み、頭がぼうっとしていた。そのうえ、のどの渇きが激しい拷問のように彼女を責め苛んでいた。ヴィクトリアは呻き声を発した。しかし乾ききってひりひりする唇から呻き声が洩れたとき、急に身を固くして聞き耳を立てた。かすかだが、たしかに自動車の音が聞こえたのであった。ひどく用心しながら、ヴィクトリアは頭をもたげた。車はあの村の方からではなく、逆にそっちを指して走っているようだった。つまり彼女を追いかけてきた車ではない。車はまだ道のずっと向こうに黒い点のように小さく見えるばかりだった。あいかわらず横になったまま、できるだけ身をひそめつつ、ヴィクトリアは近づいてくる自動車に目を注いだ。双眼鏡でもあればと残念だった。

土地の窪んでいる所にさしかかったらしく自動車は数分間視界から消えていたが、やがてほど遠からぬ斜面をあがってふたたび現われた。アラブの運転手の隣りに洋服姿の男が座っていた。

「さあ、ここ一番の大決心をしなきゃ」とヴィクトリアは思った。これこそ、救われる唯一のチャンスかもしれない？　道まで駆けおりて行き、車を止めるべきだろうか？

決心しかけて、ふと彼女ははっとした。もしも——もしも敵の自動車だったら？

結局のところ、どうしてそうでないといいきれよう？　あの道には車はめったに通らないようだ。これまでも一台の車さえ、通らなかった。トラックも、ロバ隊すらも。もしかしたらあの車は彼女が前夜逃げだした村へと向かっているのかもしれない……どうしたらいいだろう？　とっさに容易ならぬ決心をしなければならないわけだ。こっちに向かってやってくるのが敵であれば、万事休すだ。敵でないとすれば、何とか生きのびることができるかもしれない。とはいえ、このままさまよいつづければ、渇きと日射病とで死んでしまうだろう。ああ、どうしたらいいのか？

どうにも心を決めかねて蹲っていたとき、車のエンジンの音に変化が生じた。車は速度を減じ、ついでぐっと、道からそれて石地を横切り、彼女が座っている丘の方に向かっているらしかった。

気がついたのだ、あたしに！　あたしを探しているのだ！

ヴィクトリアは溝から滑り出て、近づいてくる車を避けようと丘の背後に回った。車が止まり、ドアがバタンと音を立てて誰かが外に出たらしかった。

ついでその誰かがアラブ語で何かいった。しばらくは何も起こらなかった。ところがとつぜん、何の予告もなく、一人の男の姿が現われた。丘のまわりを回って半ばほどのぼりかけ、目を地面に伏せておりおり何か拾っていた。何を探しているのかはわからなかったが、ヴィクトリアという名の娘でないことは確かだった。それにこの男はどう見てもイギリス人だ。

安堵の叫びを洩らしてヴィクトリアはよろめきながら立ちあがり、男の方に進んだ。男はふと頭をあげて驚いた顔で見つめた。

「ああ、よかった！」とヴィクトリアはいった。「どうしたらいいか、迷っていたんです」

男はあいかわらずまじまじと見つめていた。

「いったい、あなたは誰ですか？　イギリス人ですか？　しかし――」

思わず笑いだしながら、ヴィクトリアは身を包んでいたアバーをかなぐり捨てた。

「もちろん、あたしはイギリス人ですわ。お願いです、バグダッドに連れて帰って下さいませんか？」

「バグダッドには行きません。バグダッドからきたところなんですから。しかし、こんな砂漠の真ん中で、しかもたった一人でどうなさったんです？」

「誘拐されたんですの」とヴィクトリアは息もたえだえにいった。「髪を洗ってもらいに行ったらクロロフォルムを嗅がされて。気がついたときには、向こうの村のアラブ人の家にいましたの」

と身振りで地平線の方を示した。

「マンダリですか?」

「名前は知りません。昨夜、逃げだしたんです。夜じゅう、歩いてこの丘の陰に隠れましたの。あなたが追っ手だといけないと思って」

男はうろんげな表情を顔に浮かべて彼女を見つめていた。少々人を小馬鹿にしたような顔つきの、三十五歳ぐらいの金髪の男だった。学者風の、几帳面な話しかたをした。男はわざわざ鼻眼鏡を取りだして、呆れはてたといわんばかりにじろじろと彼女を眺めた。自分のいったことを一言も信じていないのだとヴィクトリアは気づいた。

とたんに猛然と腹が立ってきた。

「みんな本当ですわ。嘘なんか、一言もまじっていませんのよ!」

青年はますます疑わしげな顔をして「珍しい話だな」と冷ややかな声でいった。

絶望がヴィクトリアを捉えた。これまでは嘘をいってもいつも本当らしく響かせることに成功したのに、まったくの事実を述べているのに、信じさせることができないとは! じっさいに起こった事実だといつもぎこちなく、自信なげに話してしまうのだ。

「何か飲みものをもっていらっしゃいません? あたし、のどが渇いて死んでしまいますわ。もっともあなたがあたしをここに残して行っておしまいになるつもりなら、どっちみち渇き死にするでしょうけれど」

「もちろん、そんなことは考えもしませんよ」と男は堅苦しい口調でいった。「たったひとりで砂漠をさまようなんて、イギリスの女性にはおよそ似つかわしくないことですがね。おやおや、ほんとうに唇が割れかけていますね……アブダル！」

「はい、旦那」

運転手が丘のまわりを回って姿を見せた。

アラブ語でいいつけられて、運転手は車の方に走り、間もなく大きな魔法瓶とベークライトの茶碗をもってもどってきた。

ヴィクトリアは貪るように水を飲んだ。

「ああ！　生きかえりましたわ！」

「ぼくはリチャード・ベイカーといいます」とイギリス人の男はいった。

「あたし、ヴィクトリア・ジョーンズです」こう答えて、何とか失地を回復し、相手の顔に見てとった不信の念を尊敬のこもった注目に変えようとして付け加えた。

「ミス・ポーンスフット・ジョーンズですの。伯父のポーンスフット・ジョーンズ博士の発掘隊に合流することになっています」

「これは奇遇ですね」とベイカーはびっくりしたように目を見はった。「ぼくも発掘隊に加わることになっていましてね、そこへ行く途中なんです。ここからはほんの十五マイルほどです。そのぼくがあなたを救助したとはまったく好都合なめぐりあわせですね」

ヴィクトリアとしては、びっくりしたどころではない。まったく愕然としてさすがに一言も口がきけず、黙っておとなしくリチャードの後について車に乗りこんだ。

「あなたは人類学者でしょう」とリチャードは彼女を後部の座席に座らせ、邪魔な荷物をいくつかどけるといった。「あなたがこられるということは聞いていましたが、こんなに季節の早いうちに到着されるとは思いませんでしたよ」

ちょっとの間、彼は立ったまま、さまざまな土器の破片をポケットから取りだして仕分けした。さっきこの男が塚の側面から拾いあげていたのはこれだったのか。

「ちょっとしたテルですね」と彼は塚の方に手を振っていった。「しかしぼくの見るところじゃ、とくに珍しいものも見つからないようです。たいていはアッシリア後期の土器で――少しはパルティアのものもまじっていますが――カッシート期のかなりちゃんとした土台円錐が少しありましたっけ」といって微笑して付け加えた。「おっしゃるような災難に遭われたにもかかわらず、考古学的本能からテルを調べてみようと思われたのはうれしい限りですね」

ヴィクトリアは口をあけかけて、また閉じた。運転手がクラッチをいれ、車は動きだした。

結局のところ、彼女に何がいえよう？　発掘隊の本拠に着けば化けの皮はすぐ剝がれてしまうに違いない。しかし、正体を曝露され、嘘をいってすまなかったと告白するにはそこに行ってからの方が、この無人の境でリチャード・ベイカー氏なるこの人物に告白するよりずっとましだ。最悪の事態が起こったとしても、バグダッドに送り返されるだけだろう。それに——とヴィクトリアはまた性懲りもなく考えた——発掘地に着く前に何かうまいいい抜けを思いつくにきまっているもの。というわけで、彼女はさっそくまた忙しく想像力を働かしはじめた。記憶喪失というのはどうだろう？　ある女の子と旅をしていたのだがその女の子が彼女に……だめだ。何もかも打ち明けるほかないだろう。しかし、どうせ打ち明けるなら、馬鹿にしたように眉をあげて、嘘いつわりのない彼女の打ち明け話に対して、そんな話を誰が信じるものかという顔をしている、このリチャード・ベイカー氏とやらに話すより、ポーンスフット・ジョーンズ博士相手の方がどんなにいいか知れない。もっとも博士がどんな人物かは皆目わからないのだが。

「マンダリの村にははいらないでおきましょう」とベイカー氏は前の座席から振り返っていった。

「道路からそれて一マイルばかり先の砂漠に向かいます。とくに目印があるわけではなし、目ざす正確な地点に行き当たるのは時によってなかなか骨でしてね」

やがて彼はアラブ語で何かアブダルにいった。車はぐっと道路からそれてまっしぐらに砂漠へと向かった。リチャード・ベイカーはヴィクトリアの見るところ、これといった目印もないのに、身振りでアブダルに道路を指示して車を右に左に進ませていた。しばらくするとリチャードは満足げに叫んだ。

「うまいぞ！　このまま行けばいいんだ」

ヴィクトリアの目には見渡す限り、道など見えなかったが、おりおりかすかなタイヤの跡が目につくようになった。

一度いくぶん道らしい所を横切ったとき、リチャードが叫び声をあげてアブダルに止まるよう命じた。

「ちょっとした見ものがありますよ」と彼はヴィクトリアを顧みていった。「あなたはこの国ははじめてのようですから、こんなものをご覧になったことはないでしょうね」

二人の男が十字路ぞいに車の方に向かって近づいてきた。一人は短い木の腰掛けを背負い、もう一人はアップライトのピアノぐらいの大きさの木製のものをやはり背負っていた。

リチャードが声をかけると二人の男は大喜びで彼に挨拶した。そしてリチャードが煙草を取り出したので、たちまち愉快な友好的な雰囲気が漂いはじめたようだった。

リチャードがふと振り返った。

「映画はお好きですか？　だったら一興行、見物させてもらいましょうか」

リチャードが何かいうと、二人の男たちはうれしげに笑みを湛え、ベンチを据えると
ヴィクトリアとリチャードに手振りで座るよう勧めた。それからまるい形の函《はこ》のようなものを台の上にのせた。そのまるい函には二つの覗き穴がついていた。ヴィクトリアは叫んだ。

「港町でよくやっている見世物のようなものですね？　俗に〝執事の見たもの〟っていう？」

「その通りですよ。あれの原始的なタイプのものです」

ヴィクトリアは両の目をガラスをはめた覗き穴に当てた。男たちのうちの一人がクランクもしくはハンドルをゆっくり回し、もう一人の男が単調な声で何やら唱えはじめた。

「何ていってるんですの？」とヴィクトリアはきいた。

歌うような口調につれてリチャードは説明した。

「近よって、大いなる驚異と喜びに備えたまえ。古《いにしえ》のふしぎの数々が、いまここに明

らかにされんとす」

粗雑に彩色した絵が大きく揺れながらヴィクトリアの目の前に現われた。黒人が麦を刈っている図であった。

「アメリカの農民《ファツラーヒーン》」とリチャードが訳した。

ついで、「西洋世界の偉大な王の后《シャーきさき》」という声とともに、作り笑いを浮かべて長い巻き毛をいじっているフランスのユージェニー王妃の顔が現われた。ついでモンテネグロの王宮の絵、さらに万国博覧会の絵。

奇妙な多種多様な絵が次から次へと何の脈絡もなく続き、説明もまたときとしてじつに珍妙だった。

ヴィクトリア女王の夫君アルバート公やディズレーリの肖像、ノルウェーの峡湾《フイヨルド》。最後にスイスのスケーター――などの絵が映って、過ぎ去った遠い日々へのこの奇妙な束の間の旅行は終わりを告げた。

興行師はつぎのような言葉で公演を結んだ。

「知られざるとつ国、遙かなる土地のふしぎの数々を、ただいまお客さまがたのごらんに供しました。そのふしぎの大きさにふさわしいお志をお願いいたします。ごらんいただいたものはことごとく、隠れもない真実であります」

ショーは終わった。ヴィクトリアはうれしげに顔を輝かしていった。「ほんとにすてきでしたわ。こんなところであんなものが見られるなんて！」

巡回シネマの興行師たちは、一大事業を終えたかのように誇らしげな微笑を満面に湛えていた。ヴィクトリアが腰掛けから急に立ちあがったとき、もう一方の端に座っていたリチャードは少々みっともない恰好で地べたに投げだされた。口では詫びをいいながらヴィクトリアはちょっといい気味だと思った。リチャードが金を払うと、男たちは慇懃に礼をいい、どうか道中ご無事でと観客おのおのの上にアラーの加護を祈ってくれた。リチャードとヴィクトリアはふたたび車に乗りこみ、男たちは砂漠の中へとぼとぼと歩み去った。

「あの人たち、これからどこに行くんでしょう？」とヴィクトリアはたずねた。

「国中を旅して回っているんですよ。ぼくはあの連中にまずトランスヨルダンで会ったんですが、死海からアンマンに向かう道をてくてく歩いていましたよ。これからカルバラに行くんだそうです。人のあまり通らない道を通って辺鄙な村々で興行するんですよ」

「できれば途中で通りかかった自動車に乗せてもらうんでしょうね？」

リチャードは笑った。

「それはたぶん彼らの方で断わるでしょうね。ぼくも一度バスラからバグダッドに向かう老人に同乗を勧めたことがありますがね。どのぐらいかかって歩いて行くつもりかときいたら、二カ月といいました。これに乗って行けば、その夜遅くには目的地に着けるだろうといったんですが、奴さん、お礼をいって断わりましたよ。いまから二カ月かかってちょうどいいんだっていって。このあたりじゃ、時間は何の意味ももっていないんです。このことをいったん頭にいれると、われわれもふしぎな満足感を感じますよ」

「そうね、想像はできますわ」

「アラブ人には、われわれ西洋の人間が何かを手っとり早くやろうとしていらいらするのがまったく解しかねるようですよ。人と話しあうとき、いきなり要点にはいるのがわれわれの習慣です——が、彼らにはそれはひどく不作法に見えるらしいですね。アラブ人と話すときはまるく輪になって座って、一時間ほどはまったく関係のない一般的な話題について話さなくてはならないんです。黙っている方が好ましければ、まったくしゃべらなくたっていいんですよ」

「ロンドンの事務所なんかでそんなことをしたら、場違いもいいところでしょうね。たいへんな時間が無駄になってしまうというわけで」

「ええ、——しかしそこでまた、はじめの問いにもどるんですよ——時間とは何か、無駄とはそもそも何かという」

ヴィクトリアはそうしたことについてしばし黙って思いめぐらした。車はまだどこに近づいている様子もなく、しかししごく自信ありげに進んでいた。

「あのう――どこにあるんですの？」とヴィクトリアはとうとうきいた。

「テル・アスワドのことですか？　砂漠のど真ん中ですよ。もうじきジグラートが見えます。さて、さしあたって左の方を見て下さい。あそこです――ぼくが指さしている所を」

「雲ですか？　山じゃないでしょうね？」

「ところが山なんですよ。雪に覆われたクルディスタンの山々です。ごく快晴の日にしか、見えませんがね」

夢みるような満足感がヴィクトリアを捉えた。こうやっていつまでも車に乗って走っていられるものなら。あたしがこんなひどい嘘つきでなかったらいいのだけれど。もうじき間のわるい大団円が待っていることを考えて、彼女は小さな子どものように身をすくめた。ポーンスフット・ジョーンズ博士って、どんな人だろう？　背が高くて、白髪まじりの顎髭を伸ばし、恐ろしいしかめ面をした気むずかしやの学者だろうか？　いいわ、ポーンスフット・ジョーンズ博士がどんなに腹を立てたって、とにかくこのあたしはキャサリンと〈オリーヴの枝の会〉、それにラスボーン博士をうまく出し抜いたんだもの。

「さあ、あそこですよ」とリチャードがいった。

彼の指さしている方をすかし見て、ヴィクトリアは遠くの地平線にぽつんと一つ吹き出もののように盛りあがっている小高いものを認めた。

「まだ何十マイルも向こうのように見えますけれど」

「とんでもない。もうほんの数マイルですよ。見ていらっしゃい」

じっさいその吹き出ものはびっくりするほど速やかに大きくなった。吹き出ものが、しみとなり、しみが丘となり、ついには大きな、印象的なテルとなった。その片側に泥煉瓦の細長い建物が不細工にのさばっていた。

「発掘隊の宿舎です」とリチャードが説明した。車は犬どもが吠えたてる中を警笛も高らかに宿舎の前に横づけになった。白い服の召使いたちがにこにこ顔で走り出て迎えた。

ひとしきり挨拶をかわした後、リチャードがいった。

「どうやらあなたがこう早く着くとは思っていなかったようですが、とりあえずベッドの支度をしてくれるでしょう。それから熱い湯も。顔や手を洗って一休みなさりたいでしょうからね。ポーンスフット・ジョーンズ博士はテルに行っておられます。ぼくも行って会ってきます。あなたのお世話はイブラヒムがするでしょう」

リチャードが大股に歩み去ると、ヴィクトリアは満面に笑みを湛えているイブラヒムの後について宿舎の中にはいった。日の照っている屋外から急に中にはいったので、はじめはずいぶん暗く思われた。ヴィクトリアは大きなテーブルいくつかと、傷だらけの肘掛椅子が二つ三つ置いてある居間を通って、中庭を回り、小さな窓が一つある小部屋に案内された。ベッドと、粗削りの箪笥、水差しと洗面器をのせたテーブル、それに椅子が一脚あった。イブラヒムは心得顔ににこにこと頷いて、少々濁ったお湯のはいった水差しと粗末なタオルを持ってきてくれた。それからこんなものしかなくてというようにすまなそうに微笑しながら小さな手鏡を持ってきて、それを壁の釘に丁寧に掛けた。

ヴィクトリアは顔を洗えるのをありがたく思った。へとへとに疲れきっていること、顔も手足も砂漠の砂がこびりついてねっちゃりと汚れていることを意識しはじめていた。

「さぞひどい顔なんでしょうね」とヴィクトリアはひとりごとをいって鏡に近よった。

ちょっとの間、ヴィクトリアは鏡に映った自分の顔を呆然と見つめた。

これはあたしではない――ヴィクトリア・ジョーンズではない！

それからはじめて彼女は気づいた。目鼻立ちはちんまり整ったヴィクトリア・ジョーンズのそれだが、髪の毛が何と、プラチナ・ブロンドに染められていたのである。

# 第十九章

## 1

リチャードが発掘現場に行くと、ボーンスフット・ジョーンズ博士は作業員の頭目の脇にしゃがんで目の前の仕切り壁を小さなつるはしでそっと叩いていた。

博士はリチャードをつい昨日会ったように気軽に迎えた。

「やあ、リチャード、きたね。火曜あたりかと思っていたよ。どうしてそう思ったのか、わからんが」

「今日がその火曜です」

「へえ、ほんとかね」と大して関心もなげに博士はいった。「ちょっとここへきて、きみの意見を聞かせてくれたまえ。ほとんど崩れていない壁が出てきてね。まだ三フィートしか掘っていないのにだよ。塗料のあとがあっちこっちにかすかに見えるようだ。どうだ？　かなり有望じゃないだろうか」

リチャードは溝の中に跳びおりた。二人の考古学者は十五分ばかりの間、専門家らしく愉快げに意見を交換して、発掘の成果を楽しんだ。

「ところで、女の子を連れてきましたよ」

「へえ、どんな子だね?」

「あなたの姪だといっていますが」

「私の姪だって?」とポーンスフット博士は、泥煉瓦の壁に関する思索から無理やり俗事に思いをひきもどそうとつとめつつ呟いた。

「私には姪はひとりもいないと思っていたがね」うっかり忘れていたのだろうかといわんばかりに心もとなげに彼は呟いた。

「あなたに協力するためにきたということです」

「ああ、そうか」とポーンスフット博士は急に晴れやかになっていった。「わかったよ。ヴェロニカだろう」

「ヴィクトリアと名乗っていますが」

「そうそう、ヴィクトリアだ。その子についてエマースンがケンブリッジから手紙をよこしたっけ。たいへん有能な子らしいよ。人類学者だそうだ。人類学者なんてものになりたがる人間がどうしているのか、私にはわからんが」

「人類学者の女性がくるという話は伺っていましたが」

「これまでの所、その娘の出る幕はまだないようだね。もちろん、発掘をはじめたばかりだから。ほんといって、二週間かそこらは着かないと思っていたんだがね。手紙を丁寧に読まなかった上に、どこかに紛れこんでしまって、はっきりした文面は覚えておらんのだよ。家内は来週着く——その次の週になるかもしれない。えーと、家内の手紙の方はどこへやったかな? ヴィニーシアは家内と一緒にくるのかと思っていたんだが——しかしもちろん、私の思い違いだろう。まあ、いいさ、仕事はあるんだ。いろいろ働いてもらったらいい。そのうち、土器がたくさん出るはずだから」

「その娘さんには、どこかおかしいところがあるんじゃないでしょうか?」

「おかしいところ?」とポーンスフット博士はリチャードの顔を怪訝そうに見やった。

「神経衰弱とか何とか、そういったものにかかったことはないんでしょうね?」

「そういえばエマースンが、ばかに勉強に熱中しているとか何とかいっていたっけ。卒業試験か、学位試験か、何か知らんが。しかし神経衰弱については聞いていないと思うね。どうしてかね?」

「ええ、道ばたで見つけたんですが、たった一人でさまよい歩いていたんですよ。たまたま、こっちへと折れる一マイルばかり手前のあの小さなテルの所でしたが——」

「覚えているよ。そうそう、私は一度あのテルでヌズの土器の破片を拾ったことがあったっけ。あんな南で見つかるとはじつにふしぎだった」

リチャードは考古学の話題に話がそれていかないように心しつつ、話を続けた。

「その娘さんはぼくに、何とも奇妙な話をするんですよ。髪の毛を洗ってもらいに行ったら、クロロフォルムを嗅がされて誘拐され、マンダリに連れて行かれて——どこかの家に閉じこめられたとか。そこから夜中に逃げだして——とにかくいままで聞いたこともない、途方もないほら話なんです」

ポーンスフット博士は首を振った。

「そんなことがあるわけはないよ。この国は目下しごく平穏無事で、警察の治安も行き届いているからね。こんなに安全なことはないくらいだよ」

「そうですとも。何もかも作り話にきまっています。それで伺ってみたんです——神経衰弱にかかったことはないかって。たぶん牧師補が自分に恋をしているとか、医師が自分を襲おうとしているとか、とんでもないことをいう、ヒステリックな女の子のたぐいなんでしょう。こりゃ、厄介なお荷物を背負いこんだかもしれませんよ」

「まあ、いずれ、落ちつくさ」とポーンスフット博士は楽天的だった。「で、いま、どこにいるんだね？」

「顔を洗って、身仕舞をするように宿舎に残してきました」ちょっとためらってからリチャードは続けた。「荷物を何一つもっていないんですがね」

「何一つ？　そいつは困るね。まさか、私のパジャマを借りる気でいるんじゃあるまいね？　二着しかもっていないし、一着の方はひどく裂けていてね」

「来週トラックが出るまで、何とか、やりくりしてもらうほかないでしょう。しかし、妙ですね——いったい何をしていたのか——たった一人で、あんな何もない所で」

「女の子には当節、まったく胆をつぶさせられるよ」とポーンスフット博士は曖昧な口調でいった。「いたるところに顔を出すんだからね。早く仕事を進めたいと思っている者にはいい迷惑だ、ここは辺鄙で客もこないと思ったが、どうしてどうしてびっくりするほどたくさん、車も通るし、客もくる。それも、こっちが手いっぱいのときにヒョコヒョコ現われるんだから弱るよ、やあ、作業員たちが手を休めたな。昼どきだろう、私たちも宿舎に帰った方がよさそうだ」

## 2

ヴィクトリアがいささかびくびくしながら待ちうけていたポーンスフット博士は、彼女の想像とはひどくかけはなれた人物だった。小柄な、ふとった男で、頭は半ば禿げ、愉快げに光る目をもっていた。その彼が両手をひろげて彼女の方に近づいたので、さすがの彼女も呆気にとられた。

「やあ、よくきたね、ヴィニーシア——いや、ヴィクトリア、びっくりしたよ。どういうわけか、来月まではこないと思いこんでいたんでね。しかし会えてうれしいよ。まったくうれしい。エマースンはどうだね？ 喘息はそうひどくないんだろうね？」

ヴィクトリアはやっと気を取り直して慎重に、喘息はあまりひどくないようだと答えた。

「大事がって、のどをやたら包みすぎるからいかんのだよ。ありゃ、いかん。奴さんにもいってやったんだが。大学なんぞにうろうろしているアカデミックな連中はどうも自分の健康にかまけすぎる。健康なんぞ、いっそ気にせんことだ——そうすりゃ、自然と健康が保てる。さて、ここに早く慣れて下さいよ。家内は来週くることになっている——いや——その次の週だったかな——少し体調が悪かったのでね。家内からの手紙をどうしても見つけないといかんな。リチャードに聞いたところでは、荷物がなくなったとか。何とか、やりくりできるかね？ 来週までは、どうしてもトラックを出せないんだが」

「何とかやれると思います。ほかにどうしようもありませんもの」とヴィクトリアは答えた。

ボーンスフット・ジョーンズ博士はくすりと笑った。

「リチャードも、私も、あんたに貸してあげられるものはあまりないんでね。歯ブラシは大丈夫だ。一ダースばかり予備の奴がある——何かの役に立つなら脱脂綿はたくさんあるよ。それから——ええと——タルカムパウダー——それからソックスとハンカチもいくらか余分があるんじゃないか。ほかにはどうもね」

「どうか、ご心配なく」といってヴィクトリアはうれしそうに笑った。

「きみの専門の方の墳墓はまだ影も形もないよ。なかなかちゃんとした壁が出土しはじめていてね。遠くの溝からは土器のかけらがだいぶ出ている。接合してみることになるかもしれない。とにかくきみに忙しい思いをさせることになるだろうよ。写真は撮れるんだったかね?」

「少しは知っています」とヴィクトリアは用心しいしい、いった。何とか知っている部門に話題が転じられたのでほっとしていた。

「けっこう、けっこう。ネガの現像はできるね? 私は古風でね、いまだに感光板を使っているんだ。暗室はいささか原始的だが。便利な小道具に慣れているきみのような若い人は、ここのような原始的条件にはしばしば面食らうことだろうがね」

「いえ、平気ですわ」

発掘隊の予備品の中から、ヴィクトリアは歯磨き粉と歯ブラシ、それにスポンジとタルカムパウダーを選んだ。

ここでの自分の立場はどういったものなのか、はっきり把握しようとつとめつつヴィクトリアは、何が何だかわからないといった戸惑いを感じていた。どうやら博士は、発掘隊に加わるはずのヴィニーシアとか何とかいう人類学専攻の娘と彼女を取り違えているらしい。ヴィクトリアは人類学がどういう学問かということさえ知らないのだが。辞書があったら調べておかなければ。しかしそのヴィニーシア嬢は少なくとももう一週間は到着しないらしい。とすると一週間は――少なくとも車なり、トラックなりがバグダッドに出発するまではできるだけ気をつけながら、ヴィニーシア何とか嬢になりすましていよう。浮き世ばなれした、愉快なポーンスフット博士についてはまったく心配しなかったが、リチャード・ベイカーの方はどうも気になった。わけありげに彼女にじっと目を注いでいる様子におちおちできず、気をつけないと人類学者などでないことをたちまち見破られてしまう気がした。好都合なことに、一時期、ロンドンの考古学研究所で秘書兼タイピストとして働いたことがあったし、専門用語その他をちょっとばかりかじっていたので、何とかそれが役立つだろう。しかし、うっかり口を滑らせて取り返しのつかない過ちをしないように用心の上にも用心をしなければ。さいわい、男というものはいつも女より偉いつもりでいるから、ちょっとした間違いは怪しまれるより、女がこっけいなほど馬鹿だという証拠だと受けとられるだろう。

正体がばれるまでの間、この際ぜひとも必要な、しばしの休養のときが得られるのはありがたいことだ――とヴィクトリアは思った。しかし〈オリーヴの枝の会〉にしてみれば、彼女が消息を絶っていることで、さぞかし狼狽しているに違いない。牢獄から逃げだしたあと、彼女がどうしたか、皆目見当がつかないだろうし。リチャードの車はマンダリの村を通らなかったから、誰も彼女がテル・アスワドにいるとは想像もしないだろう。そうだ、敵の観点からすると、ヴィクトリアは忽然と掻き消えたようなものだ。彼らはおそらく、彼女が死んだと結論しているだろう。砂漠に迷いこんで、疲労のあまり行き倒れたと。

だったらそう思わせておこう。気の毒だが、もちろん、エドワードもそう考えるだろう！　いいわ。悲しむだろうけど、仕方ないわ。でもどっちにしろ、そう長いことではないだろうし。彼女にキャサリンと親しくするように勧めたことでエドワードが後悔の念に責められているおりもおり、本人がとつぜん無事な姿を現わすのだ——いわば死人の中からよみがえるのだ——無傷で、ただ髪の毛だけ、黒髪から金髪に変わって。

そう考えたとき、彼女はふたたびなぜ、敵が（それが誰であろうとも）彼女の髪を染めたのだろうという謎について思いめぐらしはじめた。何か理由があってのことに違いない——しかしいくら考えても、その理由はわからなかった。このままだと、そのうち髪の毛が伸びてきて、ブロンドの生えぎわが黒くなり、何とも珍妙に見えるに違いない。お白粉も口紅も所持せず、髪をプラチナ・ブロンドに染めている女の子！　こんなばつの悪い立場に置かれた娘がいるだろうか？　いいわ、それでもあたしは生きているんですもの——とヴィクトリアは考えた。思いきり楽しんでわるいわけはない——少なくとも一週間がところは。考古学者の調査隊に加わって、実地に発掘を見聞するのは掛け値なしに面白い経験だ。なんとかうまく立ちまわり、ぼろを出さずにすめばいいのだが。

彼女の役割はそう容易なものとはいえなかった。考古学関係の人名や、刊行物や建築様式、土器の種類などが話題にのぼったときは、慎重に受け答えしなければならなかった。さいわい、熱心な聞き手はいつも歓迎された。ヴィクトリアは二人の考古学者の話に熱心に耳を傾け、用心しいしい探りまわって、考古学の専門用語をまずまず難なくものにしはじめていた。

ひとりで宿舎にいるときはひそかに文献を読みあさった。宿舎には考古学の刊行物がたくさん置かれていた。ヴィクトリアはこの学問に関して読みかじり、生半可ながら手っとり早く知識を蓄えた。ここの生活は思いがけず魅力に富んでいた。朝早くお茶が運ばれてくる。お茶がすむと、発掘に出かける。リチャードを手伝って写真を撮ったり、土器を接ぎ合わせたり、発掘作業に従事している作業員たちを眺め、発掘物をこわさないようにつるはしを使う彼らの器用さ、巧みさに感心したり、土を籠にいれては捨て場にあけに走る少年たちの歌声や笑い声に聞きほれたり。ヴィクトリアは考古学の年代について精通し、発掘が行なわれているさまざまな地層の違いを知り、この前のシーズンの作業について納得した。彼女がただ一つ恐れていたのは、人骨が掘りだされないかということだった。彼女が読みあさった書物は現役の人類学者にどういう行動が期待されるか、何の手掛かりも与えてくれなかった。「骨とか、お墓が発掘されたら、悪性の風邪をひいたことにして——いえ、急性の肝臓障害とかなんとかいうことで——寝こんでしまうほかないわ」

しかしさいわい、墳墓は発掘されず、一方、宮殿の壁がしだいしだいにその全容を明らかにしはじめた。ヴィクトリアは恍惚と見とれた。ただ眺める分には才能とか、特殊技能をことさらにひけらかす必要もなかった。

リチャード・ベイカーはあいかわらずおりおり妙な目で彼女を観察していた。ヴィクトリアは彼が口にこそ出さないが自分を観察し、批判していることを感じた。しかし彼の態度は感じよく親しみぶかく、彼女が夢中になっているのを見て、面白がっているようだった。

「イギリスからきたばかりのあなたには、何もかも目新しいんでしょうね。ぼくも最初のシーズンにはたいへんなスリルを感じたものでしたよ」

「それ、どのぐらい前のことですの？」

リチャードは微笑を浮かべた。

「ずいぶん前です、十五、六年前になります」

「あなたはこの国をとてもよくご存じなんでしょうね？」

「発掘といっても、ここだけじゃありませんからね。シリアやペルシアにも行きましたし」

「アラブ語がとてもお上手ね。アラブ人に変装したら、アラブ人で通るでしょう」

リチャードは頭を振った。

「とんでもない——それは容易なことじゃありませんよ。アラブ人としてまかり通るイギリス人はいないと思いますよ——ほんの少しの間ならともかく」

「アラビアのロレンスはどうでして？」

「ロレンスがアラブ人として通ったことがあるとは思いませんね。そう、ぼくの知っている男で現地人とまったく見わけのつかない唯一人の人間は、じっさいにこの土地で生まれたんですよ。父親がカシュガルその他未開の土地の領事でしてね。この男は子どものころからあちこちの辺鄙な土地の方言をしゃべり、たぶんその後も使いこなしたと思います」

「その人、どうなりましたの？」

「学校を卒業していらい、消息を知らないんです。同級生だったんですよ。ぼくら友だちは行者《ファキール》と呼んでいました。正座して微動だにせず、そのまま一種の恍惚状態にはいることができたりね。現在、何をやっているのかは知りません。まあ、推測はできますが――」

「学校を出てから一度も会っていらっしゃらないんですの？」

「ふしぎなことですが、つい先だって偶然会ったのです――バスラで。奇妙ないきさつでした」

「奇妙ないきさつ？」

「ええ。はじめは彼だということがわかりませんでした。アラブ人に変装していましてね、カフィエ頭巾をつけ、縞の長服に古ぼけた兵隊の上着といういでたちでした。例の琥珀の数珠を持っていて、指の間で小さく鳴らしていました――アラブ人がよくやるように――ただその鳴らしかたが軍隊で使うモールス信号だったんですよ、ぼくにカチカチとメッセージを送っていたのです！」

「どういうメッセージでした？」

「まずぼくの名――というより綽名《あだな》を――それから彼の綽名――ついで今後の展開を待て。危機――と」

「で、何かありましたの？」

「ええ、彼が立ちあがってドアの方に歩きかけたとき、待合室に座っていたセールスマン風の、ごく普通の、目立たぬ男がいきなり拳銃を取りだしたんです。ぼくはそいつの腕を下から突きあげました――カーマイケルは逃げました」

「カーマイケルですって？」

リチャードはその声音に注意をひかれて、くるっと振り返った。

「彼の本名です。なぜです？　カーマイケルをご存じなんですか？」

ヴィクトリアは思った――〝その人、あたしのベッドで死にましたわ〟といったら、さぞかし奇妙に聞こえるだろう、と。

「ええ」と彼女はゆっくりいった。「知っていました」

「知っていました？　すると——彼は——」

ヴィクトリアは頷いた。「ええ、亡くなったのです」

「いつ？」

「バグダッドで。ティオ・ホテルででした」それから急いで付け加えた。「でも極秘にされていましたから、誰も知りません」

リチャードはゆっくり頷いた。

「なるほど、そういうたぐいの事件だったのですね。しかしあなたは——」とヴィクトリアの顔を見て、「どうして知っていらっしゃるのです？」

「巻きこまれてしまいましたの——偶然に」

リチャードは長いこと、彼女の顔を見つめていた。

ヴィクトリアはとつぜんたずねた。

「あなたの学校時代の綽名、ルシファーではありませんよね？」

リチャードはびっくりしたように否定した。

「ルシファー？　いいえ。ふくろうと呼ばれていました——いつも眼鏡をかけていましたのでね」

した」

「ルシファーと——バスラで呼ばれていた人を——ご存じありませんか？」

リチャードは首を振った。

「ルシファー、曙の子——堕ちた天使」と呟き、ちょっと間を置いて付け加えた。「そういう名の黄燐マッチが昔ありましたっけ。その利点は、風が吹いても消えないことでした」

こういいながらヴィクトリアの顔をまたじっと見つめたが、ヴィクトリアはそれには気づかずに眉をひそめていった。

「バスラで何が起こったか、くわしく話して下さるとありがたいんですけれど」

「いまお話しした通りですよ」

「いいえ、いったい、どこでそうした事件は起こったんですの？」

「ああ、そういうことですか。総領事館の待合室でした。ぼくは総領事のクレイトンに会うつもりだったのです」

「ほかにどんな人がいまして？　そのセールスマンとカーマイケルのほかに？」

「二人ほど。一人は痩せた浅黒い顔のフランス人か、シリア人、もう一人は老人でした。おそらくペルシア人でしょう」

「セールスマンが拳銃を取り出し、あなたが止めた。カーマイケルが部屋を出た——どういう具合にですか？」

「まず総領事のオフィスの方に行こうとしました。庭を控えた廊下の端にある部屋です――」

ヴィクトリアが遮った。

「知っていますわ。あたしも一日、二日クレイトンさんの所にご厄介になりましたから。あなたがお発ちになった直後でした」

「ほう？」もう一度、リチャードは彼女をしげしげと見つめたが、ヴィクトリアは気づかなかった。その長い廊下を瞼の裏に見ていたのであった。向こうの端にドアがあいており、緑の木々と日の当たっている庭へ通じていた。

「いまいったように、カーマイケルはそっちの方角に走りだしかけて、急にくるっと向きを変えて逆方向に突進し、通りに出て行きました。それっきり、ぼくは彼に会っていないのです」

「セールスマンとかいう人は？」

リチャードは肩をすくめた。

「前夜、誰かに襲われて金を奪われたのだが、そのときの男があのアラブ人だという気がしたので――とかなんとか嘘八百を並べましたよ。ぼくは翌日、飛行機でクウェートに行ったもので、その後の話は聞いていません」

「事件のとき、総領事館にはどんな人が泊まっていたんですの?」

「クロスビーという――石油関係の男だけです。ああ、そうそう、誰かバグダッドからくる予定だといっていましたっけ。でもぼくは会いませんでしたし、名前も覚えていません」

「クロスビー」とヴィクトリアは胸のうちで呟いた。クロスビー大尉――背の低い、ずんぐりした紳士、一語一語区切るあの話しかた。ごく平凡な人物だ。これといって洗練されたところもない、尋常普通の人物だけれど。カーマイケルがティオにきた日には、クロスビーもバグダッドにもどっていた。カーマイケルが急に向きを変えて、総領事のオフィスに行く代わりに通りに向かって駆けだしたのは、廊下の向こうにクロスビーの姿が日光を背に影絵のように浮かびあがるのを見たからだろうか?

ヴィクトリアは少しぼんやりして、このことをしきりに考えていたので、ふと見あげてリチャード・ベイカーの目がじっと自分に注がれているのに気づき、少しどぎまぎした。

「なぜ、そんなことをくわしく知りたいと思われるんですか?」

「ちょっと興味がありますの」

「ほかにご質問は？」

「ルファージュって名の人はご存じありません？」

「さあ――知りませんね。男の人ですか、女の人ですか？」

「わからないんです」

ヴィクトリアはまたしてもクロスビーのことを考えていた。クロスビー？　ルシファー？　ルシファーすなわちクロスビーなのだろうか？

その夜、ヴィクトリアが二人の学者におやすみなさいをいって寝室に引き取った後、リチャードはポーンスフット博士にいった。

「エマースンさんからの手紙をちょっと見せていただけないでしょうか？　あの娘さんについてどう書いてよこしたか、知りたいんですよ」

「いいとも、いいとも。どこか、その辺にあったと思うよ。裏にほかの覚えがきを書きとめておいたんだ。私の記憶ではエマースンはあのヴェロニカをたいそう賞めておったよ。たいへん研究熱心だといっていた。なかなかチャーミングな子じゃないか。荷物がなくなったことについて、こぼしもしないのは感心だよ。たいていの女の子なら、次の日、是が非でもバグダッドまでトラックを出せ、いろいろと揃えなければならないとかなんとか、いうところだろうにね。そう、なかなか気っぷのいい子だ。ところで、どういういきさつで荷物をなくしたっていったっけね？」

「クロロフォルムを嗅がされて誘拐され、現地人の家に閉じこめられていたんだそうです」

「おやおや。そうそう、その話はきみから聞いていたな。ありえない話だ。それで思い出したが――ええと――ああ、そうそう、エリザベス・カニングのことさ、もちろん。あの子は二週間姿を消していたあげく、およそ途方もない話をして聞かせたっけね。いうことがいちいち矛盾していてなかなか面白かったが――ジプシーがどうとやら――ええと――何の話だったかな？　ああ、そう、エリザベスの方はひどく不器量な子だったから、男が絡んでいるとも思えないが。あのヴィクトリア――ヴェロニカ――どうも私は名前を間違えてばかりいるようだな――あの子はなかなかかわいい子だ。あの子の場合は、ひょっとすると男が絡んでいるかもしれんぞ」

「あれで髪の毛を染めていないと、もっときれいに見えるんでしょうがね」とリチャードは素っ気なくいった。

「髪の毛を染めているって？　きみはそういうことをよく知っているね」

「エマースンの手紙のことですが――」

「ああ、わかった、わかった。どこに置いたんだろう？　まあ、きみ、どこでも勝手に探してくれたまえ。私自身もあの手紙を見つけたいんだよ。裏に書いたメモが要るんでね——コイル形の飾りのある玉縁をスケッチしておいたんだ」

# 第二十章

翌日の午後、かすかに聞こえてきた車の音にポーンスフット・ジョーンズ博士は、いまいましそうな叫び声をあげた。やがて砂漠を彼らのテルの方に向かって迂回しはじめている車が見えた。

「見学者か！」と博士は苦々しげにいった。「それもよりによっていちばん具合のわるいときに。私は北東隅のあの彩色したバラ形装飾のセルロース処理を監督したいんだよ。バグダッドかどこかの馬鹿どもがやってきて外交辞令をならべたて、発掘地をひとわたり案内してもらう気でいるんだろうが」

「ここはヴィクトリアに役に立ってもらいましょう」とリチャードがいった。「いいでしょう、ヴィクトリア？　お願いしますよ。あなたに見学者の案内役をつとめてもらいたいんです」

「あたし、きっと間違えたことばかりいってしまいますわ。まるで経験がないんですもの」

「いや、なかなかよくやって下さってるじゃありませんか」とリチャードは快活にいった。「けさ、あなたが平凸煉瓦について いわれたことは、まるでデロンガズの著書を読みあげているようにりっぱでしたよ」

ヴィクトリアはちょっと赤くなって、これからは読んだことをもっと気をつけて自分の言葉にいいかえるようにしようと決心した。ときおり度の厚い眼鏡ごしに注がれるリチャードのいぶかしそうな視線にどぎまぎさせられていたのである。

「せいぜいやってみますわ」と彼女はつつましくいった。

「われわれは雑用をみんなあなたに押しつけていますね」とリチャードはいった。

ヴィクトリアは微笑した。

じっさい、ここ五日間の彼女の活動ぶりには彼女自身も少なからずびっくりしていた。綿で濾した水を使い、ろうそくをともした原始的な暗いランタンの明かりを頼りに、彼女は感光板を現像した。そのろうそくは肝心なときになるとかならず消えるという厄介な代物だった。包装品を利用した暗室のテーブルは低いので、しゃがむか、膝をつくかしなければならなかった。暗室そのものは、リチャードの言葉を借りれば中世の悪名高い狭い監房の現代版といったものだった。ポーンスフット博士は、「そのうち条件を改善できると思うが、目下のところは作業員に給料を払って発掘の成果をあげるだけで手いっぱいで」といいわけをいった。

はじめのうち、ヴィクトリアは籠に集められた土器の破片を見て、なぜこんなものをと呆れて、嘲笑《あざわら》いたくさえなった（むろん、そんなことはおくびにも出さなかったが）。こんな粗末な土器のかけらが――いったい何になるのだ？

しかし接合できる破片を見つけてつなぎ、砂をいれた箱の中に納めるにつれて、しだいに興味が湧いてきた。形の違いやタイプの違いを認めるようになり、ついには心の中でそうした器が三千年あまり前にどのようにして、また何のために、用いられたかを再構成してみようとするようになった。貧しげな個人住宅が何軒か掘り起こされた一隅に立って、彼女はそうした家々がその昔どう見えたか、そこに住んでいた人々、その持ちもの、職業、欲求、願望、危惧を想像してみようとした。ヴィクトリアはもともと生きとした想像力をもっていたので、一幅の絵が容易に胸のうちに浮かんだ。黄金の耳環六つばかりをいれた小さな土器の壺が、とある壁の中に発見された日には有頂天になって喜んだ。リチャードは、「たぶんどこかの娘が持参金代わりの品を匿《かく》しておいたものでしょう」と微笑を浮かべていった。

穀類を盛った皿、嫁入りに備えて大切に取っておいたらしい金の指環、骨製の針、挽臼や乳鉢、人形や魔除け。世間的にも重きをなさぬ単純な人々から成る社会の日常生活。その危惧や希望のすべて。

「あたしが魅力を感じるのはこういうものですわ」とヴィクトリアはリチャードにいった。「あたし、これまで考古学って王家の墳墓とか、王宮に関するだけのものだと思っていたんですけれど」それから何か思い出したように微笑を浮かべた。「もっぱらバビロンの王さまみたいな人たちに関するものだと。こうしたものにあたしがたまらなくひきつけられるのは、どれも普通の、あたりまえの人たちの――あたし自身みたいな人間の――生活を明らかにしてくれるってことですわ。あたしにも秘蔵の品がいくつかあります。なくしものをしたときに願をかけると、いつもきまってその品が見つかるセント・アンソニーの小さな聖像、幸運をもたらしてくれる陶器の豚、ケーキ作りに具合がいいので大事にしていた、内側を青く、外を白く塗ったこね鉢。こわれたので買いかえたんですけど、新しいのは具合が悪くて、やっぱり古いのを使っていましたわ。ですから、あたしには、昔ここに住んでいた人たちがなぜ気に入りの器やお皿がこわれたときに、大事そうに瀝青で接いで使ったのか、よくわかるんですの。人生ってほんとうはどこでも大して違いませんのね――昔も今も。そうじゃないでしょうか？」

見学者たちがテルの側面をあがってくるのを見守りながら、ヴィクトリアはそんなことを考えていたのであった。リチャードが進み出て出迎えた。ヴィクトリアもその後に続いた。

見学者は考古学に関心のある二人のフランス人だった。シリアとイラクを旅行しているということで、ねんごろな挨拶がかわされたあげく、ヴィクトリアは彼らを案内して発掘地を一巡した。どういう作業が行なわれているかを聞きかじったとおりに話したが、話しているうちについいくつかの修飾を加えてしまった。話を面白くするためだから悪くはないとひそかに自己弁護しながら。

見学者の一人は顔色がひどく悪く、興味なさそうに足をひきずっていたが、やがて、「まことにすみませんが、宿舎で休ませていただけないでしょうか」といった。朝からずっと気分がすぐれず——太陽に照りつけられたのでいっそうひどくなったようだと。

男が宿舎の方に去ると、連れは然るべく声をひそめて、あいにく彼は腹痛を起こしているのだといった。バグダッド性腹痛といったものらしいが、今日は外出すべきではなかったようだと。

見学コースを一巡し終わったが、残った方のフランス人はヴィクトリアを捕まえてしゃべっていた。結局フィドスが呼ばれ、ポーンスフット・ジョーンズ博士が現われて、客は客だからもてなさなければと決心した様子で、お帰りになる前にご一緒にお茶でもと誘った。

しかしフランス人は辞退して、暗くなるまで帰りを遅らせると、帰り途《みち》がわからなくなるからといった。リチャード・ベイカーがすぐ、それは本当だと相槌を打った。まだ気分の悪い様子の連れが宿舎から出てくると、車は全速力で走り去った。

「今日のはおそらくほんの序の口だよ」とポーンスフット・ジョーンズ博士が情けなさそうにいった。「これからは毎日、なにがしかの見学者があるだろうな」

博士はアラブ・パンの大切りを一切れ取ってアンズジャムをこってり塗った。

リチャードはお茶の後、自室に引き取った。手紙の返事を書かなければならなかったのである。明日のバグダッド行きを控えてほかにもいくつか書きものがあった。

部屋にはいってリチャードはふと眉を寄せた。彼は一見、際だったきれい好きとも見えなかったが、服や書類をいつも一定のやりかたでしまっていた。それで抽出しという抽出しを誰かがあさった形跡があることにすぐ気づいたのだった。使用人でないことは確かだ。とすると、気分が悪いといって宿舎に行ったあの見学者の男が、鉄面皮にも彼の所持品を掻き回したのだろうか。何もなくなっているものはないようだが。金も手つかずだし。いったい、何を探していたんだろう？　どうもおかしいと彼は考えこみながら、顔を曇らせた。

リチャードは保存室に行き、印章や刻印のしまってある抽出しを覗いてみて、苦笑いを洩らした——手を触れた様子はないし、盗まれたものもないようだ。居間にはいって行くと、ボーンスフット・ジョーンズ博士は中庭で作業員頭と何か話しあっており、ヴィクトリアひとりが片隅の椅子に横座りして、身を縮めて本を読んでいた。

リチャードは前置きなしにいった。「誰か、ぼくの部屋を掻き回したようです」

ヴィクトリアはびっくりしたように見あげた。

「でもなぜですの？　それに誰が？」

「あなたじゃないんでしょうね？」

「あたしが？」ヴィクトリアは憤然とした。「もちろん、そんなこと、しませんわ。なぜ、あたしがあなたの持ちものを掻き回したりしますの？」

リチャードはじっとその顔を見つめた。

「じゃあ、あの糞いまいましい見学者に違いない——仮病を使って宿舎にはいりこんだ奴ですよ」

「何か盗っていきましたの？」

「いや。なくなったものはありません」

「でもなぜ、そんな——」

リチャードが遮っていった。

「その理由は、あなたがご存じではないかと思いましたが」

「あたしが？」

「ええ。あなたのお話では、あなたにはこれまでもちょっとふしぎなことが幾度か起こっているようですからね」

「ああ、あのことですの——ええ、そうね」とヴィクトリアはちょっとびっくりしたような表情でいい、ゆっくり付け加えた。「でもなぜ、あなたの部屋を探したんでしょう。あなたはあのことにはぜんぜん関係がないのに」

「あのこととは？」

ヴィクトリアはちょっと黙っていた。思いに深く沈んでいるようだった。

「ごめんなさいね」しばらくして彼女はいった。「何ておっしゃいました？　聞いていませんでしたの」

リチャードはさっきの問いは繰り返さずに別なことをきいた。

「何を読んでいらっしゃるんですか？」

ヴィクトリアはちょっと顔をしかめた。

「ここには軽い読みものはあまりないから選り好みしてもいられませんのね。『二都物語』『誇りと偏見』『フロス川の水車小屋』ぐらいで。いまは『二都物語』を読んでいますの」

「はじめてですか？」

「ええ。ディケンズなんて、たいくつだと思っていましたから」

「とんでもない！」

「ええ、すばらしく面白いんですのね」

「どの辺まで読みましたか？」と肩ごしに覗いて読みあげた。『編み物をしながら女たちは〃一つ〃と数えた』」

「この人、とても怖い人ですわね？」

「マダム・ドゥファージュですか？　そう、興味ある人物ですよ。もっとも編み物の中に名前をいくつも織りこむというのはぼくにはいつも少々疑わしく思えるんですがね。しかしもちろん、ぼくは編み物をしないから」

「あら、できると思いますわ」とヴィクトリアはその点について考えながらいった。「表編みに裏編み――それに模様編み――ときどき編みかたを間違えたり、編み目を落としたり。そうよ――できるはずだわ――もちろん、編み物の下手な人が間違えたように見せれば……」

とつぜん彼女の胸のうちで稲妻の閃きのように二つのことが結びつき、爆発的な力で全身を揺さぶった。一つの名前と──目にある光景の思い出と。ぼろぼろの手編みの赤い襟巻きを握りしめて死んだ男──その襟巻きを、彼女は後で何気なく自分の抽出しに投げこんだのだが。それとともに一つの名前が。ドゥファージュ──ルファージュではなく。マダム・ドゥファージュだったのだ。

リチャードの慇懃な声に気づいて、ヴィクトリアははっとわれに返った。

「どうかなさいましたか？」

「いいえ──何でもありません──ちょっと考えこんでいただけです」

「なるほど」とリチャードは彼特有の人を小馬鹿にした表情で眉をぐっと吊りあげた。

明日になったら──とヴィクトリアは思った──みんなでバグダッドに行くことになっている。明日で彼女の休息の一時期も終わる。一週間というもの、彼女は安全な平和な生活を楽しみ、立ち直るゆとりを得た。その閑暇を楽しんだ──大いに。たぶんあたしは臆病なんだわ──とヴィクトリアは思った──そうなのよ。冒険をしたいと、陽気に放言したものの、ひとたび、冒険の機会が訪れるとあまりうれしいとは思わなかったのだ。

クロロフォルムのしみた布を振り払おうと抵抗し、しだいに息が詰まるのを感じたあの忌わしい記憶。ぼろを着たアラブ人が、「明日《ボクラ》」といったとき、あの階上の部屋で彼女はほんとうに恐ろしい思いをしたのだった。

そうしたもののすべてに、いまや彼女は帰って行こうとしているのだ。ダキン氏に雇われ、彼から金をもらっているがゆえに。給料だけの働きをし、勇敢な女性というポーズを取らなければならないのだ——。ひょっとしたら〈オリーヴの枝の会〉にもどれとさえ、いわれるかもしれない。

ラスボーン博士のこと、探るような、意味ありげなそのまなざしを思い出して、ヴィクトリアは思わず身震いした。あの人はあたしに警告したけれど……〈オリーヴの枝の会〉にもどる必要はないかもしれない。ダキン氏だって、「もどらない方がいいだろう、あなたのことはもう敵にわかっているのだから」といわないとも限らない。しかし下宿にもどって身のまわりのものをまとめて持ち出す必要はある。あのカーマイケルの襟巻きはスーツケースの中に無造作に突っこんであるのだから……バスラに出かける前に、何もかもいっしょくたにスーツケースにいれておいたのだ。あの襟巻きをダキン氏の手に渡したら、たぶん彼女の仕事は終わるだろう。ダキン氏は映画の中のように、「よくやりましたね、ヴィクトリア、大手柄ですよ」というかもしれない。

顔をあげると、リチャード・ベイカーがじっと見つめていた。

「ところで、明日、バグダッドからパスポートを取ってこられますか？」

「あたしのパスポート？」

ヴィクトリアは自分の置かれた立場をあらためて考えてみた。いかにも彼女らしいことだが、発掘隊に関して、彼女の計画はまだ決まっていなかった。ほんもののヴェロニカ（あるいはヴィニーシア）がいずれイギリスから到着するだろうから、然るべき時を選んで退却する必要があるのは確かだった。しかし人知れず姿を消すか、それとも後悔を面《おもて》にあらわして嘘をいってすまなかったと白状したあげくにするか——じっさいにどういう態度を取ることにするかは、早急に決断すべき問題として考察するにいたっていなかった。ヴィクトリアはいまに何か好都合なことが持ちあがるという、ディケンズの小説のミコーバー氏のような態度を取りがちな娘だったのだ。

「さあ、どうですかしら」とヴィクトリアはさしあたってこの場を切り抜けようとして呟いた。

「パスポートを当地の警察に提示する必要があるんですよ、警察は発掘隊員のパスポートの番号と名前と年齢、それに外見上の特徴その他何もかも登録しておくんです。あなたの場合はパスポートがないから、ともかく名前と特徴とを伝えておかなければと思っていたんですがね。ところであなたの苗字は何といいましたっけね？　ぼくはあなたをいつもヴィクトリアと呼んできましたが？」

　ヴィクトリアはとっさにさりげなく答えた。

「あら、あなたはあたしの苗字をあたしと同じぐらい、よくご存じじゃありませんか」

「それはどうでしょうか」とリチャードはいった。微笑の浮かんでいる唇がひょいと意地わるくあがった。「ぼくはあなたの苗字を知っていますよ。知らないのはあなたご自身じゃないですか？」

　眼鏡ごしにリチャードの目がじっと見つめていた。

「もちろん、自分の苗字ぐらい知っていますわ」とヴィクトリアはつんけんといった。

「じゃあ、いってみて下さい、ぼくに――いますぐ」

　リチャードの声は冷たく、そっけなく響いた。

「嘘をついても何にもなりませんよ。芝居はもう終わりです。あなたはこれまでたいへん利巧に立ち回ってきましたね。自分の専攻と称することについて読み、なかなか博学な所を披瀝しました。しかしこれは四六時中芝居を打っていられるたぐいのものじゃありませんからね。ぼくは罠を設けた。あなたはその罠に落ちた。つまりぼくがまったくのでたらめを引用したのに対して、あなたはそれを真に受けて疑問もさしはさまなかったんですよ」ちょっと間を置いてからリチャードはいった。「あなたはヴィニーシア・

サヴィルではありませんね。誰なんです？」

「はじめてお目にかかったときに申しましたわ。あたしはヴィクトリア・ジョーンズです」

「ポーンスフット・ジョーンズ博士の姪ですか？」

「そうじゃありませんけれど――苗字はほんとうにジョーンズですわ」

「あなたはほかにもいろいろなことをいいましたね？」

「ええ、でもどれもみんなほんとうですのよ！　あなたがあたしのいうことを信じて下さらないことはわかっていました。あたし、それがとても癪にさわって。だってあたしはときどき――ほんといって、かなりしばしば嘘をつきますけれど、これまであたしがあなたにいったようなことはどれも嘘じゃありませんでした、それなのに……だから腹立ちまぎれに嘘をもっと本当らしく響かせようとポーンスフット・ジョーンズという苗字だといってしまったんですの――こっちにきて以来、何度かそう名乗ったことがあって、そのたびにかなりの感銘を与えたものですから。じっさいにあなたがあたしをここに連れてくるなんてことがどうしてわかりまして？」

「そりゃ、あなたにとってはちょっとしたショックだったでしょうね」とリチャードは苦々しげにいった。「あなたはなかなかうまく切り抜けましたがね――冷静きわまりなく」

「ここへ向かっているとしたときは冷静どころじゃありませんでしたわ。それこそがたがた震えていました。でも着くまで待って、その上で説明すれば、ともかくも身の安全は保証されるだろうと思ったのです」

「身の安全？」とリチャードは首をかしげた。「ねえ、ヴィクトリア、あなたがぼくに話したとうてい信じられないあの馬鹿げた話、クロロフォルムを嗅がされたとかいう――あれは本当のことなんですか？」

「もちろん、本当ですとも。作り話をするつもりなら、もっとまことしやかな話をもっと上手に話しますわ。そうお思いになりません？」

「いままではあなたを以前よりは少しはよく知っていますから、いまおっしゃったことの説得力は認めますよ。しかしあなただって、はじめて聞いた者にはあなたの話がおよそ途方もなく聞こえることは認めるでしょう」

「でもいまは本当かもしれないと考える気になっていらっしゃるのね。どうしてですの？」

リチャードはゆっくり答えた。

「というのは、あなたのお話だとあなたはカーマイケルの死に巻きこまれたそうですから――だとすると――そう、本当かもしれないという気がします」

「あれがそもそもの発端でしたのよ」

「ぼくにすべてを話して下さった方がいいと思いますが」

ヴィクトリアは相手の顔をじっと見つめた。

「あなたを信用していいのかしら」

「おやおや、とんだお門違いじゃないですか。ぼくは、あなたが偽名でここにはいりこんだのはぼくから情報を探りだすためではないかという濃厚な疑いをいだいているんですよ。じっさい、そうでないともいいきれない」

「つまり、あなたはカーマイケルについて何かを知っている――それをあの人たちが知りたがっている――そうおっしゃるんですの？」

「あの人たちとは誰です？」

「やっぱりすべてをお話ししなきゃならないみたいですわね。ほかにどうしようもありませんもの。仮にあなたが敵の一味だとしたら、こんなこと、もうご存じのはずでしょうし、どっちにしろ、話したからってどうってことはないでしょうしね」

というわけでヴィクトリアはカーマイケルの死んだ夜のこと、ダキン氏との会見、バスラへの旅、〈オリーヴの枝の会〉に雇われた次第と、キャサリンの敵意、ラスボーン博士とその警告、アラブ人の家でのクライマックスについて、今度は、髪を染められたという奇妙な事実をも含めて話した。ただ一つ抜かしたのは赤い襟巻きとマダム・ドゥファージュのことだけだった。

「ラスボーン博士ですって？」とリチャードは聞き咎めていった。「あの人まで関係がある——この一件の黒幕だというんですか？　しかし彼はたいへんな重要人物ですよ。全世界に名を知られています。彼の事業に対しては、世界中から寄付が流れこんでいるんですよ」

「名士であるってこともこの場合、都合がいいんじゃありません？」

「ぼくはラスボーンはただの勿体ぶった阿呆だとばかり思っていましたがね」とリチャードは考えこんだようにいった。

「それだって、いいカムフラージュですわ」

「そう——そうでしょうね。あなたが前にぼくにきいたルファージュって誰ですか？」

「ちょっと聞きかじった名前ですの。アンナ・シェーレって名も出ましたっけ」

「アンナ・シェーレ？　聞いたことがないですね」

「やっぱり重要人物らしいわ。でもあたし、正確にはその名がどういう意味をもっているのか、なぜ、重要なのか、さっぱりわからないんです。何もかも混沌としていて」

「もう一度教えて下さい。誰でしたっけ、そもそもあなたをこの事件に深いりさせたのは？」

「エドワ――ああ、あの、ダキンさんのことですか？　石油関係の仕事にたずさわっているようですけど」

「疲れた、猫背の、少しぼんやりした感じの男ですか？」

「ええ――本当はそうじゃありませんけれど。つまり――本当はぼんやりしてなんかいないということですわ」

「酒飲みだとか？」

「そういわれていますけど、噂だけだと思います」

リチャードは後ろに背をもたせかけて、ヴィクトリアの顔を見返した。

「フィリップス・オッペンハイムやウィリアム・ル・キュー、その他の亜流の推理作家並みの名推理ですね。これは本当の話なんですか？　あなた自身、正真正銘のヴィクトリア・ジョーンズなんですか？　迫害された女主人公なんですか？　それとも凶悪な冒険家なんでしょうか？」

それに対してヴィクトリアはしごく現実的な態度で答えた。

「肝腎なのは、ポーンスフット・ジョーンズ博士にあたしのことを何て話すかってことでしょうね」

「何もいう必要はありません。べつに何も」とリチャードはいった。「博士に説明する必要はないと思いますよ」

# 第二十一章

　一行は翌日の早朝、バグダッドに向けて出発した。ヴィクトリアは奇妙なことに意気消沈していた。発掘隊の宿舎を最後に見返ったときには、ほとんど涙がこみあげるような気さえした。しかしやがて凸凹のはげしい道を進むトラックにやたらに揺られてひどく気分が悪くなり、おかげでさしあたっての苦しさのほかは何も念頭に浮かばなくなった。ロバを追いこしたり、埃まみれのトラックとすれ違ったり、道路と名のつくものを走る車にふたたび乗っているということがふしぎに思われた。バグダッドの郊外に着くまでに、ほとんど三時間もかかった。トラックはティオ・ホテルで彼らをおろした。コックと運転手が必要な買物をすべて引き受けることになっていた。ティオでは郵便物の大きな束がポーンスフット・ジョーンズとリチャードを待っていた。ホテルに着くと、マーカスが巨体を突然現わして、いつものようにうれしげに頰を輝かしてにこにことヴィクトリアに挨拶した。

「ほんとにずいぶん長いことお目にかかりませんでしたね。私のホテルをさっぱりお見限りだったじゃありませんか。一週間も——いや、二週間も。どうしてです。今日はここで昼を召しあがって下さいますね。召しあがりたいものを何でもお出ししますよ。雛鶏の肉はいかがです？　それとも分厚いステーキにしますか？　米と香料を詰めた特製のあの七面鳥だけはあいにくとお出しできません。あれは前日にいって下さらないと」

ティオ・ホテルに関する限り、ヴィクトリアの誘拐事件はまるで知られていないらしかった。もしかしたらエドワードはダキン氏の助言もあって、彼女が行方知れずになったことを警察に届け出なかったのかもしれない——とヴィクトリアは思った。

「ダキンさんはいま、バグダッドにいらっしゃるでしょうか、マーカス？」とヴィクトリアはきいてみた。

「ダキンさん？　ああ、いい人ですね、あの人はたいへんに。もちろん、あなたのお友だちでしたね。昨日ここにこられました——いや、一昨日でしたかね。それからクロスビー大尉は——あの方もご存じでしたっけ？　ダキンさんのご友人です——今日カルマンシャーからお着きになる予定です」

「ダキンさんの事務所がどこにあるか、あなた知っていて、マーカス？」

「知っていますとも、イラク・イラニアン石油会社の場所は誰でも知っていますよ」

って」

「あたし、そこに行きたいんです。タクシーで。でも運転手が知っているかどうかと思って」

「私が運転手に教えましょう」とマーカスは親切にいってくれた。

マーカスはヴィクトリアを横町に折れる角の所に連れて行き、もちまえの猛烈な声でがなりたて、びっくり仰天した様子で駆けよってきた使い走りの少年に、タクシーを捕まえてこいといいつけた。タクシーの所までヴィクトリアを送って、マーカスは運転手に行先をいい含め、それから一歩さがって手を振った。

「部屋を一つ、取っておいて下さる?」とヴィクトリアはいった。

「いいですとも。すてきなお部屋を用意して、昼にはステーキをお出ししましょう。それから今晩は――とびきりのものがありますよ――キャヴィアです。キャヴィアの前にご一緒に一杯、やりましょう」

「すてきね。そうそう、マーカス、少しお金を貸して下さるかしら?」

「いいですとも。さあさあ、要るだけお持ちなさい」

タクシーは警笛をけたたましく鳴らして走り出し、ヴィクトリアは小銭と紙幣を何枚か握りしめて座席に背をもたせかけた。五分後、ヴィクトリアはイラク・イラニアン石油会社の事務所にはいって行き、ダキン氏に面会を申し込んだ。

ダキン氏は何か書きものをしていたが、ヴィクトリアが案内されると、立ちあがって堅苦しく握手した。

「たしか――ミス・ジョーンズでいらっしゃいましたね？　コーヒーを頼んでくれないか、アブダラ」

事務員が出て行って防音ドアが閉まると、ダキン氏は静かな声音でいった。

「ここには訪ねてこない方が本当は望ましかったのですがね」

「今回に限って、そうしないわけにはいかなかったのです。すぐにお話ししなければならないことがありまして――あたしがどうかされる前に」

「あなたがどうかされる？　では何か起こったのですか？」

「ご存じないんですの？　エドワードは何もいいませんでして？」

「私は、あなたはまだ〈オリーヴの枝の会〉で働いているものとばかり、思っていましたよ。誰も何もいいませんでしたから」

「まあ、キャサリンだわ！」とヴィクトリアは叫んだ。

「どういう意味ですか？」

「みんな、あの陰険なキャサリンの仕組んだことですわ！　あの人がエドワードに何かもっともらしい話をしたのを、エドワードが間抜けにも鵜呑みにしたんですわ」

「じゃあ、その話を聞かせてもらいましょうか。ところで——こんなことをいっては失礼かもしれませんが」とヴィクトリアのブロンドの髪の毛をそれとなく見やって、ダキン氏はいった。

「あなたは黒い髪の方が似合うように思いますがね」

「これも、この企みの一部なんですの」とヴィクトリアはいった。

ドアをノックする音がして給仕がいい香りのコーヒーを注いだ小さな茶碗を持ってはいってきた。給仕が立ち去るとダキン氏はいった。

「さあ、急がないでいいですから、話を残らず聞かせて下さい。ここなら誰に聞かれる心配もありません」

ヴィクトリアはすぐに冒険談をはじめた。ダキン氏に話すときはいつもそうだが、筋道だった簡潔な話をするように心がけた。最後に彼女はカーマイケルが落とした赤い襟巻きのこと、それを彼女があるきっかけで『二都物語』のマダム・ドゥファージュと結びつけて考えたことを話した。

話し終わって、ヴィクトリアは気掛かりそうにダキン氏の顔を見つめた。

彼女が部屋にはいって行ったときには、ダキン氏はつね日ごろよりいっそう疲れた顔をして元気なく背を屈めているようだった。しかしいま見ると、その目は何かふしぎな光をおびて生き生きと輝いていた。

「私も、もっとよくディケンズを読むべきだな」

「ではあたしの推理が正しいとお思いになるんですのね？　カーマイケルのいったのはドゥファージュだと――何かのメッセージがあの中に編みこまれていると、あなたもお考えになりますのね」

「どうやらこれは、味方側の見出した最初の本格的な糸口です。それについては――あなたにお礼をいわなければなりません。ところで肝腎なのは問題の襟巻きですが――どこにあるんです？」

「あたしのほかの荷物といっしょに。あの晩、抽出しに投げこんでおいたんです――荷造りをしたときに、何もかも一緒くたにまとめた覚えがありますわ」

「それであなたは誰にも――どんな人間にも――あの襟巻きがカーマイケルのものだったということは話さなかったでしょうね」

「ええ、すっかり忘れていましたの。バスラに行ったとき、ほかのものと一緒にスーツケースにいれて、それ以来、そのスーツケースさえ、一度も開けたことがないんですの」

「だったら大丈夫でしょう。たとえ彼らがあなたの所持品の中を探したとしても古ぼけた汚らしい毛糸の襟巻きなど、まったく重要視しないでしょうからね——敵がそれについて何か情報を聞いていない限りは——そんなことはまず、ありえないでしょうし。つまりこれから私たちのなすべきことは、あなたの持ちものを残らず取りまとめてあなたの所に届けさせることです。さしあたってどこかに泊まる場所がありますか？」

「ティオ・ホテルに部屋を頼んでおきました」

ダキンは頷いた。

「あそこなら、申し分ない」

「あの——〈オリーヴの枝の会〉にもどる必要はないんですのね？」

ダキンはきっとした目で彼女を見やった。

「怖いですか？」

ヴィクトリアはつんと顎を突きだした。

「いいえ」と挑戦的に、「行けとおっしゃればまいりますわ」

「その必要はないと思いますね——それに賢明なことでもないでしょう。どうして知ったのかはわかりませんが、誰かがあなたの活動について嗅ぎつけたらしいですね。したがってもうこれ以上、あそこであなたが探れることはないと思うんです。あそこにはもう寄りつかない方がよろしい」といって微笑し、「さもないと、今度お目にかかるときはあなたの髪は赤く染まっているかもしれませんからね」

「そのことがあたし、何よりもふしぎなんですの！　なぜ、あの人たち、あたしの髪の毛を染めたんでしょう？　いくら考えても理由がわからなくて。あなたはおわかりになりますか？」

「あなたの死体の身元がなかなかわからないようにではないかという、いささか不快な想像を除いては何も」

「でもあたしを殺したかったのなら、どうしてすぐ手を下さなかったのでしょう？」

「それはたいへん面白い質問ですね、ヴィクトリア。私もその答をぜひ知りたいと思いますよ」

「あなたにも見当がおつきになりませんの？」

「まるで思いつきません」とかすかに笑みを浮かべてダキン氏はいった。

「思いつくといえば、あの朝ティオで見たサー・ルーパート・クロフトン・リーについて何だか妙な気がしたとあたしがいったのを覚えていらっしゃいます？」

「ええ」

「あなたは個人的にはサー・ルーパートをご存じないんですのね」

「会ったことはありません」

「そうだろうと思いましたわ。だって、あのときの男はサー・ルーパート・クロフトン・リーではなかったんですから」

こういってヴィクトリアはふたたび調子づいて、サー・ルーパートの首にできかけていた吹き出ものことから話しはじめた。

「そういうことだったんですか」とダキンはいった。「なぜ、カーマイケルが警戒を解いてあの夜殺されてしまったのか、どうにも解しかねていたんですよ。カーマイケルはサー・ルーパートに会う段取りまで無事に漕ぎつけた——ところがその当のサー・ルーパートが彼を刺した。しかし彼は何とか逃げだしてあなたの部屋に跳びこんでそこで倒れた。襟巻きはあくまでも放さなかった——文字通り死守した」

「あたしがあなたにその話をするといけないと思って、あの人たち、あたしを誘拐したんでしょうか？　でもエドワードのほかにはこのことは誰も知りませんのよ」

「連中は、とにかくあなたを厄介払いしようと思ったのでしょう。〈オリーヴの枝の会〉で行なわれていることを、あなたにやたらと嗅ぎつけられては困ると思ったんでしょうね」

「ラスボーン博士はあたしに警告しましたわ。警告というより威嚇のようでした。あたしが、額面通りの人間でないことに気づいたんだと思いますわ」

「ラスボーンは馬鹿じゃありませんからね」とダキンは無表情な声でいった。

「あそこにもどらなくていいといって下さって、ありがたいですわ。勇敢そうなふりをしてましたけど、ほんとは怖くって。ただ〈オリーヴの枝の会〉に行かなかったら、どうやってエドワードと連絡が取れるでしょう?」

ダキンは微笑した。

「マホメッドが山に近よらなければ、山の方でマホメッドの所にくるほかないでしょう。エドワードに一筆お書きなさい。ティオにいるといって、あなたの服や荷物をまとめて届けてくれと頼むといい。私は朝のうちにラスボーン博士の所に行って、クラブの夜会のことで相談するつもりです。秘書のエドワードに手紙を渡すぐらい、難なくできますーーあなたの敵のキャサリンが手紙をどこかにやってしまう心配もありません。あなたはすぐティオに帰って、じっとしていらっしゃい。それからね、ヴィクトリアーー」

「はい?」

「何か窮地に陥ったら、せいぜい自分でできるだけ身を守って下さい。当方でもあなたの身辺をできるだけ警戒しますが、敵はなかなか手ごわい。それに困ったことにあなたは多くを知りすぎている。荷物がティオに届いたら、その時点であなたの私に対する義務は終わります。わかりますね?」

「これからすぐティオにもどりますわ。お白粉と口紅とヴァニシング・クリームを買うために途中でちょっと店に寄るつもりですけど。だってあの――」

「ボーイフレンドにお化粧もせずに会うわけにはいきませんからね」

「相手がリチャード・ベイカーなら、あまり気にしませんわ。あたしだってその気になれば、けっこう美人に見えるんだって知らせたいとは思いますけど」とヴィクトリアはいった。「でもエドワードは別です……」

# 第二十二章

ブロンドの髪をていねいに撫でつけ、鼻にお白粉を叩き、口紅を塗り直してヴィクトリアはティオのバルコニーに立った。ロミオを待つ現代のジュリエットをふたたび演ずるべく。

やがてロミオがきた。芝生をあちこち見回しながら。

「エドワード」とヴィクトリアは声をかけた。

エドワードは目をあげた。

「やあ、そこですか、ヴィクトリア」

「あがっていらして」

「いま、行きます」

間もなく人気《ひとけ》のないバルコニーにエドワードが現われた。

「ここの方が静かでいいわ。もう少し後で下に行って、マーカスに何か飲みものをご馳走してもらいましょう」

エドワードはふしぎそうにヴィクトリアの顔を見つめていた。

「ねえ、ヴィクトリア、髪の毛に何かしたんですか?」

ヴィクトリアは腹立たしげに溜息をついた。

「これ以上、あたしに髪の毛のことをいう人がいたら、あたし、頭を殴りつけてやりたいくらいよ」

「以前の方がよかったと思いますがねえ」

「だったら、キャサリンにそういっておやりなさいな!」

「キャサリンですって? あなたの髪と、キャサリンと、どういう関係があるんです?」

「大ありよ。あなたがあの人と仲よくするようにいったから、あたし、その通りにしたのよ。お蔭であたしがどんな目に遭ったと思って?」

「いったいいままでどこにいたんですか、ヴィクトリア? ずいぶん心配したんですよ」

「さぞかし心配して下さったことでしょうね。あたしがどこに行ったと思っていらしたの?」

「キャサリンから伝言を聞きましたよ。急にモスールに行かなければならなくなったって。何か大事な用事ができたけれど、いい知らせだから心配はいらない。そのうち、たよりをするとも」

「まあ、そんないいぐさを信じたっておっしゃるの？」とヴィクトリアは愚かな恋人をほとんど隣れんでいるような声でいった。

「何かの手掛かりを追っているらしいと思ったんです。当然ながらキャサリンに詳しいことはいえなかったんだろうと――」

「キャサリンが嘘をついているとはお思いにならなかったの？　あたしは頭を殴られて――」

「何ですって？」とエドワードは目をまるくした。

「麻酔をかけられ、クロロフォルムを嗅がされ――飢え死にしそうになり――」

エドワードはあたりにきょろきょろと目をくばった。

「まさか！　そんなことは夢にも考えませんでしたよ――ねえ、ここではなんですから――窓がやたらにあるし――あなたの部屋に行ってはどうでしょう？」

「いいわ。荷物は持ってきて下さって？」

「ええ、ポーターを手伝って車からおろしておきました」

「二週間も着替えなしに暮らすとねえ――」

「ヴィクトリア、いったい何が起こったんですか？　そうそう――ぼく、車できているんですよ。デヴォンシャーに行きましょう。あなたはあそこへはまだ行ったことがないんでしたね？」

「デヴォンシャーですって？」とヴィクトリアはびっくりしたように目を見はった。

「バグダッドからあまり遠くない所ですよ。この季節にはなかなかおつです。行きましょう。二人だけになれるのはずいぶん久しぶりですからね」

「バビロン以来ね。でも、ラスボーン博士や、〈オリーヴの枝の会〉の人たちはあなたが仕事を怠けてあたしと遠出をしたと聞いたら何ていうでしょう？」

「ラスボーン博士なんか、どうでもいい。どっちみち、あの馬鹿なじいさんには、うんざりしているんですから」

二人は階段を駆けおりて、エドワードが車を止めた所に行った。エドワードはバグダッドの市中を広い並木道沿いに南を指して車を走らせた。それから道を折れてかなり揺れながらヤシの林の中を縫い、灌漑用水の上に架けた橋を渡った。そしてついにまったく思いがけず、小さな灌木林に出た。灌漑用の流れが林のまわりや中を縫うようにいく筋も流れていた。林の木はおおかたはハタンキョウとアンズで、ちょうど花がちらほら咲きそめていた。いかにも牧歌的な場所で、灌木林の向こうの少し離れた所をティグリス川がゆったりと流れていた。

「まあ、きれい！」とヴィクトリアは深い嘆息を洩らしていった。「春のイギリスにもどったみたい」

おだやかな暖かい日和で、二人はやがて倒れている木の幹に腰をおろした。ピンクの花をつけた枝が頭上から垂れさがっていた。

「さあ、どういうことが起こったのか、話して下さい。ぼく、本当に心配でたまらなかったんですよ」

「ほんと？」とヴィクトリアは夢見心地にほほえんだ。

そして彼女はエドワードに物語ったのであった。キャサリンの友だちの美容師の家に行ったこと、クロロフォルムのにおいに気づき、抵抗したこと、目が覚めたら麻酔の名残で気分が悪かったこと、その家から逃げだし、運よくリチャード・ベイカーとめぐりあい、発掘地の伯父のもとに行こうとしているヴィクトリア・ポーンスフット・ジョーンズと名乗り、イギリスからやってきた人類学専攻の女性研究者の役割をなんとかうまく演じおおせるところだったことを。

彼女がここまで話したとき、エドワードが笑いだした。

「あなたは本当にすばらしい人だ、ヴィクトリア！　あなたの考えることや思いつくことときたら！」

「ええ、二人の伯父さんのことね？　まずポーンスフット・ジョーンズ博士、その前には主教の――」

そのときヴィクトリアはとつぜん思い出した――バスラでエドワードと話していたとき、ミセス・クレイトンが飲みものの用意ができたといったために会話が中断されたときのことを。あのとき、エドワードにたずねようとしていたことを、彼女はいま思い出してきいた。

「前にも一度きこうと思ったんだけれど、主教の伯父についてのあたしの嘘のことを、あなた、どうして知っていらっしゃるの？」

彼女の手を握っていたエドワードの手がにわかにびくっと緊張するのが感じられた。エドワードは間髪をいれずにいった。少々奇異に感じられるくらい慌てていた。

「それはあなたからきいたんだと思いますがね」

ヴィクトリアはエドワードの顔を見返した。後に彼女は思った――たったいっぺん、子どものように不用意に口をすべらしたことから、思いがけない大きな結果が生まれるものだと。

というのは、エドワードは虚を突かれてすっかり度を失っていたのだから。とっさにもっともらしくいいつくろうこともできず――その顔は仮面を取り去られ、まったく無防備だった。

そこに座ってエドワードの顔を見つめているうちに、すべてのことがさながら万華鏡に映る細片のように動きだして、一つの模様を形づくった。こうして彼女は真相を悟ったのであった。おそらく本当のところは、そのとき一挙に真相に達したというのではなかったのかもしれない。彼女の潜在意識の中で、なぜ、エドワードは主教の伯父についての彼女の作りごとを知っていたのだろうという問いが彼女を悩まし、しきりにさいなみ、徐々に唯一の、不可避の結論に到達させつつあったに相違ない……

エドワードはランガウの主教について、彼女の口から聞いたのではない、それについて彼に告げることができたのは、ハミルトン・クリップ夫妻のどちらかだったはずだ。しかしバグダッドに彼女が到着して後にクリップ夫妻がエドワードに会ったわけはない。エドワードはたまたま、バスラに行っていたのだから。とすると、イギリスを出る前にクリップ夫妻から聞いたとしか、考えようはない。してみると彼ははじめからヴィクトリアがクリップ夫妻に同行してバグダッドにくることを承知していたことになる――すばらしい偶然の一致というが、結局のところ、偶然などではまったくなかったのだ。最初から計画され、意図されていたのだ。

仮面を脱いだエドワードの顔を見守っているうちに、ヴィクトリアはとつぜんはっとした。カーマイケルがルシファーという言葉によって何を意味していたかを悟ったのだ。その日カーマイケルが総領事館の廊下の果ての庭に見たものが何だったかを、ヴィクトリアはその瞬間、悟った。それはいま彼女の目の前にある若々しい、ハンサムな顔だったのだ——たしかに美しい顔であった。

〝ルシファー、黎明の子、明けの明星よ、なにゆえあなたは天から堕ちたのか？〟（旧約聖書イザヤ書一四・一二。ミルトンの『失楽園』の悪魔）

ラスボーン博士ではなかったのだ——はじめからエドワードだったのだ。エドワードが端役を、秘書の役をつとめながら、じつはすべてを統御し、計画し、命令し、ラスボーンを表面に押し立てていたのだ——ラスボーンは彼女に、手遅れにならないうちにここを去れと警告してくれたのだ。

その美しい、しかしよこしまな顔を眺めているうちに、彼女の女学生じみた、青くさい恋はうたかたのように消えた。エドワードに対して彼女が感じていたものがけっして恋ではなかったことを彼女は悟った。それは何年か前に彼女がハンフリー・ボガートに、もう少し後にはエディンバラ公に対して感じたのと同じ感情、かりそめの憧れであった。

エドワードの方は彼女に愛など感じたことがなかったに違いない。彼はただ、彼女を利用しようという下心から、彼女に対してせいぜい魅力を発揮し、彼女の心を捉えたのだ。あの日、彼女に目をつけたエドワードは、いとも自然に、容易に、彼女を彼の魅力のとりこにした。彼女は何の抵抗も試みずにそれに屈した。まったくいいカモだったのだ。

　ほんの数秒の間に何と多くのことが頭に閃くものか、ふしぎなくらいだった。じっくり考える必要などない。天啓の閃きというか、すべてが一瞬にして明らかとなっていた。たぶん潜在意識的にはずっと気づいていたのだろう。

　それと同時に一種の自己保存の本能が――ヴィクトリアの精神作用がすべてにわたってそうであるように――きわめて敏速に働いた。ヴィクトリアは愚かしい、間の抜けた、ただふしぎでたまらないといった表情を装いつづけていた。というのはそのとき彼女は本能的に、いま自分が非常に危険な瀬戸際にあることを感じていたのであった。この危機を切り抜けて助かる道はただ一つ。切り札は一枚しかなかった。その切り札を使うべく、彼女は時を移さず行動を起こした。

「じゃあ、はじめから知っていらしたのね！　あたしがいずれここにくることを。あなたが何もかも手筈を整えたのね、まあ、エドワード、あなたって、すばらしい人だわ！」

表情を自由自在に変えることのできるヴィクトリアの顔にこのとき浮かんでいたのは、もっぱら甘ったるい渇仰のそれであった。エドワードが直ちにそれに反応するのを彼女は見た——かすかに軽蔑的な微笑、そして安堵を。エドワードが、〝馬鹿な小娘だ、こいつは！　どうせ、こっちのいうことを何でも鵜呑みにするだろう。好きなように操ってやれ〟と呟くのがほとんど聞こえるようだった。

「でもいったい、何もかもどうやって運んだんですの？　あなたにはきっと大した権力があるのね、エドワード、じっさいのあなたは見かけとはまるで違うんでしょうね。あなたは——いつだったか、あなたがいったように、それこそバビロンの王さまのような力をもっているんだわ」

その言葉に彼の顔が誇らしげに輝くのを、内気そうな、感じのよい青年の仮面の下に隠されている権力欲と悪の力、その美しさ、残酷さを、彼女は見た。

〝あたしはほんとうに一介のキリスト教徒の奴隷みたいなものだわ〟とヴィクトリアは思った。そして急いで心配そうに——彼女の言葉を本当らしく響かせる、いわば画竜点睛として（それは彼女の自尊心にとって堪えがたい嘘であったが）きいたのだった。

「でも、あなたはあたしを、本当に愛しているんでしょ？」

エドワードはほとんど軽蔑を隠しかねていた。馬鹿な小娘——女なんて、どいつもこいつも馬鹿ばかりだ。愛されているとたやすく思いこみ、愛にしか、関心がないのだ！　建設の崇高さ、新しい世界の偉大さをなんら理解せず、愛ばかりを、愚痴っぽく乞い求める奴ら！　どうせ女なんて奴隷だ。目的を推進するための道具に過ぎない――おそらくそう考えているだろうに、彼は口では、「もちろん、愛していますとも」といった。

「でもあなたの計画はいったいどういう意味をもっていますの？　話して下さいな、エドワード、あたしにもわからせて下さい」

「新しい世界が生まれるんですよ、ヴィクトリア。古い塵埃と灰の中から、新しい世界が生まれようとしているんです」

「お願い、くわしく話して下さいな」

エドワードは語った。聞いているうちにわれにもなくヴィクトリアはその言葉に押し流され、あぶなく彼の夢の中にともに巻きこまれそうになった。古き悪しきものを互いに相争わせるのだ――と彼はいった。利益を貪欲に追求し、進歩の障害となっている、肥えふとった老人たちと、マルクス主義的な楽園の建設に狂奔している偏狭で、愚かしい共産主義者たちを互いにいがみあわせるのだと。地球的規模の戦争が必然的に起こって、すべてが破壊される。その上で新天新地が生まれるのだ。高度の知性と精神力を備えた、少数の選ばれた者たちの群れ――科学者、農業専門家、行政官たちから成る――

つまりエドワードのような若者たち、新世界のジークフリートたちが、その上で乗りだすのだ。ひとしく若く、超人としての己が運命を信じている者たちが。破壊がその業を終えたとき、そのときこそ、そうした若者たちの出番だ。そのとき、彼らが登場して権力を掌握するのだ。

たしかに狂気じみているだろう――しかし建設的な狂気なのだ――とエドワードはいった。崩壊し、解体しつつある世界において、実現可能なたぐいの偉業なのだと。

「でも、そのために殺されていく人たちのことはどうなんですの？」

「あなたにはわかっていない」とエドワードはいった。「そんなことはどうでもいいんですよ」

自分の目的に関係のないことはどうでもいい――それがエドワードの信条であった。

とつぜん何の理由もなく、ヴィクトリアの頭に、あの三千年の古さをもつ粗末な土器のことが浮かんだ。丹念に瀝青で接がれた古ぼけた容器。ああしたものこそ、重要なのだ――些々たる日用品、煮炊きをし、食べさせていかなければならない家族。家庭生活の営まれる場所の四つの壁。わずかな秘蔵の品。地球上に住む多くの普通の人間たち――おのおの業にしたがい、土地を耕し、壺を作り、子どもたちを育て、泣いたり笑ったりしてきた人々。朝になれば起き、夜になれば寝る、平凡な人々。彼らこそ重要なのだ。

新世界を作ることを欲し、そのために誰が傷つこうが知ったことではないとうそぶく、悪の刻印の押された顔をもつ天使たちではなしに。

慎重の上にも慎重を期しつつ——というのは、ここイラクのデヴォンシャーで死の手が彼女のすぐ近くに迫っていないと誰がいえよう？——彼女はいった。

「エドワード、あなたってほんとうにすばらしい人だわ。でもあたしはどうしたらいいんですの？　何かあたしにできることはなくて？」

「手伝いたいというんですか？　あなたもぼくらの目的を信じるんですか？」

ヴィクトリアはことさらに用心ぶかそうな態度を装った。急に寝返りを打っては怪しまれる。過ぎたるは及ばざるがごとしだ。

「あたしはあなたを信じているに過ぎないわ。でもあたし、あなたがしろといえば、何でもしますわ、エドワード」

「うれしいことをいってくれますね」

「でも、そもそもあたしがここにくるようにお膳立てをしたのは、いったいどういうわけ？　何かわけがあったに違いないと思うけど」

「もちろんありましたよ。あの日、ぼくがあなたの写真を撮ったのを覚えていますか？」

「ええ」

(あたし、馬鹿だったわ！　写真を撮りたいといわれたのが誇らしくてにやついていた――とヴィクトリアは心中ひそかに自分に腹を立てていた)

「あなたの横顔を見て、あなたがある人物とひどく似ているのに気づいたんですよ。それで念のために写真を撮ったわけです」

「あたしが誰に似ているんですの？」

「あなたはわれわれをひどく手こずらせている、ある女によく似ているんです――アンナ・シェーレといいますが」

「アンナ・シェーレ？」とヴィクトリアはぽかんとエドワードの顔を見つめた。まったく思いもかけぬエドワードの言葉であった。「その人があたしに似ているっていうんですの？」

「横から見ると、ほとんどそっくりといっていいくらいなのです。もう一つ、ふしぎなことがあるんですよ。あなたの上唇の左の方にちょっとした傷痕がありますね」

「ええ、小さいころ、馬の玩具の上に転んで切った痕ですわ。とがったブリキの耳でかなり深く切ったんですの。はっきりと見えるほどではありませんけど――とくにお白粉をつけると」

「アンナ・シェーレにも、ちょうど同じ所に傷があるんですよ。これはすこぶる貴重な相似点です。あなたとアンナ・シェーレは背の高さも似たりよったりです――アンナの方が四、五歳年上でしょうか。まるで違うのは髪の毛です。あなたの髪は黒いが、アンナは金髪です。ヘア・スタイルも違う。目の色もあなたの方が青が濃い。しかしサングラスをかければ目の色なんぞ、問題ではありません」

「それで、あなたはあたしをバグダッドにこさせようと思ったんですのね？　あたしがアンナ・シェーレに似ているから？」

「ええ、ひょっとすると先ざき役に立つかもしれないと思って」

「何もかもあなたが仕組んで……クリップさんたちも――あのご夫婦はどういう人たちですの？」

「大した者ではありません――いわれたことを果たすだけの人間ですよ」

エドワードの声音に、ヴィクトリアはふと背筋に寒いものを覚えた。非人間的な、超然とした口調で彼は、〝小者にとっては服従あるのみだ〟といっているようだった。

エドワードの途方もない企図には狂信的なものが感じられた。

〝エドワードにとっては、自分自身が神なんだわ。何よりも恐ろしいのはそのことじゃないかしら〟こう思いながら、ヴィクトリアはエドワードにいった。

「あなたはアンナ・シェーレがこの企画の主役だ、女王蜂のようなものだと一度あたしにおっしゃったわね？」

「あなたをはぐらかすように、何かもっともらしいことをいわなければなりませんでしたからね。あなたはただでさえ多くを知りすぎていた」

〝あたしがたまたまアンナ・シェーレに似ていなかったら、多くを知りすぎているっていう理由で殺されていたんだわ、きっと〟とヴィクトリアは心中考えながら、またきいた。

「でもアンナ・シェーレって、どういう人ですの？」

「オットー・モーガンサルというアメリカの銀行家で、国際銀行に名を連ねている人物の個人的秘書です。ですが、それだけじゃありません。財政に関してアンナ・シェーレはきわめて傑出した頭脳をもっていて、われわれの活動の財政面についてもおおかたの所を、どうやら突きとめたらしく思われます。これまでのところ、彼女を含めて三人の人間がわれわれにとって危険な存在でした。ルーパート・クロフトン・リー、カーマイケル――この二人はうまくかたづけましたが、アンナ・シェーレだけはまだ残っています。アンナは三日後にバグダッドに到着することになっているんですが、目下行方知れずになっています」

「行方知れずになった？　どこですの？」

「ロンドンで。いずくともなく姿を消したんですよ」

「どこへ行ったか、知っている者はいませんの？」

「ダキンは、あるいは知っているかもしれません」

「いや、ダキンは知らないはずだ。いったいアンナ・シェーレは現在、どこにいるのだろう？

「あなたにも見当がつかないんですの？」

「一つ、見当がついていることがあるにはあるんですが」とエドワードはゆっくりいった。

「どういうこと？」

「アンナ・シェーレが会談のためにこのバグダッドにくるというのは、すこぶる重要な前提なんです。しかも会談の日は五日後に迫っています」

「まあ、もうすぐじゃありませんか。知りませんでしたわ」

「われわれはこの国に入国する者を厳重にチェックしてきました。アンナがくるとしたら、本名でなく偽名を使うでしょう。イギリス政府差しまわしの公用機を使うことはありません。それはあるルートを通じて確かめてあります。そこでわれわれは飛行機の予約を調べてみました。するとBOACにグレーテ・ハーデンの名で座席が一つ予約されていました。この女性の身元を調べてみたのですが、そんな人物は実在しないということがわかりました。つまり偽名なのです。住所も架空のものです。というわけでわれわれはグレーテ・ハーデンすなわちアンナ・シェーレではないかと疑っているのです」といってエドワードは思い出したように付け加えた。「グレーテ・ハーデンの飛行機はダマスカスにあさって着くことになっています」

「それで？」

エドワードの目はとつぜん、食いいるようにヴィクトリアの目を見つめた。

「それであなたの出番というわけです」

「あたしの出番？」

「あなたがグレーテ・ハーデンに代わるんですよ」

ヴィクトリアはゆっくり呟いた。

「ルーパート・クロフトン・リーのように？」

ほとんど囁くような声であった。サー・ルーパートの身代わりが登場してサー・ルーパートに取って代わり、サー・ルーパートは死んだ。ヴィクトリアがアンナ・シェーレに取って代わるとき、アンナ・シェーレ、またの名グレーテ・ハーデンもおそらく死ぬことになるだろう……あたしが承諾しなかったとしても——とヴィクトリアはとっさに考えた——アンナ・シェーレはおそらく死ぬ。それにエドワードがあたしの答を待っているのだ——たとえほんの、一瞬にせよ、エドワードが彼女の忠誠心を疑ったら、あたしはたちまち殺されるだろう——誰に警告を発することもできずに。ここはいったん、承知し、機会を見てダキンさんに報告するほかないわ。

ヴィクトリアはふかく息を吸いこんでいった。

「あたし——あの——ああ、でもエドワード、あたしにはとてもそんなこと、できないわ。見つかってしまうにきまっていてよ。アメリカ人のような声なんて出せやしないし」

「アンナ・シェーレには、アメリカ訛りはほとんどありません。それにどうせあなたは喉頭炎にかかっているという設定でアンナに取って代わるんです。この国のもっともすぐれた医師がそう診断をするでしょう」

〝まったく、敵の腹心はどこにでもいるのね〟とヴィクトリアは思いつつ、きいた。

「じゃあ、あたしは何をしたらいいんですの？」

「ダマスカスからバグダッドまで、グレーテ・ハーデンとして飛行機に乗るんです。バグダッドに着いたら、すぐ床につく。会談に赴くに先だって、名医の許可を得てやっと起きることを許されるわけです。その会談で、あなたは集まった面々の前に持ってきた文書を提出するのです」

「それ、本物の文書ですの？」

「もちろん、違います。われわれがすり替えたものです」

「偽物には何が書いてありますの？」

エドワードは微笑した。

「アメリカにおける共産主義者らの驚くべき陰謀に関するもっともらしい報告です」

万事なんと周到に計画されているのだろう――とヴィクトリアは舌を巻いた。

「でもエドワード、あたし、ほんとうに見破られずにすむかしら？」

ヴィクトリアはいまはもう役に乗って、心底心配そうにたずねた。

「大丈夫ですとも。ぼくの見るところ、あなたにとって何かの役割を演じることはこたえられない喜びのようですからね。ほかのものには疑いをさしはさむことなど、とてもできないんですよ」

ヴィクトリアはしみじみいった。

「ハミルトン・クリップ夫妻のことを考えると、とんでもない馬鹿なことをいったり、したりした自分が恥ずかしいわ」

エドワードは鼻の先で笑った。

ヴィクトリアはあいかわらずひたむきな崇拝の情を面に表わしつつ、せめても心の中で毒づいた。〝でもあなただって大馬鹿よ、エドワード、主教のことでうっかり口を滑らせて。あのことがなかったら、あたしにはとてもあなたって人が見抜けなかったでしょうに〟

とつぜん彼女はきいた。

「ラスボーン博士はどうなんでしょう？」

「どうって？」

「あの人は表看板だというだけですの？」

エドワードの冷酷な唇が愉快げに歪められるのをヴィクトリアは見た。

「ラスボーンとしてはいいつけられた通りにするほかないんですよ。あいつがここ何年間か、何をやってきたか、知っていますか？　世界中から集まってくる寄付金の四分の三を私事に流用していたんですよ。国債をめぐって詐欺罪に問われたホレーシオ・ボトムレー以来の巨額の巧妙な着服でね。そう、ラスボーンはまったくわれわれのいいなりです――こっちはその気になればいつでも真相を曝露してやれる。あいつもそれを承知しているんですよ」

ヴィクトリアはきびしい運命に直面しているように苦しげな気高い顔の老紳士、ラスボーン氏に対して、にわかに深い感謝を覚えた。金銭に貪欲な、卑怯なぺてん師の一面はあるかもしれないが、憐れみの心はもっていたのだ——何とか手遅れにならないうちに彼女を逃してやろうと忠告してくれたのだ。

「すべてはわれわれの新秩序に向かって進展しているんです」とエドワードはいった。

ヴィクトリアは思った。〝正気には見えるけれど、エドワードは本当は狂っているんだわ。神の役割を引き受けて行動しようと思うと、人は発狂するのかもしれない。謙譲はクリスチャンの美徳だというけれど——あたしにはその意味がいま、やっとわかったわ、謙譲こそ人を正気に、人間らしい人間にするんだわ……〟

エドワードは立ちあがった。

「さあ、もう行動を開始する時間です。あなたをダマスカスに出発させ、あそこでの手筈をあさってまでにちゃんと整えておかなくては」

ヴィクトリアは勢いよく立ちあがった。デヴォンシャーを出て、バグダッドの人ごみの中へ、ティオ・ホテルへ、大きな声で使用人をどなりつけ、人さえ見ればにこにこ笑って飲みものはどうだときくマーカスのいるティオ・ホテルにもどれば、身近なエドワードの存在からくる、執拗な脅威は取り除かれるだろう。彼女は二つの役割を同時に演じなければならないのだ――忠犬のような、気色のわるいほどの献身的表情でエドワードを欺き、一方、ひそかにその計画を挫折させるために働くのだ。

「ダキンさんはアンナ・シェーレがどこにいるか、知っているんでしょうか。だったらあたし、探りだせるかもしれないわ。ダキンさんがうっかり、手掛かりを洩らさないとも限らないし」

「そんなことはまずないでしょうね――それにあなたはダキンにはもう会わないでしょう」

「でも今晩あの人の所に行くようにいわれていて――」とヴィクトリアは嘘をいった――エドワードの言葉に背筋が寒くなるような恐怖を感じはじめていたのである。「行かなかったらあの人、ふしぎに思うわ」

「あいつがどう思おうが、いまとなってはもう気にすることはありませんよ。それに段取りはもうできています。あなたは今後もうバグダッドには姿を見せないわけですから」

「だけどエドワード、あたしの荷物、すっかりティオに置いてあるし、部屋も予約してあるのよ」

襟巻き、重要な手掛かりの襟巻きもティオにあるのだ。

「ここしばらくは荷物なんか、要りませんよ。あなたの着るものその他はすっかり用意してあります。さあ、行きましょう」

二人はふたたび車に乗った。ヴィクトリアは思った。〝あたしが正体に気づいた後で、ダキン氏に連絡するチャンスをエドワードがあたしに与えるわけがないくらいわかっているはずだった。この人はそんな甘っちょろい馬鹿ではない。あたしが自分に首ったけだと思っているし、そう確信してもいるだろうけど――でもあぶない橋はけっして渡らないわ〟こう考えながらももう一度いってみた。

「あたしが現われなかったら、探したりしないでしょうか」

「そのことなら、こっちがちゃんと手を打ちますよ。表向きはぼくと橋の所で別れて、西岸の友だちに会いに行ったということになるでしょう」

「それでじっさいには?」

「いまにわかります。まあ、待っていらっしゃい」

でこぼこした道を車はがたがたと走り、ヤシの庭園のまわりを回って、灌漑用の流れに架けられた小さな橋を渡った。

「ルファージュ」とエドワードはふと呟いた。「カーマイケルはどういうつもりでルファージュなんていったのかな」

ヴィクトリアはどきっとした。

「ああ、忘れていたわ。何かの手掛かりになるかどうか、わからないけれど、テル・アスワドの発掘隊の所にルファージュ氏という人がやってきたことがあるんだけれど」

「何ですって？」とエドワードは興奮のあまり、車を急に止めそうになった。「いつのことです？」

「さあ、たぶん一週間ぐらい前よ。シリアの発掘隊の所からきたとかって。パロ氏の発掘隊からだったかしら」

「あそこにあなたがいるうちに、アンドレとジュヴェという名の二人の男が行きませんでしたか？」

「ええ、きましたわ。一人は腹痛だとかって、宿舎に行って休んでましたっけ」

「あれもぼくらの一味ですよ」

「なぜ、やってきたんですの？　あたしを探しに？」

「いや――あなたがどこにいるのか、見当もつかなかったんですからね。ただリチャード・ベイカーはカーマイケルと同じときにバスラにいましたので、ひょっとしてカーマイケルから何か、手渡されたのではないかと思って」

「リチャードは誰かが部屋の中を掻き回したといってましたっけ。で、何か見つかりましたの？」

「いや――よく考えて思い出してみて下さい、ヴィクトリア、ルファージュとかいう男はあの二人より前にきたのか、後にきたのか？」

ヴィクトリアは思い出そうとつとめているふりをしながら、ルファージュ氏という謎の人物にどういう行動をさせるかを思案した。

「たぶん――ええ、そうよ、あの二人がくる前の日だったと思うわ」

「どんなことを話していました？」

「そうね、発掘地にポーンスフット博士と出かけて、その後、リチャード・ベイカーが宿舎に連れて行ったわ。保存室に見せたいものがあるからといって」

「リチャード・ベイカーと？　二人で話をしていたんですね？」

「ええ、たぶん。何かを一緒に見るときに黙りこくっているわけもないでしょうからね」

「ルファージュ」とエドワードは呟いた。「ルファージュとは、いったい何者なんだ？　なぜ、その男について、われわれの所に何の情報もはいってこないんだ？」

ヴィクトリアは〝ルファージュ氏ってのはね、まるで架空の誰かさんよ〟といいたくてたまらなかったが、やっと控えた。ルファージュ氏を発明したのはうまい思いつきだ。

彼女はその男の姿をいまや心の中にはっきり見ていた――痩せた、ちょっと結核患者のような顔の、黒い髪と口髭の若い男。やがてエドワードの問いに答えて、彼女はルファージュ氏の見てくれをくわしく正確に説明した。

車はいまやバグダッドの郊外を走っていた。エドワードは庭に囲まれたバルコニー一つきのヨーロッパ風の近代的な家々の並んでいる横町へと車をいれた。一軒の家の前に大きな幌型自動車が止まっていた。エドワードはその後ろに車を止め、ヴィクトリアと一緒に玄関への石段をあがった。

痩せた、色の浅黒い女が彼らを出迎えた。エドワードはこの女に早口のフランス語で何かいった。ヴィクトリアのフランス語の知識では二人が何を話しているのか、はっきりわからなかったが、これが例の娘だ、すぐ着替えをさせてくれといっているようだった。

女は彼女の方を向いて慇懃なフランス語で、「どうぞこちらへ」といった。

案内された寝室のベッドの上には尼僧の服装が一式置かれていた。女が彼女に身振りでこれを着るようにいったので、ヴィクトリアは服を脱ぎ、ごつごつした毛の下着を着て黒っぽい、中世の服装めいてたっぷりしたひだのある服を着た。女がかぶりものを直してくれた。鏡に映った自分の姿を、ヴィクトリアはちらと見た。ウィンプルというのか、巨大なかぶりものの下の小さな青ざめた顔は顎の下の白いひだ飾りのせいで、奇妙に清純に、浮世離れして見えた。フランス人の女はヴィクトリアの首に木の数珠のロザリオを掛けた。着替えがすむと大きすぎる不細工な靴をひきずって、ヴィクトリアはふたたびエドワードの前に伴われた。

「なかなかいいですね」とエドワードは頷いていった。「目を伏せていらっしゃい。とくにあたりに男どもがいるときは」

少しするとフランス人の女がヴィクトリアと同じような服装で現われた。二人の尼僧は家を出て幌型自動車に乗った。背の高い、色の黒い、洋服姿の現地人が運転席に座っていた。

「万事頼みましたよ、ヴィクトリア。何でもこっちのいう通りにして下さい」とエドワードはいった。

その言葉にこもる鋼鉄のように非情な威嚇を、彼女は感じた。

「あなたは一緒にきて下さらないの、エドワード」とヴィクトリアはことさらに情けなげにいった。

エドワードはにっこりした。

「三日たてば会えますよ」それからまた説得するような態度になって囁いた。「ぼくを失望させないで下さい。あなた以外に、この仕事を果たせる人はいないんですから。愛していますよ、ヴィクトリア。尼さんにキスするところを見られては差し支えがあるでしょうが――でもできればお別れのキスをしたいところですね」

ヴィクトリアは尼僧らしくつつましく目を伏せたが、それは一瞬目に閃いた怒りを隠すためだった。

〝いやらしいユダ！〟と彼女は心に呟いた。

口に出してそういう代わりに、彼女はいつもの彼女と変わらぬ態度でいった。

「どうやらあたし、見かけからしてキリスト教徒の奴隷になったみたい」

「まあ、その調子でやって下さい！」とエドワードはいって、思い出したように付け加えた。「何一つ心配は要りませんよ。パスポートその他の書類はすっかり整っています。シリアとの国境でもべつに面倒はないでしょう。尼僧としてのあなたの名はシスター・マリー・ド・アンジュです。同行するシスター・テレーズが書類を残らずもっていて、命令も彼女が下します。命令にはどうか、忠実にしたがって下さい――さもないと――いいですか？　率直にいって、どんな目に遭うか、保障の限りではありませんよ」

エドワードは一歩後ろにさがって、愉快げに手を振った。車は走りだした。

ヴィクトリアは背もたれに背中をあずけて、バグダッドに寄れないとしたら何かそれに代わる妙案はないかと考えた。バグダッドを通過するときに、もしくは国境についたときに騒ぎを起こし、大声で助けを求め、自分の意志に反してかどわかされたのだと説明したらどうだろう——とにかく似たような行動を起こして直ちに抗議するのだ。しかしそんなことをして、いったい何が達成できよう？　おそらくはその時その場でヴィクトリア・ジョーンズが一巻の終わりとなるだけだろう。シスター・テレーズが小さな精巧そうなオートマチックを服の袖の中に匿しもっているのに、彼女は気づいていた。口を開くチャンスなんか、まったく与えられないだろう。

それともダマスカスに着くまで待って、騒ぎたてようか？　だめだ、やはり殺されるか、それとも運転手と連れの尼僧の証言が重きをなし、彼女のいうことはまったく取りあげてもらえないか、どっちかだろう。敵は、彼女が精神錯乱をきたしているという医者の診断書といったものを用意しているかもしれないのだ。

一番いい策はいわれるままに行動し、彼らの計画をおとなしく受けいれることだろう。アンナ・シェーレとしてバグダッドに行き、アンナ・シェーレの役を演じるのだ。そして土壇場にきて、エドワードにも彼女の舌や行動を抑えつけることのできない瞬間に、行動を起こすのだ。この自分はあなたの命ずることなら何でもしようと思っているとエドワードに信じつづけさせることができるならば、機会はかならずやってくる。彼女が偽の報告書を手に会議の席で起立するとき、そのときにはエドワードはそこにいないはずだ。

そのときがきたら、誰にも彼女を止められないだろう。〝あたしはアンナ・シェーレではありません。この書類は偽物で、事実無根です〟そういおう、はっきりと。

ヴィクトリアはなぜ、エドワードがそんな危険があることに思いいたらないのだろうとふしぎに思った。虚栄心というものは人を奇妙に盲目にさせる。虚栄心はアキレスの踵だ。それに、エドワードとその一味の計画が実現するためには、何としてでもアンナ・シェーレに似た人物を確保しなければならないという事実もある。アンナ・シェーレにかなりよく似た娘――口もとの同じ所に傷痕まである娘を見つけることは容易なことではない。劇の《リオン・メイル》の中の悪党デュボスクは片方の眉毛の上に傷痕があり、片手の小指が生まれつき奇形だった。こうした偶然の一致はごく稀だろう。そうだ、あの自称超人たちはタイピストのヴィクトリア・ジョーンズを何としてでも必要としている――その限りにおいては、ヴィクトリア・ジョーンズこそ、彼らを掌握しているわけだ――その逆ではなく。

車は橋を渡って疾走した。ヴィクトリアはティグリス川を郷愁にも似た感慨をもって眺めた。

車はついで広い、埃っぽい街道を疾走した。ヴィクトリアはロザリオをまさぐった。カチカチという音が心を慰めてくれた。

〝何といっても、あたしはクリスチャンだわ〟とヴィクトリアはふと気を取り直した。クリスチャンなら殉教者として死ぬ方がバビロンの王として富み栄えるよりどんなにいいか——とにかく、彼女が殉教者になる可能性が大ありなのは確かだ。まあ、いい、殉教者といってもその昔のクリスチャンのようにライオンに食われるわけじゃなし。ライオンに嚙み殺されて死ぬのはぞっとしない！

# 第二十三章

## 1

大型のスカイマスターは空中からゆっくりと降下して、完璧な着陸をした。滑走路にそって飛行機は静かに走り、やがて所定の場所に静止した。乗客たちはおりるようにいわれた。そのままバスラまで乗って行く者は、バグダッドに行くためにここで乗りかえる者と別のグループを作った。

バグダッドに向かう乗客は四人だけだった。羽振りのよさそうなイラク人の実業家と、若いイギリス人の医師と二人の女性で、いずれもさまざまな関門を通過し、うるさい訊問を浴びせられることになった。乱れた黒髪をスカーフでぞんざいに結んだ女が最初に出てきた。疲れた顔をしていた。

「ミセス・ポーンスフット・ジョーンズですね。イギリス人ですか？　ご主人の所においでになる？　バグダッドでのご住所をどうぞ。どこの通貨をおもちですか？」

といった具合に、型通りの問答が続いた。代わって、二番目の女性が係員の前に立った。

「グレーテ・ハーデンさんですね？　国籍は――デンマーク？　ロンドンからおいでになった？　旅行の目的は？　病院でマッサージ師として働く？　バグダッドのご住所はどちらです？　どこの通貨をおもちで？」

グレーテ・ハーデンは痩せた金髪の若い女性で、サングラスをかけていた。上唇に傷らしいものがあるのを、いささか不手際な化粧で隠していた。小ざっぱりしてはいるが、少々見ばえのしない服を身につけている。そのフランス語はたどたどしく、おりおり係員の質問が聞きとれずに訊きかえした。

四人の乗客の乗る予定のバグダッド行きの飛行機はその午後出るということで、一休みして昼食を取るために、四人はアバシッド・ホテルへ車で向かうことになった。

グレーテ・ハーデンがベッドの上に腰をおろしていると、ノックの音がした。ドアをあけると、ＢＯＡＣのスチュワーデスの制服を着た背の高い黒髪の女性が戸口に立っていた。

「すみません、ミス・ハーデン、ＢＯＡＣの事務室までお運び願えませんでしょうか？　ご予約の切符のことでちょっと問題がありまして。こちらです」

グレーテ・ハーデンは後について廊下を歩いた。ＢＯＡＣのスチュワーデスは、とあるドアの前で足を止めた。大きな札に金文字でＢＯＡＣ事務室と書いてあった。

スチュワーデスがドアを開いて、グレーテ・ハーデンを中に招じいれた。そして自分だけ出るとドアを閉ざし、掛けてあった札を手早くはずした。

グレーテ・ハーデンが部屋の中に足を踏みいれたとき、ドアの陰で待ち構えていた二人の男がその顔に布を掛け、さるぐつわをはめた。一人がグレーテ・ハーデンの服の袖をまくりあげ、皮下注射器を取りだして注射した。

ほんの数分でグレーテ・ハーデンの体はぐったりした。

若い医師は快活な声でいった。「これで六時間は眠っているでしょう。あなたがたは急いで支度して下さい」こういって部屋の中にいたもう二人の人間に向かって頷いた。それまで窓の傍にじっと腰かけていた尼僧二人であった。男たちが出ていくと二人のうちの年かさの方がグレーテ・ハーデンの所にいってぐったりしているその体から服を剝ぎとった。若い方は少し震えながら服を脱ぎはじめた。しばらくするとグレーテ・ハーデンは尼僧の服装で安らかにベッドに横たわり、若い方の尼僧が代わって彼女の服に身を包んでいた。

年かさの尼僧は若い仲間のブロンドの髪を眺めたあげく、鏡の前に写真を一枚立てかけて、それを参照しながら髪に櫛をいれて額から掻きあげ、うなじでくるくると巻いた。一歩後ろへさがって彼女はフランス語でいった。

「まあ、驚いた、髪型のせいですっかり変わってしまったわ。サングラスをお掛けなさい。あなたの眼の色は青は青でも、ずいぶん濃いから。そう――いいわ」

そのとき、ドアを軽く叩く音がして、二人の男がはいってきた。二人ともしたり顔で笑っていた。

「グレーテ・ハーデンはやっぱりアンナ・シェーレだったよ」と一人がいった。「書類は荷物の中にはいっていた。『病院におけるマッサージ法』というデンマーク語の本の間にうまく隠してね。さあ、ミス・ハーデン」と彼は小馬鹿にしたようにヴィクトリアに向かって一礼した。「一緒に食事をしていただけますか？」

グレーテ・ハーデンに扮したヴィクトリアは男について部屋を出てホールへと歩いた。さっきの飛行機で着いた女性の乗客が受付に電報を頼んでいた。

「いいえ、P《ピー》-A《エー》-U《ユー》-N《エヌ》-C《シー》-E《イー》、フットです。ポーンスフット博士ですよ。ティオホテルニツクゲンキと打って下さい」

ヴィクトリアはふと興味をひかれて、その婦人を見やった。この人がポーンスフット博士の奥さんに違いない。いずれ発掘隊に合流すると聞いていたが。予定より一週間早く着いたわけだがヴィクトリアはべつに妙だとも思わなかった。ポーンスフット博士は妻の到着の日付けを記した手紙をなくしてしまったと何度もこぼしていた。二十六日に着くということはほとんど確かだといっていたものの。

ミセス・ポーンスフット・ジョーンズを通じて、何とかリチャード・ベイカーに伝言できないものか……

彼女の胸のうちを察したかのように、同伴の男はすばやく彼女の腕を取って受付から遠ざけた。

「ほかの乗客と話をすることは厳禁です、ミス・ハーデン。あのおばさんに、イギリスから一緒だった乗客とあんたが別の人物だということを気づかれてはまずいですからね」

男は彼女をホテルの外のレストランに昼食に連れて行った。もどってきたとき、たまたまミセス・ポーンスフット・ジョーンズが階段をおりてきたが、ためらう様子もなくヴィクトリアに向かって頷いた。

「見物ですか？　わたしもバザールまで行ってこようと思って」

〝何かあの人の荷物の中に滑りこませられないものかしら……〟とヴィクトリアは思案した。

しかし、男は彼女の傍をかたときも離れなかった。

バグダッド行きの飛行機は三時に出発した。

ミセス・ポーンスフット・ジョーンズの席は前の方にあった。ヴィクトリアの席は後方のドアの近くにあり、通路を隔てて看守格の金髪の若い男が座っていた。そんなわけでヴィクトリアとしては、ミセス・ポーンスフット・ジョーンズに近づくことも、その持ちものにメモをそっと滑りこませることもできなかった。

バグダッドまではさして長い旅ではなかった。ふたたびヴィクトリアは、バグダッド市の輪郭が視界に浮かびあがるのを上空から見おろした。黄金の筋のようなティグリス川が全市を二つに分かっていた。

ひと月足らず前にも、彼女はこの景色を見おろした。しかし、あれ以来、じつにさまざまなことが起こった……

あと二日すれば現代世界の主流をなす二つのイデオロギーの代表者が会談することになっている。

その会談に、彼女ヴィクトリア・ジョーンズも一役買うことになっているのだ。

## 2

「じつはあの娘さんのことが心配なんですよ」とリチャード・ベイカーがいった。

ポーンスフット・ジョーンズ博士はぼんやりした口調できいた。

「娘さんて、誰だね？」

「ヴィクトリアです」

「ヴィクトリア？」とポーンスフット博士はあたりを見まわしていった。「どこにいるんだね、あの娘は——おやおや、昨日バグダッドに置いてきぼりにしてきたようだな」

「ヴィクトリアがいないのにお気づきかどうかと思っていましたが」

「うっかりしていたよ。テル・バムダルの発掘隊の報告書に夢中になっていたのでね。ひどくあぶなっかしい成層らしいよ。ところでヴィクトリアはトラックがどこで待っているか、知らなかったのかね？」

「もともとあの人はここにもどってこないはずだったのです。本当のところ、ヴィニーシア・サヴィルではなかったのですし」

「ヴィニーシア・サヴィルではない？　妙だね、それは。しかしきみはあの子はヴィクトリアという名だといったように思うが」

「そうです。しかし人類学者ではありません。それにエマースンの知りあいでもないのです。つまり、何もかも──その──誤解だったのです」

「おやおや、奇妙な話だな」とポーンスフット博士はしばし沈思した。「ひどく奇妙だよ。ひょっとして私が──べつに私の責任じゃないだろうね？　自分でもわかっているんだが、私はちょっとうっかりしているから。たぶんほかの手紙と取り違えたんだろう」

「どうもよくわからないんですよ」とリチャード・ベイカーは、ポーンスフット・ジョーンズ博士の自己反省には上の空で眉をしかめていった。「ヴィクトリアは若い男と車で出かけたらしいんですが、それっきり帰ってこなかったのです。それに荷物はホテルに残したままで、開けてみた様子もないんですからね。ぼくにはどうもそれがふしぎなんですよ──ひどく汚れていたし、当然身仕舞やら化粧やらに専心するものと思っていたんですが。昼食どきにはぼくと落ちあうはずでしたしね。……どうもおかしい。何か悪いことが起こったのでないといいんですが」

「私なら心配などせんね」とポーンスフット博士は、気楽な口調でいった。「私はあすからH溝におりるよ。全体の構成からして、あのあたりで記録所が見つかるんではないかな。この間見つかった書き板の断片からしてもあそこは有望だよ」

「ヴィクトリアは一度誘拐されました。また同じことが起こらなかったという保証はないのですから」

「まあ、ありえないことだね、およそ。この国は最近治安もたいへんよくなっている。きみもそういっていたじゃないか」

「どこかの石油の会社にヴィクトリアの知りあいがいるはずですが、その名前を思い出せれば……ディーコンだったか、ダキンだったか――そんな名でしたが」

「聞いたことがないな。それはそうと、私はメスタファの一隊を北東隅に移動させようと思う。そうすればH溝を延長できるだろう――」

「あしたもう一度、バグダッドに行ってこようと思うのですが、ご迷惑でしょうか？」

この言葉を聞いてポーンスフット・ジョーンズ博士ははじめてこの若い同僚の言葉に注意を向け、その顔を見つめた。

「あしただって？　しかしきみ、バグダッドにはつい昨日行ってきたばかりじゃないか？」

「あの娘さんのことが心配だもんですから。何かあったんじゃないかと気になるんです」

「おやおや、リチャード、そんなたぐいのこと、こ、ことだったのか。知らなかったよ」

「そんなたぐいのことって、何です？」

「きみが彼女に好意をもつようになったとはね。発掘隊に女が加わると何より困るのはそれだよ——器量のいい子はとくに厄介だ。一昨年のシビル・ミュアフィールドなら、万が一にもその心配はないと思ったんだがね——気の毒なほど器量がわるかったから——ところがどうだ。ロンドンでクロードがいったことに耳を貸していればよかったんだ——フランス人という奴は勘が鋭い。クロードはいったんだ、シビルはじつにいい足をしているって。まれに見る形のいい足だって。そこへいくと、今度の娘——何とかいったね、ヴィクトリアか、ヴィニーシアか、まあ、どっちでもいいが、あの子は魅力的でじつにかわいい。リチャード、きみの趣味はいいよ。それは認めるが——おかしなことだな、きみはこれまでついぞ女の子になど、関心をもたなかったのに」

「そんな種類のことではありませんよ」とリチャードは赤くなって、いつもよりいっそう気むずかしい顔を見せた。「ぼくはただ——あの人のことが心配なんです。ですからどうしてもあした、バグダッドに行ってきます」

「あした行くなら、予備に買ったつるはしを持って帰ってくれるとありがたいな。運転手が積みこむのを忘れてね」

リチャードは朝早くバグダッドに出発し、着くとすぐティオ・ホテルに行った。ヴィクトリアはまだ帰っていないということだった。

「別誂えの夕食を一緒にすることになっていたんですがね」とマーカスはいった。「居心地のいい部屋も取ってあるんです。妙じゃありませんか？」

「警察には届けたんですか？」

「いや、警察にいうのはどうかと思いましてね。ヴィクトリアさんも困るでしょうし、私も気が進みません」

もう少し問いただしたすえ、リチャードはダキン氏の勤め先を突きとめて、その事務所を訪れた。

彼の記憶通り、ダキン氏は猫背の少々ぼんやりした顔の紳士で、手がたえずぶるぶる震えていた。こんな男が相手じゃ、どうしようもないとリチャードはがっかりしながら、お邪魔してすまないが、ヴィクトリア・ジョーンズさんに会わなかったかときいた。

「一昨日、ここへ見えましたよ」

「いまどこにいるか、教えていただけませんか？」

「ティオ・ホテルだと思いますが」

「荷物はあそこに置いてありますが、本人がいないのです」

ダキン氏はかすかに眉をあげた。

「あの人はここしばらく、テル・アスワドのわれわれの発掘隊で働いていました」とリチャードはいった。

「なるほど。しかし——お力になれるようなことをまったく知りませんのでね」とダキン氏はいった。「バグダッドには何人かお友だちがおいでのようでしたな——ですが、私はあの方と懇意というほどでもなく、どこに問い合わせたらいいかも見当がつきません」

「〈オリーヴの枝の会〉にでもいるのでしょうか？」

「さあ。きいてごらんになったらいかがです」

「いいですか、ぼくはあの人が見つかるまではバグダッドを離れませんからね」腹立たしげに眉を寄せてダキン氏を見やって、リチャードはつかつかと部屋を出て行った。

ドアが閉まるとダキン氏は微笑して首を振った。そして、「やれやれ、ヴィクトリア」と非難がましく呟いたのだった。

すっかり腹を立ててティオにもどったリチャードは、にこにこ顔のマーカスに迎えられた。

「あの人がもどったんですか?」とリチャードは急きこんでたずねた。

「いえ、いえ、ですがミセス・ポーンスフット・ジョーンズが今日、飛行機でお着きになったという話でしてね。博士は〝来週〟といっておられたんですが」

「博士はきまって日付けを間違えるんですよ。で、ヴィクトリア・ジョーンズについては博士はどうです? 何か情報がはいりませんか?」

マーカスはまた顔を曇らせた。

「いいえ、ヴィクトリアさんについては何も。どうも気になりますねえ、ベイカーさん。よくない雲行きです。若くて、きれいで、明るくて、チャーミングな、あんないいお嬢さんが――」

「ああ」とリチャードは閉口していった。「とにかくここでミセス・ポーンスフットをお迎えしてご挨拶することにしましょう」

いったいヴィクトリアの身にどんなことが起こったのだろうと、リチャードはしきりに気を揉んでいた。

# 3

「あなたがここへ！」とヴィクトリアは敵意をむきだしにして叫んだ。

バビロニアン・パレス・ホテルの部屋に案内された彼女の目に最初に映ったのはキャサリンの姿だったのである。キャサリンも相応の憎しみをこめて頷いた。

「ええ、わたしよ。さあ、早くベッドにはいって下さいな。すぐお医者がくるわ」

キャサリンは看護婦の服装をしており、自分の義務をしごく重大視しているらしく、ヴィクトリアの傍をかたときも離れないつもりのようだった。ヴィクトリアはがっかりして、ベッドに横たわりながら呟いた。

「エドワードに会ったら、あたし――」

「エドワード――エドワードって、いい加減になさいよ」とキャサリンは軽蔑したようにいった。

「エドワードはあんたのことなんか、いっぺんだって本当に愛したことはないんですからね。馬鹿なイギリス娘よ、あんたは。エドワードが愛しているのはこのわたしよ！」

ヴィクトリアはキャサリンの頑なそうな、狂信的な顔をうとましげに見やった。キャサリンはまたいった。

「あんたがあの朝、〈オリーヴの枝の会〉の事務所にやってきて、ラスボーン博士にどうしても会わせろといいはったときから、わたし、あんたが大嫌いだったわ」

一瞬沈黙のうちに適当なしっぺ返しの言葉を探したすえにヴィクトリアはいった。

「おあいにくさまですけどね、あたし、これでもあなたよりずっとかけがえのない重要人物なのよ。看護婦の役は誰にだってできるわ。でもすべては、あたしが自分の役割をちゃんと果たすかどうかにかかっているのよ」

キャサリンはこれに答えて、何かひそかにうれしがっていることがあるように取り澄ました口調でいった。

「かけがえのない人間なんていやしないのよ。わたしたち、そう教わっているわ」

「ところがあたしはそういう人間なの。そりゃそうとお願いだから、たっぷりした食事を注文して下さいな。食べるものも食べさせてもらえなかったら、いよいよとなったとき、アメリカの銀行家の秘書の役なんて、うまく演じられやしないわ」

「そうね、食べられるうちに食べておくことね」とキャサリンはいやいや答えた。

その言葉の無気味な意味あいに、ヴィクトリアはまだ気づいていなかったのである。

# 4

クロスビー大尉がいった。

「ミス・ハーデンが到着されたそうだが」

バビロニアン・パレス・ホテルのオフィスにいた人あたりのいい係員は軽く会釈して答えた。

「はい。イギリスからお着きでございます」

「妹の友人でね。この名刺を取りついでくれませんか」

二言三言名刺に鉛筆で書き添えて封筒に納めると、クロスビー大尉はミス・ハーデンに届けさせた。

間もなくボーイがもどって復唱した。

「ミス・ハーデンはお加減がよくないそうで。のどをだいぶ腫らしておいでとか。医者がくることになっているようです。看護婦が付き添っていました」

クロスビー大尉は引き返して、そのままティオ・ホテルに行った。マーカスが声をかけた。

「やあ、一杯いかがです？　今夜はうちもかなり大入りでしてね。例の会談のせいですよ。しかしあいにくとポーンスフット・ジョーンズ博士は一昨日発掘隊の本拠に帰っておしまいになったんですが、奥さんが到着されましてね。御主人がお迎えにこられるものと思っておられたようなんですよ。だいぶお腹立ちで。この飛行機で着くと知らせておいたそうですのに。しかし博士はごぞんじのようにああいう方ですからね。日付けも時間も――間違えてばかりおられます。でもいい方ですね、まったく」といつものように〝いい方〟というせりふで結んだ。「何とかやりくりして、あの奥さんをお泊めしませんとね――それで国連の偉い方にほかへ移っていただきました」

「バグダッドでは今夜は何もかもてんやわんやのようだね」

「警察をすっかり動員して――たいへんな警戒ぶりだそうですよ――お聞きおよびですか？　大統領を暗殺しようという陰謀があったらしいんです。学生を六十五人も捕えたっていいますよ！　ロシアからきた警官をごらんになりましたか？　誰にでも疑いをかけるんですよ、あの連中。しかしこの町はおかげで活気づきましてね――けっこうなことです」

## 5

電話が鳴った。

「こちらはアメリカ大使館でございます」

「バビロニアン・パレス・ホテルです。ミス・アンナ・シェーレがこちらにご滞在です」

アンナ・シェーレ？　間もなく大使館員が電話に出てミス・アンナ・シェーレとじかにお話ししたいといった。

「ミス・シェーレは喉頭炎で臥せっておられます。私はスモールブルック博士です。ミス・シェーレを診察しています。重要な書類をもっておられるそうで、大使館から責任ある方に取りにきていただけないかといっておられるのですが。はい、すぐおいで下さいますか？　ありがとう、お待ちしています」

## 6

ヴィクトリアは鏡の前から向き直った。とびきりいい仕立てのテイラード・スーツを着ていた。ブロンドの髪をきちんと撫でつけて、心中びくびくしながら、同時にふしぎな心の昂揚を感じていた。

振り向いたとき、キャサリンの目が勝ち誇ったように輝いているのに気づいてヴィクトリアは急にはっとした。なぜ、あんな顔をしているのだろう？

いったい、これはどういうことだ？

「何をそんなにうれしがっているの？」とヴィクトリアはきいた。

「いまにわかるわ」

その声にはいまやおおっぴらに悪意が表われていた。

「あんたは自分のことをよっぽど利巧だと思っているらしいけど」とキャサリンは軽蔑したようにいった。「何もかもあんた次第だという気らしいけど。とんでもない、あんたはただのお馬鹿さんよ」

ヴィクトリアは、キャサリンに跳びかかって肩をぎゅっと掴んだ。

「それ、どういう意味？　いわないと承知しないわよ」

「痛いわ――放してよ」

「いいなさい！」

ドアにノックの音がした。二回つづけて叩き、それからちょっと間を置いてもう一回。

「さあ、見ていらっしゃい！」とキャサリンが叫んだ。ドアがあいて一人の男がはいってきた。背の高い男で、国際警察の制服を着ていた。男はドアに鍵をかけると、鍵を鍵穴から取り去った。それからキャサリンに近づき、「さあ、早く!」といいながらポケットから細紐を取りだし、キャサリンの全面的協力のもとにヴィクトリアを手早く椅子に縛りつけた。それから口をスカーフで覆って縛った。一歩後ろにさがって、男はよしよしというように頷いた。

「よし、うまくいったな」

そしてヴィクトリアの方に向き直った。その手に振り回されている重そうな棍棒を見て、ヴィクトリアは電撃のように悟ったのであった。敵の計画とはじつは何であるかを。会談の際に彼女にアンナ・シェーレの役をつとめさせるなんて、そんなことは彼らはかたときも考えなかったのだ。そんな危険な橋を渡るわけにはいかない。ヴィクトリアはバグダッドでは知られすぎている。彼らの計画というのはもともと、アンナ・シェーレを最後の瞬間に襲って殺す——それも顔の見分けもつかぬほどのむごたらしい殺しかたをする——ということだったのだ……アンナが携行している書類——周到に偽造した書類だけが残る——という筋書であった。

ヴィクトリアは窓の方を向いた。そして絶叫した。男はにんまり笑いながら近づいてきた。

次の瞬間、いろいろなことが一時に起こった——ガラスの割れる音——がっしりした手が彼女を床にはねとばした——目から火花が出て——ついで目の前が真っ暗になった……その闇の中から一つの声が呼びかけた。力強い声が英語できいていた。

「大丈夫ですか、お嬢さん？」

ヴィクトリアはわけのわからぬことを呟いた。

「何ていっている？」別な声がきいた。

はじめの男は頭を掻いて、「地獄で支配するより、天国で仕える方がいいとかなんとか……」と心もとなげに答えた。

「ミルトンの『失楽園』の引用だよ。しかし間違えて逆さにいってるな」

「いえ、間違えたんじゃありませんわ」とヴィクトリアはいって、それっきり気を失ってしまった。

## 7

電話が鳴った。ダキン氏は受話器を取りあげた。

「ヴィクトリア作戦は成功裡に終わりました」

「けっこう」とダキン氏は答えた。

「キャサリン・シラキスと医師を捕えました。もう一人の男はバルコニーから下に身を投げて、瀕死の重傷を負いました」

「あの娘さんには怪我はなかったんだね」

「気を失いましたが、心配はありません」

「A・Sについてのニュースはまだはいっていないね」

「まったくはいっていません」

ダキンは受話器を置いた。

ともかくもヴィクトリアは無事だった——アンナの方はすでに死んでいるに違いない。万事ひとりでやるとアンナは頑としていった。十九日にはかならずバグダッドに到着すると。今日は十九日だが、アンナ・シェーレは依然消息を絶っている。官憲を信用して行動することを彼女が肯じなかったのは、あるいは正しかったかもしれない。たしかに、味方の間からも秘密は漏洩した——裏切りがあったのだ。だがどうやら彼女の天性の機知も、その命をまっとうさせる役には立たなかったらしい。

アンナ・シェーレがいなくては証拠は不十分だ。

このとき、給仕がリチャード・ベイカーとミセス・ポーンスフット・ジョーンズと書いた紙片を持ってはいってきた。

「いまは誰にも会えない。申しわけありませんが、いま多忙なのでといってくれ」

給仕はひきさがったがすぐまたもどってきて、ダキン氏に封筒を手渡した。

ダキンは封を切って中の手紙を読んだ。

「ヘンリー・カーマイケルについてお目にかかりたいのですが。R・B」

「お通ししろ」とダキンはいった。

やがてリチャード・ベイカーとミセス・ポーンスフット・ジョーンズがはいってきた。

リチャード・ベイカーはいった。

「お忙しい所をお邪魔するのは不本意なんですが、ぼくは学校時代、ヘンリー・カーマイケルという男と同級生でした。お互いに何年も消息を知らずにいたんですが、数週間前、バスラに行ったとき、総領事館の待合室で彼に会ったのです。アラブ人の服装をしており、素知らぬ顔でぼくに信号を送ってよこしました。いかがです、こんな話、興味がおありになりますか？」

「大いにありますね」とダキン氏はいった。

「どうやらカーマイケルは身の危険を感じているらしい――とぼくは思いました。その直感が正しかったことが、間もなく裏書きされたのです。カーマイケルは拳銃をもった男に襲われました。ぼくはその男の手から拳銃を叩き落としました。カーマイケルはその場から逃げましたが、その前にぼくのポケットに、あるものを滑りこませました。ぼくはそれを後で見つけたのですが——重要なものとは思えませんでした——ほんの紙きれで——アーメッド・モハメッドという男の推薦状だったのです。しかしぼくはそれがカーマイケルにとっては大切なものらしいという判断の上にたって行動したのでした。べつにどうしろという指示も与えられていなかったので、ぼくはそれを大事に取っておきました。いつかカーマイケルがきて返してくれといったら返すつもりだったのです。先日、ヴィクトリア・ジョーンズから彼が死んだことを聞きました。そのとき彼女がいったほかのことから、カーマイケルに託されたものを引き渡すべき人物はあなただと結論したのです」

リチャードは立ちあがって、何やら書いてある汚らしい紙をダキンの机に載せた。

「これはあなたにとって何か意味をもっているでしょうか？」

ダキンは深い溜息を洩らした。

「ええ、あなたのご想像以上に」

ダキンは立ちあがった。

「心から感謝しますよ、ベイカー君、お話の途中で失礼するのを許して下さい。一分の猶予もなく運ばねばならないことがいろいろありますのでね」ミセス・ボーンスフットジョーンズと握手して彼はいった。「これからご主人の発掘地においでになるんでしょうね。いいシーズンだとよろしいですが」

「ボーンスフット・ジョーンズがけさ、ぼくといっしょにバグダッドにこないでよかったですよ」とリチャードはいった。「わが親愛なるボーンスフット・ジョーンズはひどくうっかりしたご仁ですが、自分の奥さんと奥さんの妹さんとの区別はつくでしょうからね」

ダキンはちょっと驚いたようにミセス・ボーンスフット・ジョーンズを見つめた。彼女は低い気持ちのいい声でいった。

「姉のエルシーはまだイギリスにおります。わたし、髪を黒く染めて、姉のパスポートでまいりましたの。姉の娘時代の名はエルシー・シェーレといいました。わたしの名はダキンさん、アンナ・シェーレでございます」

# 第二十四章

バグダッドの町の様相は一変していた。街路には警官がずらりと並んでいた。外部から召集された国際警察の警官たちもいた。アメリカ人の警官とソ連人の警官が無表情に肩を並べていた。

噂がひっきりなしに飛んでいた——両首脳はやっぱりこないそうだ！　ソ連機が二度、護衛機を従えて着陸したが、乗っていたのは若いソ連飛行士だけだったとか、などなど。

しかしそうこうするうちに万事滞《とどこお》りなく運んでいるというニュースが伝わった。アメリカ合衆国の大統領とソ連の首脳とがここに、このバグダッドにきている。すでにめいめい会合の場所である宮殿にはいったそうだ。

かくて歴史的な会談の幕がついに切って落とされたのであった。宮殿の狭い控えの間において、歴史の進路を変えるかもしれぬ出来事が起こりつつあった。重大きわまりない出来事の多くがそうであるように、その経過はけっしてはなばなしくは見えなかったが。

ハーウェル原子力研究所のアラン・ブレック博士が小さな、しかしはっきりした声で彼の分野の情報を伝えた。

故サー・ルーパート・クロフトン・リーがいくつかの標本の分析を彼に依頼した——とブレック氏はいった。これは中国からトゥルキスタンをめぐり、クルディスタンからイラクへのあるときの旅行中にサー・ルーパートが入手したものである。ブレック博士の証言はこのあたりからひどく専門的になった。ある鉱石……高度のウラニウムを含有するもの……どこに鉱床があるか、正確なところは不明である……サー・ルーパートのメモや日記は戦争中に敵の手によって破棄されてしまった……

ついでダキン氏が語りはじめた。静かな疲れた声で、彼はヘンリー・カーマイケルの冒険談を物語った。カーマイケルがある種の噂を——文明の辺境の地方に巨大な施設があり、地下に研究所が設けられて活動しているというとてつもない話を聞きこみ、それを信じた——こういってダキン氏はカーマイケルの探索とその成功について語った。偉大な旅行家のサー・ルーパート・クロフトン・リーがカーマイケルの話を信じたのは、それらの地方について彼自身よく知っていたからである。サー・ルーパートはバグダッドにくることに同意し、そしてその結果、殺された。ダキンはまた、サー・ルーパートに変装した人間によってカーマイケルが命を落としたことを告げた。

「サー・ルーパートは亡くなりました。ヘンリー・カーマイケルも。しかし三人目の証人は生きていて、この席におられます。ミス・アンナ・シェーレの証言を求めたいと思います」

アンナ・シェーレはモーガンサルの部屋にいるときとまったく変わらぬ落ちついた冷静な態度で、名前と数字をいくつかあげた。財政面の知識と判断力において傑出したその稀有な頭脳の深い考察をもとに彼女は、流通過程から金を吸いあげて、それを破壊的な活動に注ぎいれている巨大な財政網について概略を述べた。

そうした破壊的活動は文明世界を二つの相対立する陣営に分裂させることを目的としている――こう彼女は述べた。それは単なる推論ではない。彼女はそれを証拠だてるために事実を、また数字を提供した。カーマイケルの話を信じかねていた人々も彼女の話に耳を傾けて、これはどうも本当らしいと思うようになったのであった。

ダキンはふたたび口を開いた。

「カーマイケルは死にました。しかしその危険きわまりない旅から、彼ははっきりした、信憑性のある証拠を持ち帰りました。しかし彼はそうした証拠を身につけているのはあぶないと考えました――敵の手が迫っていたからです。けれども彼には多くの友人がありました。そのうちの二人の手を経て、彼は証拠をもう一人の友人に託しました。その友人は全イラクの尊敬する人物です。今日、カーマイケルのその友人は、わざわざここにおいで下さいました。カルバラのフセイン・エル・ズィヤラ族長をご紹介します」

　フセイン・エル・ズィヤラ族長はダキンの言葉通り、敬虔な人として、また詩人として回教世界にひろくその名を知られた人物であった。多くの者は彼を聖者と崇めていた。ズィヤラ族長は立ちあがった。ヘンナで染めた茶色の顎髭を生やした、堂々たる風采の人物で、金の組紐で縁どった灰色のジャケットの上に、長い茶の薄ものの衣を羽織っていた。頭には族長らしく緑色のターバンを巻いて、どっしりした金の紐で留めていた。

「ヘンリー・カーマイケルは私の友人です」と彼は低い朗々たる声で語りはじめた。

「私は彼を少年のころから知っており、彼とともにこの国の偉大な詩人たちの詩を学びました。あるとき、二人の男がカルバラにやってきました。幻灯機を携えて国中を回っている男たちで、単純な人柄ですが、マホメッドの教えを忠実に守る者たちです。彼らは私の友人のイギリス人カーマイケルから私に渡すように頼まれたといって、一つの包みを私の所に持ってきました。私はそれをひそかに保存し、カーマイケル自身に、あるいはある合言葉を口にする使いの者に渡すよう、いわれたのです。もしもあなたがその使いの者なら、その言葉をいってみて下さいませんか」

ダキン氏はいった。

「マホメッドの後裔よ、アラブの詩人ムタナッビーはいまから約一千年前の人で、〝予言者と称した者〟と綽名されていました。このムタナッビーがかつてアレッポの君主、サイフ・ダウラに一篇の詩をささげました。その詩の中の言葉〝ジドー・ハシーシ・バシーシ・タファダル・アドニー・スッラ・シリ〟（原註　加えよ、笑え、喜べ、もたらせ、恵みを示せ、喜ばしめ、与えよ！）こそ、カーマイケルの告げた合言葉なのです」

フセイン・エル・ズィヤラはにっこり笑って、一つの包みをダキンに差しだした。

「私もサイフ・ダウラのいったように、〝そなたの望みを叶えてあげよう……〟と申しましょう」

「みなさん」とダキンはいった。「これこそ、ヘンリー・カーマイケルが自分の話を裏づけるために持ち帰ったマイクロフィルムなのです……」

証人はもう一人いた。打ちひしがれた人物……気高い額をもち、かつて全世界の尊崇を受けていたラスボーン博士だった。

彼は悲劇の人の威厳をもって語った。

「みなさん、私は間もなくいやしい詐欺師として、官憲によって告発されるでしょう。しかし私のような人間ですら、とうてい我慢しかねることがあるのです。信じかねるほど、よこしまな心と目的をもつ人々——多くはまだごく若い男たち——の一団があります」

ラスボーン博士は昂然と頭をあげ、声を高くしていった。

「反キリストとでも申しましょうか！　こうした運動は何としても止めねばなりません。私たちには平和が必要です。痛む傷を舐め、新しい世界を建設するための平和です。そのためには、私たちはお互いに理解しあうよう、努めねばなりません。私は金を作るために背信行為を犯しました。しかしけっきょくは自分の説いてきたことを衷心から信ずるにいたったということを神かけて告白します。自分の用いた方法がいいとはけっして申しませんが。どうかみなさん、もう一度新たに、協力しあい……」

一瞬の沈黙の後、細い声が——非人格的な、官僚的な性質の声が響いた。

「これらの事実はただちにアメリカ合衆国大統領とソヴィエト社会主義共和国連邦首相の前に提出されるでありましょう……」

# 第二十五章

「気になって仕方がないのはアンナ・シェーレとしてダマスカスで殺されたあのデンマーク人の女の人のことですわ」とヴィクトリアはいった。

「ああ、あの人のことならご心配なく」とダキン氏は朗らかにいった。「あなたの飛行機が出発してすぐ、われわれはあのフランス人の女を逮捕して、グレーテ・ハーデンを病院に収容しました。大丈夫、もう元気になりましたからご安心下さい。彼らはあの人を、バグダッドの一件が首尾よく完了するまで、いましばらく眠らせたまま生かしておくつもりだったのです。もちろん、私たちの諜報員の一人でした」

「まあ、そうでしたの」

「ええ、アンナ・シェーレが行方不明になったとき、私たちは敵側にわざと手掛かりを与えてはどんなものだろうと考えたのです。それで、グレーテ・ハーデンの名で飛行機を予約し、身元をわざと曖昧にしておきました。敵はその餌に跳びつき——グレーテ・

ハーデンこそ、アンナ・シェーレであろうと結論したのです。われわれはそれを証明するような偽の書類をそれらしく作りあげて、彼女に持たせておきました」

「その間、ほんとうのアンナ・シェーレは病院でじっとしていたのですね——ミセス・ポーンスフット・ジョーンズがご主人と合流するためにこちらにこられるときがくるまで」

「そうです。単純な——しかし効果的な方法でした。危険な場合に信用できるのはつねに肉親だけだ——という想定に基いていたわけです。アンナ・シェーレは年は若いが、じつに賢い人です」

「あたし、今度こそ、おしまいだと思いましたわ」とヴィクトリアはしみじみいった。

「あなたの部下の方がたはあたしをずっと見張っていて下さったのですか？」

「ええ、四六時中ね。あなたのエドワードは、じつは自分で思っているほど利巧ではなかったのですよ。われわれはエドワード・ゴアリング青年の行動を、かなり前から調べていました。カーマイケルが殺された晩、あなたが身の上話をなさったとき、率直にいって、私はあなたのことがとても心配でした。

いろいろ考えたすえ、私はあなたをわざとスパイとして彼らの計画の中に送りこむことが一番いいのではないかという結論に達したのです。あなたが私と連絡があることをエドワードが知っているとすれば、あなたの身はまず安全だろう、そう見当をつけたのでした。なぜって彼としては、あなたを通してわれわれの活動を知ることができるわけですから、あなたを殺すのは勿体ない話です。それにまたあなたを通じて、われわれに根も葉もない情報を流すことができます。あなたはいわば貴重なパイプの役をするわけです。しかしそのうちにあなたはあの晩のルーパート・クロフトン・リーが偽者だったということを見破りました。そこでエドワードはあなたを渦中から遠ざけておく方が賢明だと判断したのです。あなたがアンナ・シェーレの代役としていよいよ必要となるまで（万一その必要があればの話ですが）。そうですよ、ヴィクトリア、あなたがいまそうやって座ってピスタチオ・ナッツなど食べていられるのは、まったく運がよかったとしか、いいようがありませんね」

「ええ、わかっていますわ」

ダキン氏はいった。

「どのくらいこたえていますか——エドワードのことは？」

ヴィクトリアはじっとダキン氏を見返していった。

「ぜんぜん。あたし、ほんとうに馬鹿な小娘でしたわ。エドワードに目をつけられ、魅力をたっぷり示され。女学生みたいにあの人にお熱をあげて——ジュリエット気取りであれこれと」

「そうご自分を責めるには当たりませんよ。エドワードは女性にとって、生まれつき、大した魅力を備えた青年でしたからね」

「ええ、またそれを十二分に利用しましたし」

「たしかに」

「あたしが今度恋に落ちるとき、あたしをひきつけるのは顔かたちでも、肉体的魅力でもないと思いますわ、男らしい男の人がいいわ――口あたりのいいことばかりいう人でなく。頭が禿げていても、眼鏡をかけていても、そんなこと、構やしませんわ。面白い人――興味深いことをいろいろ知っている人がいいわ」

「三十五歳ぐらいですか、それとも五十五歳ぐらいですか？」

ヴィクトリアは何のことかというように目を見はりながら答えた。

「そりゃあ、三十五歳の方がいいですわ」

「ほっとしましたよ。ひょっとして私にプロポーズしておられるんじゃないかと思って」

ヴィクトリアは笑った。

「あの――あまりいろいろきいてはいけないのでしょうけれど、カーマイケルの襟巻きにはほんとうに伝言が編みこまれていましたの？」

「ええ、ある名前がね。マダム・ドゥファージュの一味は編み物に名前をいくつか編みこみました。カーマイケルの場合は、襟巻きと推薦状の二つが手掛かりだったのです。推薦状の方はヨードで燻蒸してみると、族長から書類を受けとるための合言葉が現われたのですよ。秘密の匿し場所としては聖域カルバラより安全な所はなかったでしょう」

「その書類は幻灯を持って国中を旅していた、二人の男に運ばれたのですのね――あたしたちが途中で会ったあの二人の手で」

「そう、どこでもよく知られている、素朴な人々です。ただカーマイケルの友だちというだけで政治とはまったく縁がなかった。カーマイケルにはじつにたくさんの友人がいたのです」

「いい人だったんでしょうね。亡くなったのは残念だわ」

「人間、みな、いつかは死ぬんですから」とダキン氏はいった。「来世というものがあるとしたら――私はそう固く信じていますが――カーマイケルはこのみじめな古い世界を救うにあたって彼の信念と勇気があずかって力があったことを知り、つくづくよかったと思うことでしょう。彼の努力があってこそ、世界はあらたな流血と悲惨から救われ

「たんですからね」

「奇妙ですわね」とヴィクトリアは考えこんだようにいった。「リチャードが秘密の半分をもち、あたしがもう一つの半分をもっていたというのは何だかまるで――」

「何だかまるで神さまにそんな意図がおありになったかのようですね」とダキン氏は目をキラキラと光らせていった。「で、あなたはこれからどうなさるおつもりですか？」

「何とか仕事を探さなければ――すぐに探さなければと思っていますわ」

「そうむきになる必要はありませんよ。どうやら、仕事の方からあなたに近よってくるんじゃないですかね」

こういってダキン氏は近づいてきたリチャードに場所を譲って、ぶらぶらと歩きだした。

「ねえ、ヴィクトリア」とリチャードはいった。「ヴィニーシア・サヴィルはけっきょくこないらしいんですよ――おたふく風邪にかかったとかで。あなたは発掘隊でなかなか役に立った。あっちにもどる気はありませんか？　報酬といってもここでの生活費ぐらいがかつかつでしょうけれど。イギリスへの帰りの旅費については――まあ、後で相談しましょう。本物のミセス・ポーンスフット・ジョーンズは来週到着されるそうです。いかがですか、ぼくの提案は？」

た。

「まあ、でもほんとにあたしが必要だとお思いですの？」とヴィクトリアは叫んだ。

どういうわけか、リチャード・ベイカーは真っ赤になり、咳払いをして鼻眼鏡を拭いた。

「そう――まあ――あなたなら――役に立つと――」

「うれしいわ」

「だったら、荷物をまとめて、いますぐ一緒に発ちましょう。あなただって、バグダッドにこれ以上ぐずぐずしていたいことはないでしょう？　どうです？」

「ええ、もうここはたくさん」とヴィクトリアは答えた。

「やあ、お帰り、ヴェロニカ」とポーンスフット・ジョーンズ博士はいった。「リチャードはきみのことをえらく心配してね。まあまあ、よかった。二人で大いに幸せになってくれたまえ」

「いまのはどういう意味ですの？」ポーンスフット・ジョーンズ博士がぶらりと立ち去ると、ヴィクトリアは戸惑ったようにいった。

「何でもありませんよ」とリチャードは答えた。「ああいう人ですからね。ちょっとばかり、気が早いんです」

# バグダッドのクリスティー

作　家
北原尚彦

わたしがミステリをちゃんとミステリと認識して読み、ミステリというジャンルの存在を意識した最初の作家は、アガサ・クリスティーだった。小学生の時にポプラ社の本で少年探偵団、ホームズ、ルパンを読んだのを別にすると、最初に読んだミステリはクリスティーの『アクロイド殺し』だったのだ。中学生の時のことである。

この時に「そうか、同じ〝ジャンル〟の本を探せばいいんだ」と天啓のように悟ったのである（それまでは面白い小説を読むと、同じ作家の作品を探すところまでしか知恵が回っていなかった）。それだけ『アクロイド』を面白く読んだのだ。

そんな折、ふと、家にクリスティーが一冊あるのを見付けた。

これ幸い、と読んだのが──『カーテン』だった。

そう。ご存じ、「ポアロ最後の事件」である。

クリスティー二冊目にして、わたしはポアロのシリーズを完結させてしまったのである。しかも、あの作品はシリーズ第一作『スタイルズ荘の怪事件』が絡んで来るのにいきなり読んでしまったため、なんだかよく判らない部分が多々あった。

幸いにして、これに懲りずに『スタイルズ荘の怪事件』を読んでポアロのシリーズを再スタートさせ、ミス・マープルにも手を出し、『おしどり探偵』でトミーとタペンスを知り、『そして誰もいなくなった』でシリーズ物以外にも傑作があることを知ったのである。

さて、話の枕が長くなったが、本書『バグダッドの秘密』は、シリーズには属さない単発物の、スパイ小説である。

スパイ小説というと、我が国ではイアン・フレミングの「007」シリーズが有名である。007＝ジェイムズ・ボンドが初登場するのは一九五三年発表の『カジノ・ロワイヤル』。本書発表の二年後である。つまり、本作品に登場する「英国の秘密諜報員」ヘンリー・カーマイケルはジェイムズ・ボンドの先輩に当たるわけだ。

先輩後輩ということならば、旅行家のサー・ルーパト・リーは、シャーロック・ホームズの後輩にあたる。どういうことかというと、ホームズはライヘンバッハの滝で宿敵モリアーティ教授と対決した後、失踪期間中に探偵家シーゲルソンと名乗って、チベットに入っているのだ。サー・ルーパトはラサを訪れているが、ホームズの方がずっと先なのである。この辺り、少女時代のアガサが姉の影響で読んだ最初の探偵小説がシャーロック・ホームズ物だったらしいので、クリスティー流の「お遊び」なのかもしれない。

主人公ヴィクトリアが恋い焦がれ、あとを追いかけてバグダッドまで行く決意をさせるエドワードは、元空軍兵士。諜報員カーマイケルの学友で、ヴィクトリアが中東で出逢うリチャード・ベイカーは、考古学者。これもまた、面白い符合だ。クリスティーの最初の夫アーチボルト・クリスティーは英国航空隊の軍人だし、二番目の夫マックス・マローワンは考古学者なのだ。とすると、ヴィクトリアはアガサ・クリスティー本人の投影なのだと言えよう。

本作品の主な舞台となるのは、題名にある通り、イラクのバグダッドである。原題 *"They Came to Baghdad"* は直訳すると、第一章のダキン氏のセリフ「誰も彼もバグダッドにくるか……」ということになる。

かつて、我々にとってバグダッドという地名は、お伽噺の中でだけ聞く単語だった。

言うまでもなく、『アラビアンナイト』である。子供向け本など読み物はもちろん、映像の世界でも。世代によるだろうけれども、ダグラス・フェアバンクス主演の白黒サイレント映画『バグダッドの盗賊』（一九二四年）や、アカデミー賞撮影賞や特殊撮影賞を受賞した一九四〇年のリメイク版。わたしの世代だと、レイ・ハリーハウゼンの『シンドバッド7回目の航海』（一九五八年）『シンドバッド黄金の航海』（一九七四年）『シンドバッド虎の目大冒険』（一九七七年）の三部作だろうか。ガイコツや女神像とチャンバラをする、アレである。そういえば子供の頃には、ハンナ・バーベラ・プロのアニメ『冒険少年シンドバッド』（一九六六年）なんてのもありました（「マジックベルト」を締めて強くなる、アレです）。そう、冒険者シンドバッドの故郷こそ、正にバグダッドだったのである。

だが二十一世紀に入って、まさかこれほど毎日のように「バグダッド」という名前をニュースで耳にすることになろうとは、予想だにしなかった。それも、現在のところ決して嬉しくないニュースばかりである。先述のようなアラビアンナイトの舞台を戦場に、飛行機の爆撃やら戦車の砲撃やらの近代戦が行われたという事実（そして今もテロが続いているという状況）は、非常に衝撃であった。

本書が書かれたのは、今から五十年以上も前のこと。世界大戦後とはいえ、半世紀が経過すれば、世界の情勢も大きく変わろうというものである。この作品の中では、バグダッドはまだまだ平和な街として描かれている。世界は冷戦下にあり、東西は対決状態にあるけれども、両陣営の対談の場として選ばれる中立の土地が、バグダッドなのだから。ヴィクトリアが一人でうろつきまわっても全く平気な、それこそまだアラビアンナイトの雰囲気を保っている時代だったのだ。

アガサ・クリスティーがバグダッドの街を生き生きと描き出しているのは、想像力ゆえではない。彼女は、この街を何度も何度も訪れているのだ。

一九二八年、アーチボルトとの離婚が成立したアガサは、西インド諸島へ旅行に行くつもりだった。ところが出発二日前、ペルシャ湾での駐留から帰ったばかりのハウ海軍中佐夫妻と出逢う。そして彼らからバグダッドの話を聞いているうちに、アガサは旅行先を変更することにしたのだ。そして船でなければ行けないのか、と問う彼女に、中佐夫妻は答えた。「汽車で行けますよ……オリエント急行で」と。つまり『オリエント急行の殺人』と『バグダッドの秘密』は、密接に繋がっていたのだ。

やがてアガサは、一九三〇年に二度目の中東旅行に出掛ける。その途中、メソポタミアで発掘作業に従事していた少壮の考古学者マックス・マローワンと出逢う。そしてその年には彼と再婚してしまったのだ。中東は、アガサにとって正に運命の地なのである。

以後、彼女は夫とともに頻繁にイラクやシリアへ発掘に訪れることになる。クリスティーは発掘の経験すら、ノンフィクション『さあ、あなたの暮らしぶりを話して』として著している。第二次大戦中は中東訪問が途絶するが、戦後に再開する時にはポンドの国外持ち出しが厳しく制限されていた。そこでビジネス旅行であるとして執筆予定の本のタイトル『バグダッドの家』を挙げた。これが実際に作品として結実したのが『バグダッドの秘密』なわけである。

彼女のバグダッドでの生活が、本作品に生かされている実例を挙げておこう。ヴィクトリアが泊まっているテオ・ホテルは、アガサが実際に泊まった宿。また第十七章でヴィクトリアとエドワードが待ち合わせの目印に使った屋敷バイト・マリク・アリ――アリ王の家は、アガサの住んでいた家なのである。彼女の中近東での体験から生まれた作品は、本書だけではない。映画化もされたポアロ物の名作『ナイルに死す』や、古代エジプトを舞台にした歴史ミステリ『死が最後にやってくる』、その他短篇にも幾つもあるのだ。

――と、色々と蘊蓄を垂れてはきたものの、本作品はそんな情報を抜きにしても十二分に面白い。アメリカでは本書が刊行されると、それまでのクリスティー作品のどれよりも売れたという。それは正に、天才作家アガサ・クリスティーの力量ゆえなのである。

訳者略歴　東京大学文学部卒，英米文学翻訳家　著書『鏡の中のクリスティー』訳書『火曜クラブ』『春にして君を離れ』クリスティー，『なぜアガサ・クリスティーは失踪したのか？』ケイド（以上早川書房刊）他多数

# バグダッドの秘《ひ》密《みつ》

〈クリスティー文庫 88〉

二〇〇四年七月十五日　発行
二〇二〇年二月十五日　三刷

（定価はカバーに表示してあります）

著者　アガサ・クリスティー
訳者　中《なか》村《むら》妙《たえ》子《こ》
発行者　早川　浩
発行所　株式会社　早川書房

郵便番号一〇一 - 〇〇四六
東京都千代田区神田多町二ノ二
電話　〇三 - 三二五二 - 三一一一
振替　〇〇一六〇 - 三 - 四七七九九
https://www.hayakawa-online.co.jp

乱丁・落丁本は小社制作部宛お送り下さい。
送料小社負担にてお取りかえいたします。

印刷・精文堂印刷株式会社　製本・株式会社明光社
Printed and bound in Japan
ISBN978-4-15-130088-2 C0197



本書は活字が大きく読みやすい〈トールサイズ〉です。